Knaur

Anna und der König

Der Roman zum Film
von Elizabeth Hand

nach dem Drehbuch von
Steve Meerson & Peter Krikes

Aus dem Amerikanischen von
Caspar Holz

Knaur

Die Originalausgabe erschien 1999 unter dem Titel »Anna and the King« bei Harper Collins Publishers, New York

Besuchen Sie uns im Internet:
www.droemer-knaur.de

Deutsche Erstausgabe Februar 2000
Copyright © 1999 by Twentieth Century Fox Film
Corporation
Mit freundlicher Genehmigung von Harper Collins
Publishers, New York
Copyright © 2000 der deutschsprachigen Ausgabe bei
Droemersche Verlagsanstalt Th. Knaur Nachf., München
Alle Rechte vorbehalten. Das Werk darf – auch teilweise –
nur mit Genehmigung des Verlags wiedergegeben werden.
Redaktion: Gisela Klemt
Umschlaggestaltung: Agentur Zero, München
Cover Art Copyright und Innenillustrationen © 1999
Twentieth Century Fox Film Corporation.
All rights reserved.
Satz: Pinkuin Satz und Datentechnik, Berlin
Druck und Bindung: Ebner Ulm
Printed in Germany
ISBN 3-426-61726-9

5 4 3 2 1

Sie war die erste Engländerin, der ich je begegnet bin. Und mir kam es so vor, als wüßte sie mehr über die Welt als irgend jemand sonst.
Seit Wochen schon hatten die Monsunwinde ihre Ankunft flüsternd angekündigt wie einen heraufziehenden Regen, bis ihr Name, beharrlich wie Wind und Donner, sogar unsere Träume zu durchdringen schien. Manche hießen den heraufziehenden Regen willkommen, andere wiederum befürchteten eine tosende Flut. Wie auch immer, sie befand sich auf dem Weg hierher und würde, wenn sie erst einmal bei uns war, ebensowenig aufzuhalten sein wie die Regenfälle im Herbst.
Sie müssen wissen, daß ich damals noch ein Kind war. Gerade mal zwölf, im selben Alter wie mein Vater, als dessen Vater ihm die Verantwortung über die Streitkräfte unseres Landes übertragen hatte, seine Regimenter aus Pferden und Elefanten, die Truppen aus Bogenschützen und Infanterie in ihren goldenen und karmesinroten Uniformen. Aber ich bin nicht mein Vater, und welches Gesicht ich in jenen Tagen jugendlichen Ungestüms der Welt auch zeigte, insgeheim fühlte ich mich immer noch als Kind, wenn auch als Sohn des Königs. Daher war ich mir in den Monaten nach ihrer Antwort auf das Schreiben meines Vaters des Mißtrauens, das ihrer Ankunft in der heiligen Enklave unseres Hofes vorauseilte, ebensowenig bewußt wie unsere Lehrerin. Erst Jahre später wurde mir so recht klar, wie mutig sie damals gewesen war. Und wie alleine sie sich gefühlt haben mußte.
Eine Engländerin – die erste, der ich je begegnet bin.

Englische Zeitrechnung, 26. Februar 1862
Königlicher Palast, Bangkok

An Mrs. A. H. Leonowens:
Madame: Wir sind hoch erfreut und vernehmen mit großer Zufriedenheit in unserem Herzen, daß Sie bereit sind, die Erziehung und Ausbildung unserer geliebten königlichen Nachkommen in die Hand zu nehmen. Darüber hinaus hoffen wir, daß Ihr Bestreben bei unserer und unserer Kinder Ausbildung (die die Engländer als Bewohner eines unwissenden Landes bezeichnen) in erster Linie der Vermittlung der englischen Sprache, Wissenschaft und Literatur gilt und nicht der Bekehrung zum Christentum, denn die Jünger Buddhas sind sich der Kraft von Wahrheit und Tugend größtenteils ebenso bewußt wie die Jünger von Christus und trachten nach Gewandtheit im Umgang mit der englischen Sprache und Literatur und nicht nach neuen Religionen.
Wir möchten Sie in unseren königlichen Palast einladen, damit Sie uns und unsere Kinder nach besten Kräften unterrichten. Wir erwarten Ihre Ankunft mit dem Eintreffen des siamesischen Dampfschiffes Chow Pya. *Wir haben Mr. William Anderson sowie unseren Konsul in Singapur angeschrieben und diese angewiesen, alles zu Ihrem und unserem Besten zu arrangieren. Haben Sie Vertrauen.*
Ihr ergebener
(unterzeichnet) S.S.P.P. Maha Mongkut
Seine Majestät Phra Klao, Rama IV

Kapitel 1

Bombay war wie ein Tagtraum gewesen – die Hitze und die Farben, der ekelhaft süßliche Geruch des Griechischen Heus, verschüttetes Kurkuma, das ihre Finger gelb färbte, dazu eine Sonne wie eine gepreßte Blüte, die sich strahlend am Himmel entfaltete. Und einem Tagtraum gleich, war ihr Aufenthalt dort viel zu kurz gewesen, eingebettet in den längeren, geborgeneren Traum eines langen Nachmittags in der Britischen Kolonie der Stadt, in der es nach Bergamottetee und den kleinen Rosinenkuchen duftete, die Anna eigenhändig buk, weil ihr Mann sie so gern mochte.

Bangkok dagegen war alles andere als ein Wachtraum. In ihrer Kabine auf dem Dampfer *Newcastle* sitzend, vermochte sie sich in der Tat kaum vorzustellen, hier überhaupt jemals zu schlafen. Von draußen vor dem kleinen ovalen Fenster drang ein wildes Durcheinander von Stimmen herein – die Rufe der Bootsführer, die ihre schmalrümpfigen Kanus durch den Hafen lavierten, die Rufe von Männern und Frauen an Land und die schrillen, vorwurfsvollen Schreie der Möwen und weit exotischeren Vögel, die über allem kreisten. Eintausend kreischende, lachende, singende, feilschende, neckende Stimmen, die auf und ab schwollen im Rhythmus sämtlicher Sprachen des Fernen Ostens: Chinesisch, Malaysisch, den Dialekten der Khmer, aus Laos und Java.

Gedankenverloren strich Anna zum einhundertsten

Mal die bauschigen Falten ihres Seidenkleides glatt. Schließlich nahm sie den neben sich auf dem Bett liegenden Brief zur Hand, dessen Umschlag das karmesinrote Siegel des Königlichen Hofes von Siam trug. Sie öffnete ihn und faltete das Blatt darin behutsam auseinander. Schwarze Tinte auf dickem, cremefarbenen Papier, die englischen Buchstaben sorgfältig gemalt.

An Mrs. A. H. Leonowens:
Madame: Wir sind hoch erfreut und vernehmen mit großer Zufriedenheit in unserem Herzen, daß Sie bereit sind, die Erziehung und Ausbildung unserer geliebten königlichen Nachkommen ...

Sie überflog den Brief abermals mit leicht gerunzelter Stirn, dann fuhr sie mit dem Finger über die Seite und versuchte, den Worten etwas zu entnehmen, das über die förmliche Einladung selbst hinausging. Und tatsächlich, beinahe hatte sie das Gefühl, ihn dort hinter den Kringeln und den mit kräftigem Strich gemalten Großbuchstaben zu spüren, in den winzigen Löchern, die zurückgeblieben waren, wo seine Feder das Blatt durchstoßen und das Ende eines jeden Satzes mit einem Zeichen versehen hatte, als wollte er das Urteil über den Leser verkünden.
»Mrs. Leonowens?«
Ein heftiges Klopfen an der Tür ihrer Kabine. Anna sah hoch und biß sich auf die Lippe. Rasch faltete sie den Brief zusammen und steckte ihn zurück in den Umschlag. Sie stand auf, fuhr sich mit den Händen über

ihr ordentlich frisiertes Haar und legte dann ihre Hände an die Wangen. Sie waren heiß, und in Annas Augenwinkeln standen Tränen, die einzigen äußerlichen Anzeichen ihrer Furcht – ja, sprich es nur aus –, ihrer *entsetzlichen Angst*, allein in diesem Palast zu sein, eintausend Meilen weit entfernt von jedem Ort, den sie jemals als ihr Zuhause bezeichnet hatte, und wo sie niemanden außer sich selbst – und vielleicht den Verfasser des Briefes auf ihrem Bett – für irgend etwas verantwortlich machen konnte.

Sie schloß die Augen und versuchte sich in jenen Zustand von Ruhe und Entschlossenheit zu versetzen, den man, wie Moonshee es ihr beigebracht hatte, auf bestimmte Weise erzielen konnte, und atmete tief durch.

»Herein«, sagte sie dann leise und mit gefaßter Stimme.

Die Tür ging auf. Dort stand Kapitän Orton in Begleitung eines jungen Stewards.

»Ich fürchte, die Flut wird nicht warten, Mrs. Leonowens. Nicht einmal auf Sie«, sagte er mit einem galanten Lächeln.

Anna zwang sich, sein Lächeln zu erwidern. »Vielen Dank, Captain. Sie waren mehr als nachsichtig mit mir.«

»Ich sollte wirklich nicht erlauben, daß Sie das Schiff ohne Begleitung verlassen –«

Der Kapitän machte eine Handbewegung Richtung Ausgang, und Anna rauschte mit raschelnden Röcken durch die Tür. »Unsinn«, erwiderte sie, neigte das Kinn und ließ ihre blaugrauen Augen aufblitzen. »Das sollten Sie doch wissen, Captain – ich bin nicht eine Ihrer englischen Rosen, die schnell den Kopf hängen lassen! Ich habe jahrelang in Indien gelebt –«

Kopfschüttelnd sah der Kapitän ihr in dem schlecht beleuchteten Gang unter Deck hinterher. »Dies ist nicht Bombay, Madame, und was das anbelangt, nicht einmal Singapur. Da draußen geht es weitaus *primitiver* zu.«

»Und genau deshalb bin ich hier«, versetzte Anna mit sehr viel mehr Selbstvertrauen, als sie empfand. Doch als sie beim Hinaufsteigen der Leiter zum Oberdeck kurz Kapitän Ortons bewundernden Blick registrierte, wußte sie, daß sie ihn – für den Augenblick jedenfalls – überzeugt hatte.

Wenn ich mich nur auch selbst überzeugen könnte, dachte sie wehmütig. Doch bevor ihre Entschlossenheit ins Wanken geraten konnte, stand sie auf Deck, bestürmt vom Sonnenlicht und besagter Kakophonie von Stimmen. Und eine davon gehörte Louis, ihrem zehn Jahre alten Sohn. Er stand mit den Füßen auf einer Taurolle an der Reling und beobachtete eine Gruppe von Dockarbeitern, die sich mit einem schwerfällig wirkenden, aus einer Rolle und einem Seil bestehenden Apparat abmühten. Sie versuchten gerade, eine mit Kartons, Gepäckstücken und Körben voller lebender Tiere beladene Palette hochzuhieven, als das Seil unvermittelt riß. Die Arbeiter nahmen schreiend Reißaus, und die Palette landete krachend auf dem Boden. Ihre Ladung verteilte sich überall.

»Mutter!« Louis zeigte aufgeregt in die Richtung.

»Mutter, sieh doch! Ich glaube, sie haben jemanden umgebracht!«
Anna eilte zu ihm und starrte hinunter auf die Stelle, wo die Menschen, von dem Unfall alles andere als beunruhigt, weiter ihrer Arbeit nachgingen. Falls tatsächlich jemand zu Tode gekommen war, so schienen es die anderen nicht bemerkt zu haben. »Nimm dich an der Reling in acht, Schatz.« Louis lächelte ihr kurz zu, und sie schmolz dahin, als sie in seinen tiefblauen Augen das genaue Ebenbild der Augen seines Vaters sah, ihres verstorbenen Gatten Leon. »Wo stecken denn Beebe und Moonshee?«
Louis drehte sich um und zeigte hinüber zu der Stelle, wo eine Inderin in den Fünfzigern sich mit einer schweren Reisetasche abmühte. »Da ist Beebe –«
»Beebe! Moonshee!« rief Anna. »Sucht eure Sachen zusammen. Es wird Zeit, daß wir an Land gehen.«
Schwer keuchend eilte die Inderin über das Deck, an den Falten ihres orangefarbenen Sari zerrend, da dieser sich an einem Vogelkäfig aus Bambus zu verheddern drohte. Hinter ihr blickte ein bärtiger Mann einen vorübergehenden Gepäckträger mißbilligend an.
»Sie da, Sir!« rief er und riß dem verwirrten Träger ein Porträt von Königin Viktoria aus der Hand. »Ich wäre Ihnen dankbar, wenn Sie ein wenig *Respekt* an den Tag legen würden.«
Ein weiterer Gepäckträger schleppte schwankend die Kiste, die Annas gutes Porzellan enthielt, vorbei. »Das sind Familienerbstücke!« rief sie. »Bitte seien Sie vorsichtig –«

Beebe kam zu Anna geeilt und hielt einen kurzen Augenblick inne, ehe sie eine gewaltige Reisetasche von einem Stapel Gepäckstücke ergriff. »Was ist das nur für eine Kultur, die zuläßt, daß eine anständige Frau sich an einem solch gottverlassenen Ort allein durchschlagen muß?«

»Ich bin völlig deiner Meinung, Beebe«, stimmte ihr Gatte zu. Er sah Anna kritisch an. »Ich bin nach wie vor der Ansicht, wir sollten warten, bis jemand aus dem Palast eintrifft.«

Anna schüttelte den Kopf. »Nein. Wenn sie hätten kommen wollen, Moonshee, dann wären sie längst hier. Außerdem läuft das Schiff bereits um –«

»Genau das meine ich doch!« empörte sich Moonshee.

Anna achtete nicht auf ihn. In der einen Hand hielt sie ihre siamesische Fibel, ein Geschenk des siamesischen Konsuls in Singapur, der letzten Stelle, die ihr Mann vor seinem Tod innegehabt hatte. Mit der anderen umklammerte sie die Hand ihres Sohnes und zog ihn zu sich heran. Dann drehte sie sich um und blickte über das Deck der *Newcastle* hinweg auf den ruhig dahinfließenden Chao Praya, eine echte Hauptverkehrsader, auf der sich Klipper und Schoner drängten, Kanus und chinesische Dschunken. Dutzende von Flaggen aus ebenso vielen Ländern wehten über den Schiffen, und über alledem erhoben sich, einem wachsamen Riesen gleich, die ausgedehnten Festungsmauern und Türme von Fort Parkham.

»Seht doch«, murmelte sie, staunend auf das Dock hinunterblickend. Arbeiter mühten sich mit einer weite-

ren Führungsleine ab, die an einer mit ihren Kisten und Taschen beladenen Palette befestigt war. »Wir müssen uns beeilen – es ist soweit –«
Und mit Louis, Moonshee und Beebe im Schlepptau machte sie kehrt und schritt die Gangway hinunter, verließ eine fremde Welt für eine neue, noch weitaus fremdere. Louis hielt seinen Kricketschläger umklammert, als könne er ihm Schutz gewähren. Anna sah sich unten aufgeregt um, versuchte aus dem Chaos ringsum klug zu werden und machte ein paar Schritte auf das Gewimmel zu. Kapitän Orton hatte gesagt, dies sei das Zollgebiet, doch wenn dem so war, dann glich es keinem der offiziellen Eingangshäfen, die sie bisher gesehen hatte – ein riesiger Markt unter freiem Himmel, auf dem sich Männer, Frauen und Tiere drängten, die scheinbar alle nur ein Ziel kannten, nämlich Anna Leonowens von ihrem kleinen Gefolge zu trennen.
Einen Augenblick lang sah es so aus, als sei ihnen das auch gelungen: Als Anna hinunterblickte, war Louis verschwunden. In einem Anflug von Panik wirbelte sie herum, doch dann erspähte sie ihn drüben bei der zerbrochenen Palette, wo er den schimpfenden Schauerleuten zuhörte. »*Louis* –«
Sie packte ihn und zog ihn fort. Er reckte sich fast den Hals aus, immer noch bemüht, zu sehen, was passierte, und fragte: »Mutter, wieso braucht dich dieser König eigentlich, wenn hier kein Mensch englisch spricht?«
»Weil das, was in England Brauch ist, mein Liebling,

auf der ganzen Welt Brauch ist. Ein kluger Mann ist der, der das weiß.«

Unter Mühen bahnten sie sich einen Weg über den Fischmarkt, tauchten unter Netzen voller Tintenfische durch, unter Kraken und Garnelen und zahllosen anderen Geschöpfen, die Anna zuvor noch nie gesehen hatte, sowie einigen weiteren, die sie lieber gar nicht erst zu Gesicht bekommen hätte. Vor ihnen kämpfte sich eine Woge von Menschen, offiziell aussehende Papiere in den Händen haltend, zu einem Schreibtisch durch, hinter dem ein sichtlich geplagter Mann saß. Um ihn herum erreichte die Welle ihren Höhepunkt und brach – Dolmetscher, Regierungsinspektoren, Geschäftsleute, sie alle deuteten schimpfend und wild gestikulierend auf die Paletten importierter Waren, die sich auf dem Dock stapelten. Als Anna mit ihrer Familie nahte, fixierte sie erst einer, dann ein weiterer dieser ungeduldigen Händler mit argwöhnischem, geradezu in offene Feindseligkeit umschlagendem Blick. Moonshee erwiderte die durchdringenden Blicke, dann wandte er sich zu Anna um.

»Memsahib, die *Newcastle* läuft in weniger als einer Stunde aus und wird für einen ganzen Monat nicht wiederkommen.«

»Heute abend werden wir alle in unseren eigenen Betten in unserem eigenen Zuhause schlafen, das verspreche ich«, erwiderte Anna. Eine zahnlose Alte schob sich an ihnen vorüber. Anna streckte die Hand aus und zupfte sie zögernd am Arm. »Verzeihen Sie bitte – wo können wir wohl eine Kutsche bekommen?«

Die Frau blickte sie verständnislos an. Anna blätterte

in ihrer Fibel und fragte dann in stockendem Siamesisch: »Eine ... Kutsche?«
Die Frau nickte und zeigte auf ein schweres Doppeltor. Anna lächelte. Schließlich gab sie ihrer kleinen Familie ein Zeichen, ihr zu folgen.
Louis schwang seinen Kricketschläger wie ein Schwert. »Keine Sorge, Mama – ich werde dich beschützen!«
»Danke, mein Schatz –« Sie riß die Augen auf. »Paß auf, Louis, ein Krokodil!« Anna raffte ihre Röcke und wich einem schwarzgekleideten Händler aus, der an einem geflochtenen Strick eine riesige Echse führte.
»Donnerwetter!« rief Louis, während Moonshee das Tier abschätzend musterte.
»Ein Waran«, verkündete er. »Seit meiner Kindheit habe ich keinen mehr gesehen.«
»Ich wäre froh, wenn mir der Anblick auch jetzt erspart geblieben wäre«, brummte Beebe.
»Mama!« Louis verrenkte sich fast den Hals nach dem Händler, der seinen Fang von dannen führte. »Ist das etwa ein *Haustier*? Kann ich auch einen haben? Bitte!«
Moonshee schüttelte den Kopf. »Ha! Bleib du nur dicht bei uns, mein kleiner Bruder, sonst wirst du an die Leine genommen wie dieses Tier dort drüben.«
Mit einem traurigen Blick verfolgte Louis, wie die Echse ihren Weg quer über den Markt fortsetzte. Anna versuchte, nicht allzu verwirrt oder besorgt dreinzuschauen, doch es fiel ihr schwer, sich nicht anmerken zu lassen, wie all diese fremden Dinge ringsum sie in Erstaunen versetzten. Händler, die gewaltige Mengen unbekannter Früchte schleppten; regenbogenfarbene

Vögel in Bambuskäfigen; Körbe voller Hirschkäfer, Insekten so groß wie die Hand eines kleinen Kindes. Anna legte Louis den Arm um die Schultern und zog ihn an sich, um ihm Mut zu machen – und sich selbst auch.

»Was meinst du, wie er wohl ist?« fragte sie. »Dieser König Mongkut?« Louis zuckte die Achseln. Er war zu sehr mit dem Markttreiben beschäftigt, als daß er hätte antworten können. »Ich habe gehört, früher sei es gewöhnlichen Bürgern verboten gewesen, König Mongkut auch nur ins Gesicht zu blicken. Der siamesische Konsul in Singapur meinte, er werde verehrt wie ein Gott.«

»So wie Jesus?« fragte Louis.

»Wohl kaum«, erwiderte Anna mit einem Anflug von Hochmut. »Aber wenn er möchte, daß sein Sohn, der Kronprinz, nach westlichem Vorbild erzogen wird – nun, dann sollte ich mich wohl geehrt fühlen, nehme ich an.«

»Warum kann er ihn nicht einfach nach London schikken?«

»Weil du dann keine Gelegenheit hättest, Siamesisch zu lernen.«

Kapitel 2

Sie fanden eine Mietdroschke, und mit einer Mischung aus Zeichensprache sowie einigen Worten aus ihrer Fibel arrangierte Anna, daß sie zum Palast gebracht wurden. In einer Stadt, in der es nicht einmal Rikschas gab und wo die Zahl der Menschen, die sich durch die engen Straßen schoben, genauso riesig schien wie die Schwärme leuchtend bunter Fische, die Anna im Fluß erblickte, war eine Droschke alles andere als ein gebräuchliches Transportmittel. Allerdings waren Anna und ihr Gefolge auch alles andere als gewöhnliche Besucher.
»Ich vermisse Bombay«, sagte Louis niedergeschlagen. Auf seinem Schoß lag die Uniformmütze seines Vaters, ihr welker Federschmuck ein Symbol für den Gemütszustand aller.
»Ich weiß«, antwortete Anna leise. Sie schlang die Arme um ihren Sohn. »Mir geht es genauso.«
Draußen vor der Droschke tanzten schwimmende Häuserreihen vorüber, errichtet an den Ufern der *klongs* – der Kanäle – und vertäut an mächtigen Pfählen. Ihre Dächer bestanden aus geflochtenem Stroh, und viele von ihnen wirkten so baufällig, daß Anna sich wunderte, daß sie von den heftigen Monsunwinden noch nicht fortgeweht worden waren. Doch wenigstens vermittelten die *klongs* die Illusion von Heiterkeit – blaues Wasser, in dem sich ein noch blauerer Himmel spiegelte, schmalrümpfige Kanus und Sam-

pans, die über seine Oberfläche flitzten wie Wasserschneider.
Verglichen damit waren die Straßen lärmig und brodelnd, der schlammige Boden zerwühlt von Kutschen und Abertausenden nackter Füße. Überall roch man den Gestank faulender Fische und den süßlichen Duft von Bananenblättern, die man zum Dämpfen von Reis benutzte. Die Straße war rot gefärbt von Betelsaft. Blaßgelbe Büschel von Jasminblüten hingen über die Fahrbahn, und überall standen Mangobäume voller himmlischer Früchte – ein unwiderstehlicher Anblick für Louis, der beinahe aus der Droschke fiel, als er danach greifen wollte.
»Du solltest dich mehr in acht nehmen, kleiner Bruder«, schimpfte Moonshee, der den Jungen gerade noch an der Hüfte erwischte. »Wenn du rausfällst, finden wir dich dort niemals wieder.«
Bei dem Wörtchen *dort* stieß er seinen Finger vor und zeigte auf die Menschenmenge draußen vor dem kleinen Droschkenfenster. Eine hektisch drängelnde Menschenmenge schob sich parallel zum Kanalufer über die Straße, und ab und zu, sobald jemand einen Blick auf die hellhäutigen Menschen aus dem Westen erhaschte, die aus der Kutsche herauslugten, erklang der Ruf *Farang! Farang!*
»Jetzt kannst du mal sehen, wie es ist, anders zu sein«, sagte Anna mit leiser Stimme zu ihrem Sohn. Ihr Aufenthalt in Bombay hatte ihr Bewußtsein für die entsetzliche Ungerechtigkeit geschärft, die man all denen entgegenbrachte, deren Hautfarbe, Stellung oder Kaste

sie von anderen unterschied. Die behütete Atmosphäre der britischen Kolonie dort hatte gelegentlich etwas Erdrückendes gehabt, und als ein Missionarsfreund Anna ein Exemplar eines aufrührerischen Romans der amerikanischen Schriftstellerin Harriet Beecher Stowe geschenkt hatte, hatte Anna diesen verschlungen und ihn später nicht nur Louis, sondern auch Beebe und Moonshee vorgelesen. Gerade bog der zweirädrige Hansom um die Ecke, und einige junge Männer sprangen von ihren Plätzen draußen vor einem der schwimmenden Häuser auf und rannten hinter der Kutsche her, aufgeregt auf Anna und Louis zeigend. »Ein seltsames Gefühl, nicht wahr?«
»Mama! *Sieh doch!*« Beinahe wäre Louis abermals durch das Wagenfenster gesprungen, und diesmal schien sogar Moonshee bestürzt. »Mama! *Elefanten!*«
»Du meine Güte!« stieß Anna hervor und schlug die Hand vor den Mund. Neben ihnen türmte sich eine Kolonne von Elefanten in vollem militärischem Putz auf, alle scheinbar blind für die Kutsche, an der sie schlenkernden Schrittes gemächlich vorübertrotteten.
»Du lieber Himmel« entfuhr es Beebe. »Sind wir auch bestimmt auf der richtigen Straße?«
Louis befreite sich aus dem klammernden Griff seiner Mutter und lehnte sich abermals aus dem Fenster. Auch Moonshee verdrehte den Kopf und versuchte an der endlosen, sich bewegenden Wand aus grauer Haut und goldenen Schabracken vorbeizuspähen.
»Woher sollen wir das wissen?« sagte er dann, dem

Jungen schelmisch zuzwinkernd. »Wenn man nicht der Leitelefant ist, ändert sich die Landschaft nie.«

Die Kutsche ratterte dahin, während ihre Passagiere miteinander um einen Blick auf die Verbotene Stadt vor den Fenstern des Hansoms wetteiferten. Minuten später standen sie vor den Toren des Palastes.

»*Ah.*« Annas Stimme war kaum mehr als ein Flüstern. Louis und Moonshee hatte es gänzlich die Sprache verschlagen. »Mein Gott ...«

Nichts auf der ganzen Welt hätte sie hierauf vorbereiten können. Ein königliches Gelände, das eine Stadt für sich bildete, doch in ihren westlichen Augen glich es eher der überwältigenden Vorstellung einer Traumstadt. Thronsäle und Tempel, Pavillons und vergoldete Säulen, überwölbte Tordurchgänge und mit Schnitzereien verzierte Giebel – eine scheinbar endlose Flucht strahlender Gebäude, die sich, so weit das Auge reichte, über mehr als zwanzig Straßenblocks erstreckte. Spitzdächer und Säulen reckten sich himmelwärts, gestützt von lebensgroßen, aus Marmor gehauenen Elefanten. Gewaltige, wie goldene Glocken geformte Dächer, in Reihen angeordnete Spitzen, mit Zacken versehene obere Stockwerke, flankiert von heiligen Feigenbäumen aus Gold und Karminrot und Smaragdgrün. Dazu überall Abbilder Tausender wundersamer Kreaturen: *nagas* und *kinnarees*, Vogelfrauen und heilige Schlangen; grimmig dreinblickende Tempelwächter von drei Stockwerken Höhe, deren Körper über und über mit Edelsteinen besetzt waren; hölzerne Tempeltänzerinnen und goldene Löwen, Bronzebildnisse so-

wie der allgegenwärtige Garuda, das heilige Pferd Vishnus, des Kriegers mit dem Schnabel und den Schwingen eines Adlers.
In Annas Kopf drehte sich alles. Ein berauschender Duft von Lotus und Hibiskus lag in der Luft, von Sandelholz und Räucherstäbchen. Gärten voller Lotusbekken, in denen knollenäugige Koi unter Wasserhyazinthen hervorlugten und wo Gibbons von ihren hochgelegenen Plätzen auf uralten, zurechtgestutzten Bäumen Beleidigungen herunterkreischten. Wie Schmetterlinge oder menschliche Gesichter geformte Orchideen und Vögel – türkisfarbene Eisvögel, Javaspatzen, rotschnabelige Sittiche und erhaben einherschreitende Pfaue. Das Geschrei der Vögel, der Klang von Gongs, von melodisch klingelnden Glöckchen, Fahnen, die im Wind wehten, sowie safrangelbe Mönche, die die Straße mit Jasminwasser sprengten –
Es war zuviel. Anna, die Hände an die Wangen gelegt, schloß die Augen. Unter ihr hüpfte und schwankte die Kutsche und blieb schließlich stehen.
Vom Kutschbock waren schwach einige Worte auf siamesisch zu vernehmen. »Die Residenz des Kralahome.«
»Ja – ja, *khawp khun*, vielen Dank –« brachte Anna stammelnd hervor. Sie ergriff Louis' Hand, nahm den letzten Rest ihrer noch verbliebenen Kraft zusammen und lächelte. »Komm jetzt, Louis, richte dein Hemd. So ist es schon besser. Moonshee, könntest du dich darum kümmern, daß unser Gepäck zu unserem Haus vorausgeschickt wird? Und Beebe, würdest du Louis bitte hinunterhelfen?«

Sie stiegen aus. Eine Gruppe von Mönchen unterbrach vor der Residenz des Kralahome ihre Arbeit und starrte herüber – einige neugierig, andere voller Argwohn oder Geringschätzung. Anna richtete sich auf und schob sich eine verschwitzte Haarsträhne aus dem Gesicht. Wortlos betrat sie erhobenen Hauptes das vordere Gebäude.

Kapitel 3

Ein Posten erwartete sie und geleitete sie hinauf in einen offenen Schreibsaal, wo Reihen von Buchhaltern an breiten hölzernen Tischen saßen und mit kratzenden Federn Briefe und Notizen abschrieben, jede einzelne Kleinigkeit des offiziellen Schriftverkehrs. Auf der gegenüberliegenden Seite des Saales war ein Mann damit beschäftigt, auf Zehenspitzen stehend einen mit reichen Stickereien verzierten Talisman aus Seide in einen Bogengang zu hängen. Auf das hallende Geräusch von Annas Schritten hin wandte er sich um und musterte die Neuankömmlinge. Kurz darauf legte er den Kopf in den Nacken.
»Ich bin dabei, die Umgebung von bösen Geistern zu reinigen«, erläuterte er auf englisch.
Anna warf ihrem Sohn einen kurzen, überraschten Blick zu, dann sah sie wieder den Mann an. Das Geräusch der Schreibfedern war unvermittelt verstummt.

»Ich bin Dolmetscher«, fuhr der Mann kühl fort. »Kommen Sie. Ihre Diener können hier auf Sie warten.« Mit einem beruhigenden Blick zu ihrer Familie folgte Anna ihm. Der Bogengang führte in ein riesiges Empfangszimmer, dessen Wände mit seidenen Vorhängen bedeckt waren und dessen Boden mit dicken Perserteppichen ausgelegt war. Man sah Messingduftspender, die den süßlichen Geruch von Räucherstäbchen verströmten, sowie mannsgroße Statuen von Buddhas und andere religiöse Bildnisse. In den Ecken standen Wachen in der königlichen Uniform.
Beherrscht wurde der Raum jedoch von einem niedrigen, runden, mit Papieren übersäten Tisch mit vollen vier Metern Durchmesser. Hinter diesem saß ein Mann mit stolzem, habichtartigem Gesicht, der, eine langstielige Pfeife rauchend, einen Stapel offizieller Dokumente sichtete. Er blickte Anna hochmütig an, während sich Rauch um seinen Kopf kräuselte.
»Euer Exzellenz ...« Der Dolmetscher trat vor und warf sich vor dem Kralahome zu Boden. »Darf ich Ihnen Mrs. Anna Leonowens vorstellen – Mrs. Leonowens – Seine Exzellenz, Chat Phyla Kralahome, der Premierminister von Siam.«
Ein Trommelschlag. Der Kralahome starrte Anna unablässig aus durchdringenden Augen an. Sie schluckte, wartete darauf, daß er sprach, dann machte sie einen Knicks. Es folgte ein kurzer Wortwechsel auf siamesisch zwischen dem Kralahome und seinem Dolmetscher. Schließlich wandte sich der Dolmetscher, immer noch auf Knien, zu ihr.

»Haben Sie Freunde in Bangkok, Sir?« fragte er.
Verwirrt schüttelte Anna den Kopf, die Hände vor ihrem Körper gefaltet. »Nein, ich kenne niemanden hier.«
Der Dolmetscher gab diese Information an den Kralahome weiter, der sie nachdenklich ansah, bevor er die nächste Frage stellte.
»Sir ist verheiratet?« übersetzte der Dolmetscher.
Anna drehte, ohne es zu merken, an ihrem Ehering. »Ich bin ... Witwe. Und bitte, könnten Sie mir erklären, warum Sie mich mit ›Sir‹ ansprechen?«
Der Dolmetscher sah sie von oben herab an. »Frauen stehen nicht in Gegenwart Seiner Exzellenz.« Er wandte sich wieder dem Kralahome zu, der abermals etwas auf siamesisch erwiderte, und übersetzte es erneut für Anna. »Seit wann haben Sie einen toten Ehemann?«
Sie zögerte. »Seit dreiundzwanzig Monaten«, antwortete sie schließlich. Die beiden Männer erwiderten nichts, sondern blickten sie erwartungsvoll an. »Er – er war Captain in der britischen Armee.«
Die Geringschätzung des Dolmetschers wurde immer offenkundiger. »Und wie ist er gestorben?«
Anna spürte, wie sie errötete. Sie atmete tief durch, zwang sich zu einem gleichmütigen Tonfall und antwortete: »Würden Sie Seiner Exzellenz bitte mitteilen, daß ich als Lehrerin des ältesten Sohnes des Königs hierhergekommen bin und es daher nicht erforderlich ist, daß er mir weiter persönliche Fragen stellt?«
Der Dolmetscher sah sie unschlüssig an.
»Bitte?« setzte Anna leiser hinzu.

Zögernd wandte er sich wieder dem Premierminister zu, der ihn mit einer raschen, knappen Handbewegung entließ.

»In Siam, Sir«, verkündete der Kralahome voller Verachtung, »ist es üblich, erst einige Fragen persönlicher Natur zu stellen – aus Gründen der Höflichkeit.«

Er ignorierte ihre Verlegenheit und ihren Schreck über die Erkenntnis, daß er des Englischen mächtig war, und richtete seine ganze Aufmerksamkeit wieder auf die vor ihm liegenden Dokumente. Der Dolmetscher hob die Hände zu einem Abschieds-*wai*, stand auf und machte Anstalten, Anna zur Tür zu geleiten. Unvermittelt riß sie sich von ihm los.

»Herr Premierminister! Ich versichere Ihnen, ich hatte nicht die Absicht, unhöflich zu sein.«

Der Kralahome sah nicht auf. »Man wird Sie zu Ihren Gemächern innerhalb des Palastes führen.«

»Ich bedaure, aber der König hat uns ein Zuhause *außerhalb* des Palastes zugesichert«, erwiderte Anna. »So lautete die Übereinkunft.«

»In Siam kommt alles zu seiner Zeit. Das werden Sie noch lernen«, erwiderte der Kralahome knapp und sah sie immer noch nicht an.

Anna reckte sich empor. Dann marschierte sie an dem gepeinigten Dolmetscher vorbei auf den Kralahome zu, zog ihr Schreiben aus der Tasche und hielt es dem Premierminister unter die Nase.

»Ich fürchte, das ist vollkommen inakzeptabel.« Sie deutete mit dem Finger auf den Brief. »Ist dies vielleicht nicht das königliche Siegel?«

Hinter ihr sprang der Dolmetscher unruhig hin und her. Ohne auch nur einen flüchtigen Blick auf den Brief zu werfen, winkte der Kralahome den Mann fort, dann richtete er seinen unbeugsamen Blick auf Anna.
»Setzen Sie sich«, kommandierte er. Als sie zögerte, wiederholte er brüllend: »Setzen Sie sich!«
Verlegen nahm sie einige Meter vom Premierminister entfernt auf einer schmalen Holzbank Platz. Ihre Rökke raschelten dabei deutlich vernehmbar. Sie versuchte nach wie vor, den Blick nicht von ihrem herrischen Gastgeber abzuwenden.
»Es ist dem König eine Freude, daß Sie von nun an am königlichen Hofe residieren werden«, fauchte der Kralahome. »Warum hat Sir etwas dagegen einzuwenden, im Palast zu wohnen?«
»Dafür habe ich viele Gründe, Euer Exzellenz. Was jedoch ebenso wichtig ist: Es wurde eine Übereinkunft getroffen, und Übereinkünfte sind dazu da, eingehalten zu werden. Ich bin im Besitz eines persönlichen Briefes des Königs –«
Sie zog einen weiteren, stark abgenutzten Umschlag hervor, dessen Inhalt durch viele Hände gegangen und daher recht zerknittert war, und reichte ihn dem Kralahome. Er beäugte ihn aufmerksam, das königliche Siegel und die vertraute Handschrift mit einem Blick erfassend, dann las er ihn.
»Bei ihrem Eintreffen werde ich ihr ein Ziegelhaus in unmittelbarer Nähe des Palastes zur Verfügung stellen, wo sie mit ihrem Gatten oder Diener kostenlos wohnen kann, ohne Miete oder Abschlag auf ihr monatli-

ches Gehalt, das anfänglich 100 Dollar betragen wird – später jedoch, sollte ich feststellen, daß ihre Leistung größer ist als erwartet, die Zahl ihrer Schüler wächst oder deren Kenntnisse in Sprache und Literatur rasch zunehmen, werde ich sie mit mehr als einem Gehalt entlohnen oder ihr monatliches Salär gemäß ihrer Leistung erhöhen.
Bitte teilen Sie ihr diese meine Absicht mit und versichern Sie ihr ...«
Der Kralahome gab Anna das königliche Schreiben zurück. Er nahm einen tiefen Zug aus seiner Pfeife. »Ist Sir sich bewußt, daß die Stadt von Cholera heimgesucht wurde?«
»Dieser Teil der Welt ist mir nicht völlig fremd, Euer Exzellenz. Überall, wo wir gelebt haben, hat es Fälle von Cholera gegeben, und wir haben gelernt, entsprechende Vorkehrungen zu treffen. Wenn die Bedrohung jedoch so ernst wäre, wie Sie vorgeben, hätten Sie sicher jemanden geschickt, der uns am Schiff empfängt.«
Die Augen des Kralahome verengten sich, und Anna entdeckte in ihnen einen winzigen Funken Anerkennung.
»Wie auch immer«, sagte er, »ob Sie nun Britin sind oder nicht, Sie sind nur eine Frau.«
»Bei allem gehörigen Respekt«, erwiderte sie fest, »in meinem Land ist der König eine Frau. Und *sie* bricht niemals ihr Versprechen.«
Erzürnt erhob sich der Kralahome und blickte verächtlich auf Anna herab.

»Man widerspricht Seiner Majestät nicht!« rief er empört.

Annas Herz klopfte, doch ihre Stimme blieb fest, als sie mit gesenktem Kopf erwiderte: »Dann sollte ich, die ich nicht durch Ihre Tradition gebunden bin, Seine Majestät jetzt vielleicht aufsuchen und ihn an unsere Abmachung erinnern.«

Der Kralahome starrte sie fassungslos an. Mit einem Aufschrei drehte er sich um und rief den wartenden Wachen etwas zu, die vortraten, um Anna aus dem Zimmer zu geleiten.

»Entweder Sie warten, Lehrerin, bis der König Sie zu sehen wünscht, oder Sir kann gehen, wohin es ihm beliebt!«

Kurz darauf wurde sie wortlos aus dem Empfangszimmer geführt und in ihre Gemächer innerhalb des Palastes gebracht, wo ihre Familie auf sie wartete.

Kapitel 4

Ich weiß nicht, was Mrs. Leonowens bei ihrer Ankunft in Bangkok, in Krung Thep, unserer Stadt der Mächtigen Engel, vorzufinden erwartete. Sicher kein orientalisches Märchenland, wie ihre Landsleute es aus ihren Märchenbüchern und Abenteuerromanen kennen. Meine Lehrerin hatte sowohl in Bombay als auch in Singapur gelebt, ich bin allerdings der Meinung, daß

keine ihrer Anstellungen an diesen beiden Orten sie auf ihren Aufenthalt bei uns vorbereitet haben konnte.
Bangkok ist eine junge Hauptstadt, die offiziell bei Anna Leonowens' Eintreffen weniger als einhundert Jahre alt war. Ich erinnere mich noch, mit welch fieberhafter Geschäftigkeit zu meiner Kinderzeit neue Gebäude errichtet wurden und wieviel Aufregung die Lieblingsprojekte meines Vaters damals verursachten – die Umwandlung eines alten Elefantenpfades in die New Road, damit die neuen, mit Rädern versehenen Kutschen meines Vaters hin und her fahren, aber auch, damit die Kaufleute das Teakholz aus den Wäldern heranschaffen konnten; das Ausheben neuer Kanäle; die Modernisierung von Militär und Polizei. Mit der Hilfe eines Freundes, eines amerikanischen Missionars, schuf er unsere erste Druckerpresse. Er schaffte die Zwangsarbeit bei öffentlichen Bauvorhaben ab und richtete ein königliches Münzamt ein, so daß wir mit Münzen Handel treiben konnten, statt mit Schnüren voller Kaurimuscheln.
All dies war natürlich erst geschehen, nachdem er einen großen Teil seines Lebens im Kloster verbracht hatte, wo er wie seine Mönchsbrüder lebte und betete. Er war vierzehn, als er sein Gelübde ablegte – kaum älter als ich bei meiner ersten Begegnung mit Mrs. Leonowens –, und zog nahezu dreißig Jahre lang gemeinsam mit seinen Brüdern im safranfarbenen Gewand der Buddhistenmönche durch unser Land, mit nicht mehr Besitz als seinen Holzsandalen, seinem Gewand und der hölzernen Schale, aus der er aß.

Mehr als jede theoretische Schulausbildung war es dieses Leben, das ihn auf die Zeit danach vorbereitete. Denn als Mönch erlebte er unser Volk in Dörfern und auf Reisfeldern, in Städten und Tempeln. Die Menschen gaben ihm zu essen, sie sprachen mit ihm, sie beteten mit ihm, für ihn und an seiner Seite. Zudem begegnete er vielen anderen Menschen: christlichen Missionaren und Jesuiten, dem Bischof, der sein Freund wurde und ihm Latein beibrachte, den europäischen Botschaftern, die ihm Nachrichten aus der Welt jenseits der siamesischen Grenzen brachten.
Daher war mein Vater bei der Besteigung des Thrones kein jugendlicher König, sondern ein hochgebildeter, einsichtiger und an Jahren reicher Mann. Ein Mann, der ein Leben in Armut und Meditation gelebt hatte, ein Mann, dessen ganze Leidenschaft der Gelehrsamkeit und den Wissenschaften galt. Und nach seiner Krönung schließlich war es die freundliche Aufnahme, die er Handelsinteressen aus aller Welt entgegenbrachte, die meinen Vater von seinen Vorgängern in der Chakri-Dynastie unterschied. Natürlich wollte er damit dem Kolonisationsprozeß zuvorkommen, der, wie ihm nicht entgangen war, unsere Nachbarn überrascht hatte. Nichtsdestotrotz war es eine noble und riskante Geste. Dem Mut und außergewöhnlichen politischen Scharfsinn meines Vaters ist es zu verdanken, daß seine Politik so erfolgreich und meine Amtszeit als sein Nachfolger so bemerkenswert war.
Trotzdem, ich muß zugeben, daß mir von meinem Vater am meisten seine Uhren in Erinnerung geblieben

sind. Er hatte eine Schwäche für Uhren und westliche Chronometer aller Art – Sonnenuhren, Wasseruhren, winzige Taschenuhren, kunstvoll geschnitzte Häuschen, hinter deren Vorderfront sich magisch bewegende Figuren und blinkende Zahnräder verbargen. Er sammelte alles Mechanische, alles, was sich bewegte oder der Bestimmung von Zeit, Jahreszeiten und Gestirnen diente. Er hatte eine Vielzahl von Konkubinen und ganze Scharen von Kindern, und auch letztere, das kann ich bestätigen, liebte er großzügig und von ganzem Herzen.
Doch das einzige, was er ebenso liebte wie seine Kinder, war das Wissen. Die Wissenschaften, Mathematik, Astronomie, Vernunft – das waren seine Ehefrauen, seine Mätressen, seine Geliebten. Er nahm sie mit ins Bett, er spielte mit ihnen, er analysierte sie, und manchmal ließ er seinen Zorn an ihnen aus, wenn er ihre oft verschlungenen und rätselhaften Pfade nicht verstand. Doch stets liebte er sie und umgab sich mit ihren Abkömmlingen – Teleskopen, Mikroskopen, Astrolabien, Ferngläsern, Kristallkugeln, Barometern, Thermometern, Dioramen, Terrarien, Globussen. Er liebte sie über alles, und wie jeder gute Liebhaber versuchte er das Objekt seiner Bewunderung zu verstehen.
Und am Ende war es eine dieser Geliebten, die ihn das Leben kostete. Obwohl ich ehrlich gesagt kaum glaube, daß er sich überhaupt einen anderen Tod gewünscht hätte.

Kapitel 5

Anna war frustriert und erschöpft. »Pack gar nicht erst aus, Beebe«, sagte sie mit einer resignierenden Handbewegung zu der älteren Frau, die sich mit dem nächsten Stück ihres zerbeulten Gepäcks abmühte. »Es ist ohnehin nur für eine Nacht.«
Um sie herum standen und lagen die Überbleibsel ihres früheren Lebens – zerbeulte Koffer und leere Kartons, die über einen Stuhl gehängte Uniformjacke ihres Mannes, Louis' Bücher und Kleidungsstücke, säuberlich gefaltet und gestapelt neben einer mannsgroßen, geschnitzten Buddhastatue. Sie befanden sich in ihrer Unterkunft im Khang Nai oder Verbotenen Ort, jener verborgenen Stadt innerhalb der Stadt, wo die königlichen Gemahlinnen und Konkubinen gemeinsam mit den Kindern und den Bediensteten lebten. Alles in allem mehrere tausend Personen – und in diesem Augenblick hätte Anna nur zu gern irgendeine von ihnen um ein Bad und einen Platz für ihr müdes Haupt gebeten. Seufzend reichte sie Beebe ein kleines Päckchen und erklärte: »Entweder die Angelegenheit wird zu unserer Zufriedenheit geregelt, oder wir reisen so schnell wie möglich von hier ab.«
Hinter ihr saß Louis in einem Fensterbogen und blickte unverwandt hinaus, über eine mit einem Mosaik verzierte, von Kletterpflanzen überwucherte Mauer. Unsichtbar in einem Innenhof dahinter sangen Scharen von Mönchen, deren Stimmen auf und ab schwollen

Anna *(Jodie Foster)* entdeckt gemeinsam mit ihrem Sohn Louis *(Tom Felton)* die geheimnisvolle Welt von Siam und lernt König Mongkut *(Chow Yun-Fat)* kennen.

wie das Geräusch einer fernen Brandung. Louis sah über die Schulter zu seiner Mutter und sagte: »Ich dachte, wir hätten kein Geld.«
»Das ist richtig. Aber in diesem Augenblick will ich nicht daran erinnert werden.«
Louis lächelte und richtete seinen Blick wieder aus dem Fenster. »Es hört sich so an, als lebten wir in einem Bienenstock.«
Anna trat über einen Kleiderstapel hinweg. »Ich werde gleich als erstes morgen früh zum König gehen.« Sie bückte sich und klappte verärgert einen Koffer auf. »Ein Monarch, der sich weigert, sein Wort zu halten, ist unzivilisiert, unaufgeklärt und, offen gestanden, undankbar. Es geht um grundlegende Dinge«, fuhr sie fort, wie zu sich selbst. »Und dazu gehört auch, daß wir ein richtiges britisches Zuhause haben, wo wir ein wenig ungestört sein können.«
»Ich glaube nicht, daß Siam darin mit Ihnen einer Meinung ist, Memsahib«, murmelte Beebe.
Louis schüttelte verwirrt den Kopf. »Aber Mama, wie soll denn ein britisches Zuhause das richtige sein, wenn ich noch nie in England war? Außerdem hast du, seit du ein junges Mädchen warst, auch nicht mehr dort gelebt.«
»Indien ist britisch, Louis«, erwiderte Anna gereizt. »Und zwar schon seit vielen Jahren. Darum geht es schließlich, wenn man kolonisiert wird.«
Moonshee und Beebe tauschten Blicke aus. »Und genau darum geht es auch dem König von Siam«, raunte Moonshee seiner Frau zu.

Draußen brach der Sprechgesang unvermittelt ab. Nach einem letzten verstohlenen Blick über die Mauer kletterte Louis von der Fensterbank hinunter. »Also, ich kann nur sagen, Vater hätte ihm gehörig die Meinung gesagt.«
Anna sah ihren Sohn durchdringend an. »Tut mir sehr leid, wenn ich nicht so ein toller Kerl bin wie dein Vater.«
Louis blieb stehen und warf ihr einen gekränkten Blick zu. Anna seufzte. »Entschuldige, Louis. Das – das hier ist für uns beide eine gute Gelegenheit, und ich … ich nehme an, ich sollte die positiven Seiten sehen. Vorausgesetzt, es gibt sie.« Sie schob ihm das Haar aus der Stirn und lächelte. »Das hätte jedenfalls dein Vater getan.«
»Er war ein mutiger Mann, nicht wahr?«
»Sehr mutig. Und sehr rücksichtsvoll. Was ich von diesem – König nicht behaupten kann.«
Sie beugte sich vor, um Louis zu küssen, und drückte ihm dann ein zerlesenes Exemplar der Bibel in die Hand. »Hier. Es ist mir tatsächlich gelungen, das hier aufzutreiben. Und jetzt wollen wir mal sehen, ob wir ein Bett für dich finden können.«
Liebevoll begleitete sie ihren Sohn ins Nebenzimmer, wo sie soviel Trost als möglich in der alten, sehr alten Geschichte über die Menschen zu finden hofften, die sich in der Wildnis verlaufen hatten, um dann endlich in einen unruhigen Schlaf zu sinken.

Kapitel 6

Auch Prinz Chowfa schlief schlecht in dieser Nacht. Böse Träume von einem rot dahinfließenden Fluß verfolgten ihn, und von greifenden Händen, Hände, die ihn auf seinem Elefantensitz, von dem aus er den umliegenden Wald musterte, zu erwürgen trachteten. Als er in dem kleinen Haus mit dem steilen Dach erwachte, wo sie ihr Lager aufgeschlagen hatten, fühlte er sich denkbar unbehaglich. Draußen fiel soeben das erste Sonnenlicht durch das knorrige Rhododendron- und Piniendickicht. Von einem Kochfeuer stieg Rauch auf, und in der Ferne krächzte ein Pfau. Chowfa kleidete sich hastig an, erteilte seinen Helfern knapp einige Befehle und stieg dann die schmalen Stufen hinunter, wo er ungeduldig darauf wartete, daß die Elefanten für den Ausritt des Tages vorbereitet wurden.

Sie befanden sich in der Nähe des Dorfes Bang Pli. Chowfa, Bruder des Königs von Siam, leitete dessen königliche Abordnung auf ihrer Inspektionsreise durch die nordsiamesische Provinz Chiang Bai. Burma lag nicht mehr als einen Tagesmarsch entfernt, und es hatte Gerüchte von Übergriffen durch burmesische Truppen gegeben. Bislang hatte Prinz Chowfa keinerlei Beweise gefunden, die diese Behauptungen bestätigten – Gerüchte gab es immer, genauso wie es immer Personen gab, die glaubten, aus ihrer Verbreitung politischen oder persönlichen Nutzen ziehen zu können. Trotzdem waren die jüngsten Nachrichten aus der Region so beunruhigend, daß Prinz Chowfa einen Besuch beim Gouverneur für angebracht hielt. Der Traum der vergangenen Nacht hatte dieses Gefühl von Dringlichkeit nur noch verstärkt. Als die Kolonne sich abermals in nördlicher Richtung in Bewegung setzte, war es immer noch so früh, daß sie den Sitz des Gouverneurs erreichen, ihren Auftrag ausführen und – vorausgesetzt, die Gerüchte waren nicht mehr als das – ein üppiges Abendmahl einnehmen konnten. Der Gouverneur rühmte sich, selbst in einem so entlegenen Flecken noch eine überaus gute Küche zu unterhalten.

»Sir! Sir!«

Prinz Chowfa stützte sich mit einer Hand auf dem Elefantensitz ab, drehte sich um und senkte den Blick hinunter auf den Waldboden.

»Ja?« rief er. »Was gibt's?«

»Sir!«

Ein Mann kam zwischen den Bäumen hervor auf den breiten Pfad gerannt, wo die königliche Prozession aus Elefanten und Fußsoldaten eine Kolonne von fast einer Viertelmeile Länge bildete. »Anhalten!« rief Prinz Chowfa seinem Elefantenführer zu. Dann forderte er den Mann auf, näher zu treten. »Was gibt es?«

»Der Sitz des Gouverneurs, Sir – ich bin dort angestellt. Gestern abend sandte man mich aus, um, wie es Brauch ist, einen Handelskonvoi auf dem Fluß zu empfangen. Aber als ich im Morgengrauen zurückkehrte und – und –«

Seine Stimme versagte, und Prinz Chowfa blickte be-

sorgt auf ihn hinab. Die Kleider des Mannes waren zerrissen, sein Körper blut- und rußverschmiert. Prinz Chowfa drehte sich rasch um und bat mit einem Handzeichen, den Mann zu stützen. »Ist dem Gouverneur etwas zugestoßen?« verlangte er zu erfahren.
»Wir wurden überfallen, Sir –«, erwiderte der Mann und brach zusammen.
»Du da unten! Hilf ihm!« rief Prinz Chowfa. »Bringt ihn zu mir, sobald wir den Sitz des Gouverneurs erreicht haben! Macht schon! Beeilt euch!«
Es dauerte noch eine Stunde, bis sie dort anlangten. Doch Prinz Chowfa konnte bereits lange vorher den Geruch von verbranntem Holz erkennen. Er zog ein seidenes Taschentuch hervor, bedeckte Nase und Mund und wappnete sich für das, was ihn erwartete.
Doch es war schlimmer, als er sich vorzustellen vermocht hätte. Sein Leben als Oberaufseher über die militärischen Belange seines Landes hatte ihn zwar gegen vieles abgehärtet, aber hier stockte ihm der Atem. Das Wohnhaus lag, bis auf die Grundmauern niedergebrannt, in Trümmern, so daß nichts übriggeblieben war als ein Stoß rauchender Balken und da und dort eine schwarzverkohlte, entstellte Form: eine zur Kralle gekrümmte Hand, die nach einem zersplitterten Kronleuchter greift, ein silbernes Betelnußkästchen auf dem Schädel eines Kindes. Prinz Chowfa trieb seinen Elefantenhengst mit lautem Rufen zu der Stelle, wo sich einst die hintere Veranda des Wohnhauses befunden hatte. Der Elefant gehorchte, unter seinen riesigen Füßen achtlos Asche und verkohlte Scheite, Stapel ver-

filzter, nasser Kleidungsstücke und zersplittertes Glas zermalmend.
»Mein Lord – Prinz Chowfa –«
Der Prinz wandte seinen Kopf herum. Nur seine dunklen Augen waren oberhalb des Taschentuchs zu erkennen. Einer seiner Männer zeigte auf einen großen Banyanbaum, mehrere Meter entfernt von der Stelle, wo sich einst ein Garten aus Feigenbäumen befunden hatte. Von einem der mächtigen Äste des Banyanbaumes hing ein Dutzend Gestalten herab. Ihre karmesinroten, goldenen und grünen Kleider wirkten unangemessen festlich. Es war die Familie des Gouverneurs, die ihre feinsten Gewänder angelegt hatte: Offenbar hatte sie die Kunde vom Eintreffen des königlichen Aufzuges schon erreicht. Ihre Gesichter jedoch waren wegen der grausamen Spuren des Verfalls, der in der tropischen Hitze bereits eingesetzt hatte, kaum zu erkennen. Auf dem Boden rings um den Baum lag verstreut das Inventar des Wohnhauses – zerbrochene Truhen, Schmuckkisten und Servierteller, zerplatzte Melonen, Schriftrollen und lackierte Körbe. Und zu all dem die Diener des Gouverneurs, mit aufgeschlitzten Kehlen und abgetrennten Gliedmaßen, deren Blut die feinen seidenen Kleidungsstücke färbte, die sie getragen hatten.
»Gouverneur Bunnang und seine Familie«, jammerte Prinz Chowfas bewaffneter Begleiter. »Sogar die Kinder, gütiger Herr – sie haben sogar die –«
»Ich sehe selbst, was sie getan haben.« Chowfas Zorn ließ jedes Mitgefühl verbrennen, als er die drei kleinen

Körper am Baum gewahrte. »Schneidet sie herunter! Bereitet ihre sofortige Einäscherung vor, damit ihre Seelen erlöst werden können!«
»Lord Chat –«
Aus einem überwucherten Gehölz war schwach eine dünne Stimme zu vernehmen. Prinz Chowfas Hand zuckte zu seinem Schwert, doch noch während eine Gruppe von bewaffneten Soldaten nach vorn stürmte, kroch unter dem Laub ein ausgemergelter Mann hervor, gefolgt von einer sehr alten weißhaarigen Frau und etwa zwanzig völlig verängstigten Kindern. Der Prinz blickte mit gequältem Herzen auf sie hinab. Er nahm das Taschentuch von seinem Gesicht und begann langsam zu sprechen.
»Bewohner von Bang Pli – Gouverneur Bunnang war ein ergebener Freund meines Bruders, Seiner Majestät König Mongkut, und ich verspreche, wir werden die Feiglinge finden, die es wagen, siamesisches Blut zu vergießen.«
Er ließ den Blick suchend über die Gesichter schweifen und wies schließlich auf die Frau, die als zweite erschienen war. »Du! Was ist hier geschehen?«
Die Frau hob ihre zitternden Hände, hielt die Handflächen gegeneinander und verneigte sich. »Burmesische Soldaten, Euer Hoheit. Sie sagten, wenn wir sie herunterschneiden, würden sie zurückkommen ...«
Prinz Chowfas Lippen wurden schmal. »Es ist genauso, wie ich dachte«, murmelte er mit leiser Stimme. Er blickte über seine Schulter auf den Elefanten hinter ihm, auf dem kerzengerade sein stellvertretender Be-

fehlshaber saß und voller Wut und Ekel auf die Ruinen starrte. »Benachrichtigen Sie meinen Bruder. Wir brauchen Verstärkung – sofort.«
Mit einem Schrei drängte Prinz Chowfa sein Reittier vorwärts, während die Dorfbewohner erschöpft hinter seinem Gefolge hertrotteten, wie totes Laub, das von einem durch die Flut angeschwollenen Bach davongeschwemmt wurde.

Kapitel 7

Etliche Wochen waren vergangen in der weiträumigen Palastsuite, die von Anna und ihrer Familie bewohnt wurde, die Koffer längst ausgepackt, und ihre unpassende Kleidung – stapelweise leinene Unterwäsche, Louis' wollene Anzüge, Annas Kleider aus Seide und Batist – hingen schlaff und einem Vorwurf gleich in einem Kleiderschrank aus Sandelholz. Beebe und Moonshee, die sowohl an Veränderung als auch an die kolossale Langsamkeit gewöhnt waren, mit der diese gelegentlich vonstatten ging, fiel die Übergangszeit noch am leichtesten. König oder nicht, sie hatten ihre häuslichen Pflichten zu erledigen. Ihre Tage waren erfüllt von der Arbeit, die die Führung von Mrs. Leonowens' Haushalt mit sich brachte. Sie mußten lernen, mit dem zurechtzukommen, was Siam ihnen bot – Orchideen für die allabendliche Speisetafel, Sardellen anstelle von Kip-

pers zum Frühstück, Louis' Kricketschläger anstelle eines Teppichklopfers aus Bambusholz.
Auch Louis' Tage waren ausgefüllt. Er hatte stets zu lernen – einer der großen Nachteile, wenn ein Elternteil Lehrer war, bestand darin, daß man niemals wirklich Ferien hatte –, und zudem mußte er unbedingt die ganze magische Stadt innerhalb der Stadt erkunden. Und das tat er auch, endlos, unermüdlich, so daß er manchmal das Gefühl hatte, gar nicht mehr genau zu wissen, ob er etwas tatsächlich gesehen hatte – eine fünfköpfige Drachengondel, die stolz über einen mit Lotusblüten übersäten *klong* hinweggleitet, eine Schlange mit Augen wie Rubine, die ein nacktes Kind mit blutverschmierten Lippen krönt – oder ob es ein Traum gewesen war.
Anna hingegen wußte, daß es kein Traum war. Während die Wochen sich dahinschleppten und ihre Ungeduld zunehmend wuchs, versuchte sie Louis zuliebe äußerlich ruhig und gefaßt zu bleiben, so wie er es von klein auf gewöhnt war. Jetzt saß sie im spärlichen Schatten eines kleinen, pagodenförmigen Pavillons und las zum hundertsten Mal die abgegriffenen Seiten ihrer siamesischen Fibel.
»Sir?«
Anna klappte ihr Buch zu und sah auf. Unmittelbar vor dem Pavillon stand der Dolmetscher. Sein betretener Gesichtsausdruck war ihr mittlerweile vertraut. Sie nickte und wartete, wie seine Ausrede wohl an diesem Nachmittag lauten würde.
»Sir, Seine Exzellenz bedauert, daß Seine Majestät, Kö-

nig Mongkut, nicht imstande ist, Sie heute zu empfangen. Aber bald. Sehr bald.«
Anna preßte die Lippen zu einem dünnen Lächeln aufeinander. Dann drehte sie sich um und blickte die breite Prachtstraße entlang bis zu der Stelle, wo der Kralahome auf seiner Terrasse stand, an seiner Pfeife nuckelte und auf sie herunterblickte. Sie erwiderte seinen Blick und spürte, wie ihr das Blut vor Zorn in die Wangen schoß. Schließlich sah sie erneut den Dolmetscher an.
»Bitte setzen Sie Seine Majestät davon in Kenntnis, daß sein Gebrauch des Wortes ›bald‹ zu wünschen übrig läßt«, sagte sie kühl. »Es bedeutet, ›in absehbarer Zeit‹, was in meinem Fall offenkundig nicht zutrifft.«

Am nächsten Morgen jedoch bekam Anna überraschende Neuigkeiten zu hören.
»Sir, begleiten Sie mich bitte jetzt –«
»Jetzt gleich?« Sie blickte über den Frühstückstisch zur Tür, in der der Dolmetscher erschienen war, neben sich einen zornig dreinblickenden Moonshee. »Aber wir haben doch gerade erst –«
»Wenn ich bitten darf, Sir – entweder jetzt, oder –«
»Ja! Ja, natürlich!« Ein kurzes Rascheln von Seide und Spitze, dann sprang Anna auf und hätte dabei um ein Haar den Tisch umgestoßen. »Louis! Moonshee, ich brauche meine Tasche! Louis, da bist du ja – komm, bürste dir die Haare – ach, laß nur, dafür ist keine Zeit! Wir müssen gehen.«
»Jetzt?« Louis starrte sie sprachlos an.

»Ja! Ja!« Anna ergriff seine Hand und eilte hinaus in die morgendliche Sonne. Die schlanke Gestalt des Dolmetschers hielt bereits nahezu im Laufschritt auf den Audienzsaal zu. »Der König wird uns empfangen.«
Der Kralahome und seine Begleiter begrüßten sie am Eingang zum Großen Saal. »Ein Pech, daß Ihre Audienz sich so lange hinausgezögert hat, Sir«, sagte er kurz angebunden, den Kopf zum Eingang neigend. »Die Verpflichtungen des Königs reichen jedoch bis in die entferntesten Winkel des Landes.«
Anna nickte. »Dadurch hatte ich Zeit, über vieles nachzudenken, Euer Exzellenz, unter anderem darüber, warum Sie vorgeben, kein Englisch zu sprechen.«
Der Kralahome bedachte sie mit einem verstohlenen Blick. »Ich habe gelernt, daß es klug ist, vorsichtig zu sein.«
Anna lächelte. »Gehen wir also davon aus, daß unser Gespräch jetzt eine Art Fortschritt darstellt.«
»Man sollte nie zuviel voraussetzen.« Er trat durch den Bogen. »Wenn Sie Seiner Majestät vorgestellt werden, mögen Sie und Ihr Sohn bitte daran denken, mit der Stirn den Erdboden zu berühren.«
»Euer Exzellenz.« Anna reckte sich empor, Louis einen knappen Seitenblick zuwerfend. »Wir sind zwar mit Ihren Bräuchen inzwischen besser vertraut, trotzdem haben wir unsere eigenen nicht völlig vergessen.«
»Wie wünschen Sie ihn dann zu begrüßen?« fragte der Kralahome wachsam.
»Mit größtmöglichem Respekt.«

Sie stiegen weiter die breiten Marmorstufen empor, bis sie auf einen Balkon gelangten, von dem aus sie in einen prunkvoll ausgeschmückten Saal hinunterblicken konnten. Dessen Wände waren mit seidenen Teppichen und Schnitzereien verziert, auf denen jede nur vorstellbare Form des feinen Geschmacks abgebildet war: Blumen, Jagdszenen, Dämonen und Gottheiten sowie Männer in viktorianischer Kleidung. Durch ein hohes Fenster konnte man ein Stück des stillen, blauen Ziersees erkennen, auf dessen Oberfläche ein paar drachenförmige Kanus fuhren. Ein blutroter Teppich lief über die endlose Fläche des Fußbodens, und darauf lagen, mit der Stirn auf der Erde, Adelige und Höflinge, alle in Richtung eines erhabenen Podests gewandt, auf der die eindrucksvollste Gestalt saß, die Anna je gesehen hatte –
Phra Chom Klao, jener Herrscher, der in der westlichen Welt als König Mongkut von Siam bekannt war. Klopfenden Herzens holte sie Luft und trat an den Rand des Balkons. Unter ihr blickte der König gebieterisch von seinem Thron herab – ein Mann von kräftigem Wuchs, mit kurzgeschorenen, schwarzen Haaren und kantigen, aber keinesfalls unangenehmen Gesichtszügen. Es war ein Gesicht, das Emotionen, aber auch zurückhaltende Intelligenz ausstrahlte. Anna fühlte sich an einen bestimmten Schachgroßmeister erinnert, der den Zug seines Gegners verfolgt und währenddessen seinen eigenen vorbereitet. Selbst aus der Entfernung konnte sie erkennen, daß sein Blick ruhelos zwischen den Männern hin und her wanderte. Und

für den Moment war Anna mehr als glücklich, nicht diesem Blick ausgesetzt zu sein.
Sie erschrak, als sie die leise Stimme des Kralahome vernahm. »Der Mann rechts neben Seiner Majestät ist Generalkonsul Alak.«
Der Kralahome deutete auf einen hochdekorierten, muskulösen Mann, der finster zu einem auf dem Teppich wartenden Europäer hinüberblickte. Dieser machte einen nervösen Eindruck. »Der *farang* ist der französische Botschafter. Und die anderen hinter Seiner Majestät sind seine Leibwächter, Nikorn, Noi und Pitak«, beendete der Kralahome seine Ausführungen und wies auf die drei kolossalen Gestalten mit kahlgeschorenen Schädeln und unerschütterlichen Mienen.
Fasziniert verfolgte Anna das Schauspiel. Der französische Botschafter trat vor und verneigte sich, während er dem König ein prunkvolles, juwelenbesetztes Schwert überreichte, dessen Heft eine Offenbarung aus Saphiren und goldenem Lilienmuster war.
»Sieh doch mal, das Schwert!« tuschelte Louis.
Anna nickte und lauschte dabei auf die salbungsvollen Worte des französischen Botschafters, der eine endlose Rede in seiner eigenen Sprache hielt.
»Es ist ein Geschenk«, flüsterte sie zurück. »Offenbar ist ein französisches Kriegsschiff irgendwo gestrandet, wo es dies nicht hätte tun sollen.«
König Mongkut bedachte den Diplomaten mit einem abschätzenden Blick. Nach einer Weile erteilte er seinem Dolmetscher einen knappen Befehl, woraufhin

dieser vortrat, das Schwert entgegennahm und dem Diplomaten auf französisch antwortete. Der Adjutant des Königs, ein großer Mann in offiziellem Staat, klatschte in die Hände. Ein lauter Gong ertönte, und hinten im Audienzsaal entboten die Adligen ihre *wais* zum Abschied und begannen sich zu entfernen. Der Kralahome wandte sich Anna zu.
»Es scheint, als müßte Sir Seine Majestät doch an einem anderen Tag kennenlernen.«
Anna starrte den Premierminister verblüfft an, dann blickte sie wieder hinunter, dorthin, wo König Mongkut sich gerade zum Gehen anschickte. Mit einem leichten Beben in der Stimme erwiderte sie: »Nein, da bin ich anderer Ansicht.«
Sie packte Louis' Hand und eilte die Stufen hinunter zum Thron. Der Kralahome starrte ihr für einen Moment bewegungslos nach, dann folgte er ihr hastig. Während sie auf das Podium zumarschierte, das der König soeben verlassen hatte, gaben ihre Schritte ein gedämpftes Echo von sich. Die Männer, die den Saal noch nicht verlassen hatten, starrten der verrückten *farang* verblüfft nach.
»Euer Majestät ...« Anna sank in einen tiefen Hofknicks. Louis neben ihr verbeugte sich. »Mein Name ist Anna Leonowens.«
König Mongkut hatte die Tür zu seinen Gemächern fast erreicht, als die Stimme ihn innehalten ließ. Irritiert über die Störung wandte er sich um. Anna hatte sich aus ihrem Hofknicks erhoben und trat auf ihn zu. Mit einem leisen Aufschrei warfen sich die drei Leib-

wächter mit gezückten Schwertern vor ihren Gebieter, um zu verhindern, daß sie noch näher kam.
Anna setzte ein entwaffnendes Lächeln auf. »Ich bin die Lehrerin –«
»*Stehenbleiben!*«
Erschrocken verharrte Anna. Louis ließ sich zu Boden fallen und hielt sich die Hände über den Kopf.
»Wer ist das?« schrie der König. »*Wer?*«
Die verbliebenen Männer hoben die Köpfe, weil jeder die Frau sehen wollte, die es wagte, vor den König zu treten. Der wütende Kralahome warf sich neben Anna nieder. Der König starrte sie immer noch ungläubig an und machte einen Schritt nach vorn.
»Wer ist das?« wiederholte er.
»Euer Majestät«, begann der Kralahome zögernd. »Darf ich vorstellen, Mem Anna Leonowens und ihr Sohn Louis.«
Anna drehte sich um und zog Louis auf die Beine. »Euer Majestät«, sagte sie, »man hat mich drei Wochen warten lassen. Zwar respektiere ich durchaus, daß Sie Angelegenheiten von äußerster Wichtigkeit –«
»*Ruhe!*« Der König heftete seinen wütenden Blick auf den Kralahome. »Ist sie in Kenntnis des Protokolls?«
»Sie wurde unterwiesen.«
Die Leibwächter traten auseinander, und der König baute sich unmittelbar vor Anna auf. Sie errötete. Doch während sie seinem Blick standhielt, sah sie, daß er sich um eine Spur veränderte – von Zorn zu etwas weniger Bedrohlichem.
Der König war fasziniert.

»Sie sind die Lehrerin?« erkundigte er sich schließlich.
»Die bin ich, ganz recht«, antwortete Anna nervös.
»Ihr Alter scheint nicht ausreichend für fachkundigen Unterricht. Wie alt sind Sie?«
Anna bemühte sich, ihre Haltung zu bewahren. »Alt genug um zu wissen, daß Alter und Weisheit nicht notwendigerweise Hand in Hand gehen, Euer Majestät.«
Der Blick des Königs verengte sich. Er überlegte, ob er diese Attacke erwidern sollte, und sagte dann:
»Ich bezweifle, ob Sie dasselbe über Unerschrockenheit und Englischsein sagen würden.«
Anna lächelte verlegen. »Ich fürchte, das ist eher untrennbar miteinander verbunden.«
Die König quittierte dieses kleine Zeichen der Bescheidenheit mit einem Nicken. Dann machte er unvermittelt kehrt und trat durch die äußere Tür nach draußen, hastig gefolgt von seinem Hofstaat. Ein erleichtertes Seufzen ging durch den Audienzsaal, ehe die Höflinge sich erhoben. Der Kralahome stand gemeinsam mit allen anderen auf und funkelte die Lehrerin wütend an.
»Seine Majestät hat Sie nicht entlassen!« brüllte er und wies in die Richtung, in die der König verschwunden war. »Folgen Sie ihm!«
Anna und Louis wären um ein Haar gerannt. Sie kamen durch eine lange, schmale, mit alten Wandzeichnungen gesäumte Galerie, in der eine endlose Reihe runzliger Anstandsdamen und Diener sich mit aneinandergelegten Handflächen verbeugten, als der König vorüberging.

»Sie sind imstande, selbst unter Druck logische Antworten zu geben, Mem Leonowens«, sagte dieser plötzlich, ohne sie anzusehen.
»Das ist überaus freundlich von –«, keuchte Anna.
»– ein aufreizendes, überlegenes Verhalten jedoch findet der König überaus unschön. In Anbetracht der Entscheidung, die ich jetzt fällen werde, wird es Ihnen jedoch gute Dienste leisten.«
»Euer Majestät«, stammelte Anna, »ich bitte Sie, der erste Eindruck kann oft sehr irreführend sein ...«
Sie langten vor einer schweren Doppeltür an. Sie war aus rot gebeiztem, über und über mit Schnitzereien von verschlungenen Ranken und Lotusblüten verziertem Holz. Zu beiden Seiten der Doppeltür standen hoch aufragende Statuen dämonischer Wächter und daneben jeweils eine bewaffnete Hofdame aus Fleisch und Blut. Keine der beiden zuckte mit der Wimper, als der König auf sie zuschritt und mit einer ausholenden Handbewegung verkündete: »Sie werden von nun an alle meine Kinder, Prinz Chulalongkorn eingeschlossen, unterrichten.«
Er wandte sich zu Anna. »Kommen Sie!«
Lautlos drückten die Hofdamen die Tür auf. Anna versuchte sich zu beherrschen, Louis dagegen war weniger geübt darin, seine Überraschung zu verbergen: Ihm entfuhr ein leiser Aufschrei, als der König ihnen befahl, den Park der Kinder zu betreten.

Kapitel 8

»Du meine Güte«, murmelte Anna.
Es schien, als wäre eine der prunkvollen, juwelenbesetzten Schnitzereien des Ramakien zum Leben erwacht. Überall standen erlesen beschnittene Bäume, geschnitzte Vögel und Phantasiewesen, riesige Porzellanvasen, aus denen Hibisken und violette Orchideen, Palmzweige und scharlachrote Amaryllis quollen. Springbrunnen plätscherten vor sich hin, glotzäugige Zier-Koi schwammen auf Teichen, auf denen Lilienblätter und nach Orangen duftende Wasserhyazinthen verstreut waren.
Aber das Erstaunlichste von allem war, daß es ringsum nur so wimmelte von Kindern. Rennende, lachende, spielende Kinder, keines älter als elf, spielten nachlaufen mit ihren Kindermädchen, kletterten auf die kunstvoll gepflegten Bäume, spielten Verstecken und Krikket und streichelten einen Wurf siamesischer Kätzchen. Zwillinge tollten auf Steckenpferden aus ineinander verflochtenen Bananenblättern um einen Teich, während ein Mädchen Rosenblüten auf die stille Wasseroberfläche streute.
Und über ihnen allen wachten ihre Mütter – die Chao Chom Manda, die Mütter der Königlichen Kinder, und die Konkubinen, die mit ihren golddurchwirkten Stoffen, der chinesischen Seide, den brokatbesetzten Gewändern und eleganten *jongkrabanes* noch glanzvoller gekleidet waren als ihre Söhne und Töchter. Die meisten Frauen trugen ihr Haar bis auf einen kleinen Dutt

mitten auf dem Kopf kurz geschoren, einige hatten jedoch noch lange, schwarze Zöpfe. Manche hielten Kleinkinder im Arm, die sie ohne Scham stillten. Andere, selbst kaum älter als die Kinder, beteiligten sich lachend an den Spielen.

»Dreiundzwanzig Ehefrauen, zweiundvierzig Konkubinen, achtundfünfzig Nachkommen sowie zehn weitere unterwegs. Und jeder von ihnen ist einzigartig«, erklärte König Mongkut stolz. »Jeder einzelne meine Hoffnung für die Zukunft.«

Anna schluckte und wandte die Augen ab, als eine weitere Frau lächelnd ihre seidene Bluse öffnete, um ihrem Säugling die Brust zu geben. Der Gesichtsausdruck der Engländerin war dem König nicht entgangen.

»Ich verstehe Ihre Überraschung«, sagte er mit einem verschmitzten Lächeln. »Nicht ganz so viele wie der Kaiser von China, doch der hat auch nicht sein halbes Leben im Kloster zugebracht.«

Er drehte sich um, betrachtete zärtlich die Frau, die seinen kleinen Sohn stillte, und fuhr fort: »Der König ist im Begriff, die verlorene Zeit aufzuholen.«

Louis starrte mit offenem Mund auf die Szene, dann zupfte er seine Mutter am Ärmel. »Was sind Konkubinen, Mama?«

Bevor sie antworten konnte, ertönte ein ohrenbetäubender Gong. Sämtliche Mitglieder der königlichen Familie wandten sich herum und erblickten den König. Mit nahezu militärischer Präzision warfen sie sich zu Boden und drückten die Stirn ins Gras. Der König klatschte in die Hände.

»Ich bitte um Aufmerksamkeit, meine hochverehrte und königliche Familie! Wir haben Besuch. Zwei Menschen, die von weit, weit her gekommen sind.«

Ein weiteres Mal berührten alle mit der Stirn den Boden. König Mongkut lächelte gütig. Dann machte er Anna und Louis ein Zeichen, ihm zu folgen, und durchquerte die Menge seiner ehrfürchtig niederknienden Familienmitglieder. Sobald er vorüber war, hoben die Kinder heimlich den Kopf, um die Fremden anzustarren, während Anna und ihr Sohn ihrerseits die wundervoll gekleideten und offenbar gut erzogenen königlichen Kinder bestaunten.

Am Ende eines gewundenen Pfades blieb der König stehen und betrachtete liebevoll einen hingestreckt vor ihm liegenden Jungen. Der Junge erhob sich, als wäre zwischen ihnen ein unausgesprochenes Zeichen gegeben worden. In seinem Gesicht war nichts von der Unterwürfigkeit zu erkennen, die auf den Gesichtern der meisten Untergebenen lag, sobald der König sich ihnen näherte. Er bedachte seinen Vater nur mit einem knappen Nicken, bevor er sich umdrehte, um Louis mit unverhohlener Verachtung zu mustern. Die beiden waren ungefähr im gleichen Alter und ungefähr gleich groß. Doch der siamesische Junge war mit einem elfenbeinfarbenen Blouson und einem Gürtel aus geflochtenem Gold bekleidet, wobei seine hochmütige Miene die Pracht seiner Kleider noch unterstrich. Der König deutete mit einem Nicken auf Anna.

»Ich stelle vor: den geborenen Schüler und rechtmäßi-

gen Erben, Prinz Chulalongkorn. Und dies, mein Sohn, ist deine neue Lehrerin.«
Anna verneigte sich höflich vor dem Jungen. »Euer Hoheit, ich fühle mich zutiefst geehrt.«
Der Kronprinz starrte sie mit offenem Mund an, dann wandte er sich erstaunt an seinen Vater.
»Habe ich irgend etwas getan, um dich zu kränken?« fragte er ihn unsicher.
Der König runzelte die Stirn. »Selbstverständlich nicht.«
»Warum bestrafst du mich dann mit einer Lehrerin aus Großbritannien?«
Louis brauchte kein Siamesisch zu verstehen, um das Mienenspiel des Jungen zu deuten und die Verachtung aus seinen Worten herauszuhören. Er zupfte abermals an der Hand seiner Mutter und flüsterte: »Er scheint nicht gerade begeistert zu sein.«
König Mongkut blickte auf seinen Sohn hinab. Dann nickte er und wandte sich den übrigen Familienmitgliedern zu, die noch immer hingestreckt auf dem Boden lagen.
»Meine geliebte Familie! Ich möchte, daß ihr alle, sofern ihr im geeigneten Alter seid, in der englischen Sprache, der Wissenschaft und Literatur unterrichtet werdet.«
Er warf Chulalongkorn einen Blick zu und fuhr dann fort: »Dies ist ein ebenso notwendiges wie nützliches Geschenk, und ihr dürft niemals vergessen, eurer angesehenen Lehrerin« – er wies mit einer ausholenden Geste auf Anna – »Mem Anna Leonowens den gebührenden Respekt zu erweisen.«

Anna biß sich auf die Lippe und starrte auf die vielen Menschen. Ihre Pflichten als Lehrerin hatten sich mit einem Schlag eindrucksvoll verändert. Sie holte Luft und sprach dann in stockendem Siamesisch:
»Guten Tag. Ich freue mich sehr, Sie kennenzulernen. Dies ist mein Sohn Louis.«
Im Garten entstand ein Gemurmel und leises Gelächter. Mehrere der Konkubinen berührten sich mit den Händen und deuteten immer wieder kichernd auf die Engländerin. Drei der Frauen ganz in Annas Nähe versuchten, einen Blick unter ihre Krinoline zu erhaschen.
»Oh!« entfuhr es Anna. Der König lachte amüsiert auf.
»Sie sind die erste *farang*, die sie zu Gesicht bekommen. Das seltsam geformte Kleid, Mem, macht sie glauben, sie entstammten einer anderen Art. Einer ohne Füße womöglich, die über den Boden gleitet wie eine Schlange.«
Anna mußte ein Schmunzeln verbergen. Dann hob sie ihren Reifrock an, gerade weit genug, um ihrem neugierigen Publikum einen flüchtigen Blick auf ihre Füße zu gewähren – die selbstverständlich in festem englischem Schuhwerk steckten, aber nichtsdestotrotz Füße waren. Genau wie die ihren.
»Ahhh ...!«
Ein Durcheinander aus erstaunten und anerkennenden Stimmen wurde laut. Jetzt mußte Anna doch lächeln. Die Frauen hoben die Köpfe und sahen sich gegenseitig entzückt nickend an. Der König beobachtete ihre Reaktion und sagte dann: »Bald werden Sie die Frauen ebenfalls unterrichten.«

Er drehte sich unvermittelt um und zeigte auf ein vergoldetes Gartenhaus. Ringsum standen Magnolien, die mit Vogelkäfigen behängt waren. »Ich darf die erste Gemahlin nicht vergessen: Lady Thiang. Es ist mir eine Freude, daß Sie dazu beitragen wollen, auch sie zu einer ausgezeichneten Schülerin zu machen.«
Aus dem Gartenhaus trat eine Frau von Ende Dreißig und von überwältigender Schönheit, in deren freundlichen Augen eine lebhafte Intelligenz aufblitzte. Sie gesellte sich zu ihrem Ehemann und begrüßte Anna mit einem tiefen *wai*.
»Willkommen, Mem Lehrerin.«
Anna erwiderte die Begrüßung mit einem Knicks.
»Vielen Dank, Lady Thiang.«
Nach einem anerkennenden Nicken begann der König, eine endlose Folge von Namen aufzusagen. »Prinz Thingkon Yai, Prinz Suk Sawat, Prinzessin Kannika Kaeo …«
Während er sprach, erhoben sich die Kinder nacheinander und machten respektvolle *wais* vor Anna. Sie nickte, lächelte und versuchte sich jeden Namen einzuprägen, gab dies aber nach kürzester Zeit auf. Es waren viel zu viele.
Plötzlich prallte der kleine Kern einer Mango vom Kopf des Königs ab. Anna erschrak. Der König blickte nach oben, das Gesicht zu einer gespielt grimmigen Miene verzogen. An der Magnolie hinter ihnen turnte ein kleines, weißgekleidetes Mädchen und kicherte.
»Und Prinzessin Fa-Ying«, schloß der König, dessen finsterer Blick in ein verzücktes Lächeln übergegangen

war. Er breitete die Arme aus, und Fa-Ying ließ sich, immer noch kichernd, ohne jede Angst hineinfallen.
»Ich bin keine Prinzessin. Ich bin ein Affe!« rief sie – auf englisch.
Der König machte eine Verbeugung. »Ich bitte zutiefst um Verzeihung, *loog-ja*.« Er setzte sie behutsam ab, woraufhin das Mädchen seine Beine umschlang. »Ihr eigentlicher Name ist Chanthara Monthon, aber alle nennen sie Fa-Ying, ›Himmlische Prinzessin‹.« Er schnitt ein Gesicht, und Fa-Ying kicherte. »Ich unterrichte sie selbst in der englischen Sprache«, erklärte er an Anna gewandt.
»Euer Majestät ...« Anna drehte sich um, betrachtete die aufgeweckten Kinder, ihre neugierigen Mütter, die Kindermädchen und Prinz Chulalongkorn, der die Stirn in Falten legte. »Euer Willkommen schmeichelt mir sehr, und ich finde es aufregend, eine Schule gründen zu können.« Sie zögerte, dann fügte sie hinzu: »Eure Begeisterung für den Fortschritt ist überaus begrüßenswert.«
Sie warf einen Blick auf den Kralahome und mußte daran denken, daß es in Siam noch immer Menschen gab, die »Fortschritt« für Hochverrat hielten. Der Gesichtsausdruck des Kralahome war nicht zu deuten, doch König Mongkut stimmte Anna nickend zu.
»Reformen sind für mein Land überlebenswichtig. Das habe ich nicht nur während meiner Studien im Kloster erkannt, sondern auch bei meinen Besuchen bei den *farang* und durch meine gegenwärtigen Verpflichtungen gegenüber den Botschaftern. Aber es müssen be-

hutsame Reformen sein, damit die bestehende Ordnung nicht an ihnen zerbricht.«
Der König blickte auf Prinzessin Fa-Ying hinab, die barfuß neben ihm stand und ihn strahlend anlächelte. Er schmunzelte und fuhr fort: »Siam wird sich wandeln, so wie ihre winzigen Füße sich verändern.«
Anna lächelte ebenfalls, dann hob sie den Kopf, um dem König furchtlos in die Augen zu blicken. »Euer Majestät, ich befinde mich in einem Land voller einzigartiger Gebräuche. Dennoch sollte es mir auch erlaubt sein, unsere eigenen Traditionen fortzusetzen, da ich meinen Sohn dazu erziehen will, so zu werden wie sein Vater, was ich mir von ganzem Herzen wünsche.«
Der König erwiderte ihren Blick. »Als Vater habe ich dafür Verständnis.«
»Dann versteht Seine Majestät gewiß auch, weshalb es für mich so wichtig ist, ein Zuhause außerhalb des Palastes zu haben«, fuhr sie rasch fort. »Ein Zuhause, das man mir zugesichert, bis jetzt aber nicht zur Verfügung gestellt hat.«
Der König neigte den Kopf zur Seite. »Es ist mir eine Freude, daß Sie im Palast wohnen«, sagte er entschieden.
Anna war jedoch ebenso entschlossen wie er. »Aber er gehört nicht mir, Euer Majestät.«
Die Augen des Königs blitzten auf. Er machte einen Schritt auf sie zu, und seine Stimme dröhnte durch den stillen Garten. »Sie werden *keine* Bedingungen für Ihre Anstellung stellen, und Sie werden *gehorchen*!«
Zitternd drängte sich Louis hinter den Rücken seiner Mutter, während die Königskinder ringsum angesichts

des königlichen Zorns ihre Augen verbargen. Nur Anna blieb fest, sie war nicht bereit, nachzugeben, und hielt dem Blick des Königs trotzig stand. »Darf ich Euer Majestät bei allem Respekt daran erinnern, daß ich nicht Eure Dienerin, sondern Euer ›Gast‹ bin?«
Für einen langen, angespannten Augenblick verhakten sich ihre Blicke ineinander. Dann sagte der König knapp: »Ein Gast, der bezahlt wird. Der Unterricht wird morgen beginnen.«
Er machte kehrt und begab sich zurück zum Tor.
»Und was wird aus unserem Haus?« rief Anna ihm nach.
Ohne sich umzusehen, erwiderte er: »Alles zu seiner Zeit.«
Lautlos schwang das riesige Gartentor auf, um sich ebenso lautlos wieder hinter ihm zu schließen. Der König war verschwunden. Anna blickte verärgert, aber entschlossen auf das Tor, blind gegen die vielen Augen, die sie in Ehrfurcht und Bewunderung anstarrten.
Eine Frau – eine Frau! – hatte es gewagt, ihrem König zu widersprechen!

Kapitel 9

An jenem Abend stand Anna in ihrem kleinen siamesischen Haus vor dem Frisiertisch und seufzte vor Wohlbehagen, als sie ihre Wangen mit kaltem Wasser betupf-

te. Sie warf einen schnellen Blick auf die verblichene Fotografie ihres Ehemannes in seiner Ausgehuniform, die an der Wand lehnte. Anna beendete ihre Toilette, trocknete sich das Gesicht mit einem Rechteck aus dikker Baumwolle ab und entbot der Fotografie einen komischen Salut.
»Du hättest deinen Augen nicht getraut!« Louis' Stimme dröhnte aus dem angrenzenden Schlafzimmer. Lächelnd blickte Anna hinüber und sah, wie ihr Sohn auf das Bett sprang und dabei Moonshee knapp verfehlte, der wie jeden Abend die Moskitonetze aufspannte. »Erst hat sie ihm direkt ins Gesicht gesehen, und dann hat er mit dröhnender Stimme gebrüllt, ›Sie werden gehorchen!‹«
Louis' Stimme überschlug sich, als er den König nachahmte. Moonshee lachte kopfschüttelnd und scheuchte den Jungen vom Bett. »Hol deinen Schlafanzug, junger Mann.«
»Einfach so!« fuhr Louis aufgekratzt fort. »Und Mama hat nicht mal mit der Wimper gezuckt!«
»Hätte ich schon, wenn ich nicht solche Angst gehabt hätte«, rief Anna hinüber, der bei der Erinnerung ein wenig schauderte.
»Kein Wunder, daß die Menschen vor ihm kriechen«, sagte Moonshee.
Hinter ihr kam Beebe mit frischen Laken ins Zimmer und bemerkte: »Klingt, als sei er ein fürchterlicher Mann.«
Anna nickte. »Ich muß gestehen, er hat mir einen ziemlichen Schrecken eingejagt.«

Mittlerweile war Louis vom Bett gesprungen und hatte es sich auf einem Überseekoffer bequem gemacht. Von dort aus sah er zu, wie Moonshee die restlichen Moskitonetze aufhängte. Mehrere Minuten lang hockte er, das Kinn in die Hände gestützt, nachdenklich da und fragte schließlich: »Moonshee, warum hat der König so viele Frauen?«
Seine Mutter und Beebe hatten die Frage gehört und sahen sich an. »Weil es den Heiden ganz offensichtlich an Selbstbeherrschung mangelt«, flüsterte Anna so leise, daß ihr Sohn es nicht verstehen konnte.
»Das ist eine ausgezeichnete Frage«, antwortete Moonshee laut, »die ich gern an deine Mutter weitergebe.«
Louis sprang auf die Füße. »Mama?« Anna sah Beebe hilfesuchend an. »Mama …?«
»Ich habe dich gehört, Louis.« Anna räusperte sich und warf erneut einen Blick auf die Fotografie ihres Mannes. »Nun … Siam ist eine Monarchie, genau wie wir sie in England haben. Die Macht des Thrones vererbt sich demzufolge von den Eltern auf die Kinder, genau wie bei uns zu Hause. Aber selbst königliche Kinder sind von Krankheiten bedroht – Cholera und Pocken und dergleichen mehr –, außerdem ist das Land immer von Kriegen bedroht. Eine Möglichkeit für die königliche Familie, angesichts dieser Gefahren die Herrschaft über den Thron zu wahren, besteht also darin, so viele Kinder zu haben wie nur eben möglich.«
Louis' Gesicht hellte sich auf. »Also braucht er eine Menge Frauen, die sich um die Kinder kümmern?«

Erleichterung überkam Anna. »Eine scharfsinnige Beobachtung, mein Schatz. Und jetzt ab ins Bett.«
Sie gab ihm einen Gutenachtkuß. Louis war schon auf dem Weg ins andere Schlafzimmer, als er noch einmal stehenblieb. »Und er ... liebt sie alle?«
Anna zögerte. »Auf gewisse Weise ja.«
»So wie du Vater geliebt hast?«
Anna lächelte versonnen. »Hier ist alles ganz anders, Louis. Sogar die Liebe ...«
Sie gab ihm noch einen Kuß, dann drehte sie ihn herum und schob ihn in Richtung Bett. Beebe und Moonshee warfen ihr amüsierte Blicke zu, und Anna wandte den Kopf ab, damit sie nicht sahen, wie sie schmunzelte.
Kurz darauf rief Louis aus dem Nebenzimmer:
»Mama, warum hat Königin Viktoria nicht so viele Ehemänner?«
Die drei Erwachsenen erstarrten. Dann hob Anna den Kopf und antwortete in einem Ton, dem selbst Königin Viktoria gehorcht hätte:
»Gute Nacht, Louis.«

Kapitel 10

Der folgende Morgen dämmerte klar und überraschend kühl herauf, mit einem Himmel von tiefem, strahlendem Blau hinter den spitzen Dächern und funkelnden Türmen des Palastes. Anna erwachte früh, noch immer seltsam berührt von der Begegnung mit dem König. Die Luft duftete süßlich nach Moonshees Jasminräucherstäbchen, ein Geruch, unter den sich der vertraute, erfrischende Duft der Karbolseife mischte, die sie aus Indien mitgebracht hatte, sowie der Duft des roten Jasmins. Anna ließ sich in den heiteren Dämmerzustand zwischen Schlaf und Wachen sinken. Während das Moskitonetz über ihr langsam hin und her wehte, glaubte sie für eine Weile, sie befände sich noch immer an Bord der *Newcastle*.

Doch der Klang des Gesanges aus dem Kloster und die durchdringenden Schreie der Pfauen straften diese Vorstellung rasch Lügen. Anna raffte sich stöhnend auf, rief Louis zu, er solle wach werden, und machte sich daran, sich anzuziehen.

»Was tun wir heute, Mama?«

Anna sah von ihrem Frühstück auf – frische Mangos und geschälte Kokosnüsse sowie eine Art Reisgrütze, das Beste, was Beebe anstelle des guten alten britischen Porridge zuzubereiten imstande war. »Na ja«, sagte sie zögernd, »wir sollten vielleicht den Kralahome noch einmal aufsuchen und fragen, ob er mir irgendwelche Anweisungen geben kann, was ich mit mir anfangen soll.«

»Oh.« Louis wirkte enttäuscht. »Soll das heißen, du wirst dich nicht wieder mit dem König streiten?«

Anna unterdrückte ein Schmunzeln. »Ganz bestimmt nicht!«

»Jedenfalls nicht heute«, bestätigte Beebe. »Selbst der König braucht manchmal einen freien Tag.«

Nach dem Frühstück machten sich Anna und Louis für einen Ausflug bereit. »Nimm deine Bücher mit«, sagte Anna, während sie ihre zerlesene Fibel und ein Exemplar von *Webster's orthographisches Lexikon* mit dem unverwechselbaren blauen Einband unter den Arm nahm. »Ich denke, als erstes gehen wir wieder in den Garten der Kinder – ich würde mich gern noch einmal mit Lady Thiang unterhalten. Vielleicht hat wenigstens sie eine Vorstellung, was ich mit all diesen Kindern anfangen soll.«
Und auf was ich mich bei deren Vater eingelassen habe, fügte Anna in Gedanken mit einem Abschiedsblick auf das Porträt ihres Mannes hinzu. Sie richtete noch einmal die dunklen Zöpfe, die säuberlich über ihrem Nacken hochgesteckt waren, zog den weiten Schwung ihres Reifrockes zurecht und verließ entschlossenen Schrittes die kleine Wohnung.
Die beiden folgten einer Reihe von verschlungenen Pfaden bis zu der breiten Prachtstraße vor dem Großen Palast, vorbei an Sklaven und Dienern, an Gruppen von Mönchen in ihren leuchtendgelben Gewändern, an Männern, die in Bambuskäfigen zwitschernde Spatzen mit sich herumtrugen, und alten Frauen mit Körben, aus denen lebende Aale wie Taurollen heraushingen. Dies alles war genug, um jedes normale englische Kind für eine kleine Ewigkeit zu beschäftigen. Louis' rundliches Gesicht erstrahlte noch rosiger als sonst, als er stehenblieb und mit offenem Mund einen Jungen bestaunte, der nicht älter war als er selbst und einen jungen Elefanten an einer goldenen Leine führte.

»Mama! Sieh doch, Mama! Kann ich –«
»*Nein*«, unterbrach Anna ihn standhaft und nahm ihn bei der Hand. »Das darfst du ganz bestimmt *nicht*.«
Sie eilten weiter, vorbei an hohen, von blühenden Kletterpflanzen überwucherten Mauern, an wohlriechenden Springbrunnen und alten Statuen, auf denen Gekkos hockten und Louis aus großen, goldenen Augen betrachteten. An der Einmündung in die breite, zum Großen Palast führende Prachtstraße blieb Anna stehen und strich sich das verschwitzte Haar aus der Stirn.
»Also – was ist denn *das*?« staunte sie laut.
In der Prachtstraße drängelten sich noch mehr Menschen als sonst. Kaufleute, Diplomaten auf Besuch, Diener und Gärtner, aber auch eine Schar von Schaulustigen, die ihrer Verwunderung ebenso freien Lauf ließen wie Anna und Louis. Anna runzelte die Stirn und versuchte, über die Schultern eines Mannes mit einem riesigen Weidenkorb voller Vogelnester hinwegzublicken. Der Mann rief einem anderen etwas zu und trat beiseite. Anna nahm, Louis hinter sich herziehend, schnell seinen Platz ein.
»Was ist das, Mama?« Über den Köpfen der Menge tanzte eine Sänfte auf und ab, getragen von vier halbnackten Männern, die alle anderen überragten. Allerdings glich die Sänfte eher einem kleinen Tempel als einem Transportmittel: Ihr hohes, geschwungenes, leuchtend vergoldetes Dach sah aus, als stünde es in Flammen, die Wände waren über und über mit Juwelen und winzigen geschnitzten Drachen aus Onyx, Alabaster und Zinnober besetzt. Schwere Vorhänge aus

Goldjacquard verbargen den Insassen der Sänfte, als wäre das Ganze ein verwunschenes Theater, dessen Darsteller noch aus einem Zauber geweckt werden müßte.

Doch gerade als die Sänfte an Anna vorüberkam, teilten zwei schlanke, mit goldenen Armreifen behängte Arme den Vorhang. Ein aufgeregtes Raunen ging durch die Menge. Und ohne es zu wollen, stimmte Anna mit ein.

»Oh ...«

Eine wunderschöne, junge Edelfrau blickte von ihrem erhabenen Sitz auf die Menschenmenge herab. Ihr schlanker Körper war in goldfarbenen, mit Perlen verzierten Seidenbrokat gehüllt. Die Konturen ihres Mundes waren rot nachgezeichnet, ihre Brauen mit schwarzer Holzkohle modelliert, und auf ihrem Haar saß eine goldene Krone – Mohnblüten, in deren Mitte sich ein einzelner funkelnder Rubin befand.

Doch dies alles konnte nicht verhehlen, daß die Frau nicht lächelte, und ihre schrägstehenden, schwarzen Augen unter den gewölbten Brauen wirkten unermeßlich traurig. Anna drückte ihre Bücher wie ein Schulmädchen fest an ihre Brust und blickte verzückt auf die einsame, unglückliche Gestalt im goldenen Käfig. Sie war derart von der Szene in Anspruch genommen, daß sie weder den verzweifelten jungen Mann bemerkte, der sich, die Augen auf die Edelfrau geheftet, durch die Menge drängte, noch seine leise, eindringliche Stimme hörte, mit der er der Frau etwas zurief.

»Wer war denn das?« erkundigte sich Louis leise.

Anna antwortete nicht, sondern beobachtete weiterhin unverwandt das Geschehen. Und plötzlich drehte die junge Frau langsam, ganz langsam den Kopf. Die goldenen Mohnblüten funkelten, während die Frau Annas Blick erwiderte. Anna vermochte sich nicht des Gefühls zu erwehren, noch immer im Halbschlaf unter dem Schleier des Moskitonetzes zu liegen – gewiß konnte keine Sterbliche so schön und stolz und traurig sein, und gewiß konnte keine Frau in Anna Leonowens' verborgene Tiefen des Herzens blicken und dort ihren Kummer, ihren Verlust und ihre Sehnsucht nach etwas, das für immer verloren war, erkennen.

Doch dann war der Moment vorbei. Die Sklaven beschleunigten ihren Schritt, die Sänfte überwand schwankend eine Erhebung der Straße und war kurz darauf hinter all den Schaulustigen verschwunden.

Anna holte tief Luft, richtete rasch ihr Haar, unterzog Louis einer flüchtigen Prüfung und strich seinen Kragen glatt.

»Also, ich bin nicht sicher, ob sie uns jetzt schon erwarten. Und vergiß nicht, Schatz, *wir* sind hier die Fremden.«

Sie öffnete eine der Türen, die in den Garten führten, und trat ein.

Drinnen war alles ganz genauso wie am Tag zuvor, nur daß anstelle des bunten Treibens diesmal eine feierliche Stille herrschte. Unterhalb der Pavillons standen mucksmäuschenstill die Kinder des Königs, jedes von ihnen mit einer Schiefertafel und einem blauen *Webster's orthographisches Lexikon* in der Hand. Man

hatte sie dem Alter nach Aufstellung nehmen lassen. An einem Ende stand lächelnd die kleine Fa-Ying, und ihr Bruder, Prinz Chulalongkorn, stand finster dreinblickend am anderen. Neben ihm fixierte Lady Thiang Anna mit ihrem rätselhaften Lächeln.
»Ich stelle Ihnen die königliche Schule vor, Sir«, sagte sie mit einer eleganten Verbeugung. »Eigentlich heißt das Gebäude Tempel der Mütter der Freigeborenen. Aber für Sie heißt es jetzt – die Schule.«
Anna starrte die Kinder sprachlos an. Nach all diesen Wochen – endlich wieder eine Schule! Es war fast zu schön, um wahr zu sein.
»Ist etwas nicht in Ordnung, Sir?« fragte Lady Thiang mit besorgter Miene.
»Aber nein, Lady Thiang.« Anna lächelte. »Alles ist bestens.«
Sie ging an den Kindern vorbei wie ein General, der seine Truppen inspiziert, und betrat das größte Gartenhaus. Hier waren Pultreihen aufgestellt worden sowie vorn ein einzelner langer Teakholztisch und ein weiterer, höherer Tisch im rechten Winkel gleich daneben. Längs neben diesem standen bewegungslos fünf Sklaven, geflochtene Fächer in den Händen. Anna bedachte sie mit einem neugierigen Blick und ging zu ihrem Schreibtisch. Unterwegs bewunderte sie die brandneuen Wandtafeln, die säuberlich ausgerichteten Stapel von Schulbüchern, Schreibmappen und Bleistiftbündeln, die ihrer Schüler harrten.
»Donnerwetter!« rief sie aus. »Das kommt der Sache schon näher.«

Lady Thiang in der Tür des Gartenhauses nickte. Aufgeregt drängten nun die Kinder herein, angeführt von Prinz Chulalongkorn. Er begab sich an das höchste Pult, ohne auf die Diener zu achten, die augenblicklich begannen, ihm Luft zuzufächeln. Die anderen Kinder verteilten sich an den anderen Pulten und blieben tuschelnd dahinter stehen. Louis erschien als allerletzter und verharrte am Pult gegenüber dem des verdrießlichen jungen Prinzen und seines Gefolges.
»Nun«, ergriff Anna das Wort, drückte ihre Schultern durch und ließ den Blick über ihre Schützlinge wandern. »Ich nehme an, damit hat der Unterricht begonnen.«
Per Handzeichen forderte sie sie auf, sich zu setzen, was sie auch taten – alle, mit Ausnahme des Kronprinzen. Dieser trat erhobenen Hauptes vor und verkündete in gewähltem Englisch: »Willkommen, Mem Leonowens. Mein Vater möchte Ihnen dies zum Geschenk machen – möge es Sir auf den Pfad des guten Unterrichtens führen.«
Er klatschte in die Hände, woraufhin ein Diener aus dem Hintergrund des Gartenhauses gekrochen kam, eine Schriftrolle in der Hand. Sprachlos verfolgte Louis, wie der Mann auf allen vieren den ganzen langen Weg bis zu Anna zurücklegte, die hin- und hergerissen war zwischen Verlegenheit und Selbstbeherrschung. Der Diener überreichte die Rolle, ohne die Augen vom Boden zu heben. Anna nahm das Pergament behutsam entgegen und rollte es auseinander.
Es war eine Karte von Siam, auf der die Grenzen mit

sehr feiner, grüner Tinte eingezeichnet waren und siamesische Schriftzeichen Berge und Seen übersäten, als wären es königliche Wimpel. Genau in der Mitte der Karte befand sich ein Porträt von König Mongkut. Ein recht gut getroffenes Porträt, wie Anna fand, wenn man von der beunruhigenden Ähnlichkeit mit gewissen dämonischen Tempelschnitzereien absah, die vor dem Großen Palast Wache hielten.
»Vielen Dank, Euer Hoheit«, sagte sie, den Kopf in Richtung des Prinzen neigend. »Ich werde mein Bestes tun, stets daran zu denken. Darf ich Sie außerdem zu Ihrem Englisch beglückwünschen?«
Prinz Chulalongkorn hob stolz sein Kinn. »Siam mit seinen sechs Millionen Einwohnern erstreckt sich über neunundvierzig Provinzen von Burma im Westen bis nach Kambodscha im Osten. Über all dem regiert König Maha Mongkut, der Herrscher über das Leben, dessen Einfluß und Macht bis in den letzten Winkel reichen.«
Sämtliche Kinder nickten und lächelten wissend bei seinen Worten. Louis schaute auf die Karte, dann sah er seine Mutter an. Vorlaut sagte er dann: »Aber nicht bis in *mein* Haus.«
Chulalongkorn drehte sich hochmütig zu ihm um. »Der Sohn der Lehrerin vergißt – ich bin der *Sohn* des Königs.«
Der kleinere Junge schreckte verlegen zurück. Dennoch antwortete er mutig: »Das interessiert den Sohn der Lehrerin nicht.«
»Du wirst dich woanders hinsetzen!« donnerte der Kronprinz.

»Kommt nicht in Frage.«
»Louis«, rief Anna warnend. »Denk daran, was ich dir gesagt habe ...«
Louis wandte sich zu ihr um, mit gerötetem Gesicht zwar, aber ruhig. »Tut mir leid, Mama, aber er hat angefangen.«
Anna sah zu Lady Thiang hinüber, die den Blick auf den Prinzen geheftet hielt. Chulalongkorn funkelte Louis wütend an, der recht unerschrocken tat.
»In meinem Land«, schrie der Prinz, »sagt kein Mann einer Frau, daß ihm etwas leid tut, niemals! Wenn du einen Vater hättest, wüßtest du das.«
Mit einem unterdrückten Schrei war Louis auf den Beinen. Bevor Anna sich von der Stelle rühren konnte, stürmte er auf den zukünftigen siamesischen König los und versetzte ihm einen deftigen Schubs.
»*Du* hast keinen Vater! Du hast eine *Karte*!«
»Louis!« rief Anna.
Prinz Chulalongkorn bebte vor Wut. »*Es ist verboten, Mitglieder der königlichen Familie zu berühren*!«
»Ich habe dich nicht berührt – ich habe dich geschubst! Warum befiehlst du nicht einem deiner Sklaven, mich zurückzuschubsen?«
Mit diesen Worten stürzte er sich wie eine angreifende Kobra auf den älteren Jungen. Der Kronprinz ging zu Boden und schlug und trat wild um sich, während Louis seine Brust bearbeitete. Unter aufgeregtem Kreischen umringten die königlichen Nachkommen die beiden Jungen, um ihren Bruder anzufeuern.
»Louis! Euer Hoheit! *Nicht*!«

Anna schob die anderen Kinder beiseite und versuchte die Kämpfenden zu trennen, doch es war aussichtslos. Sie waren ineinander verkeilt wie zwei Hirschkäfer, wälzten sich über den Fußboden und stießen Stühle um, während sie aufeinander einprügelten. Lady Thiang mischte sich ein, bemüht, Prinz Chulalongkorn zu befreien, mit dem Erfolg, daß ihr Kleid zerriß.

»Louis, hör *sofort* auf –«, keuchte Anna. Hinter ihr löste sich eine zierliche Gestalt aus der Menge und flitzte, auf das Doppeltor zuhaltend, durch das man in den Palast gelangte, aus dem Gartenhaus.

Kapitel 11

Es war Prinzessin Fa-Ying. Außer Atem rannte sie den Korridor hinunter, ohne auf die Blicke der Hofdamen zu achten, und stürzte geradewegs auf den Audienzsaal zu. Selbst hier konnte sie ungehindert passieren – die persönliche Leibgarde des Königs war Fa-Yings Überfälle gewohnt –, und sie hielt erst im Großen Saal inne und versuchte, wieder zu Atem zu kommen.

»*Der Adelige Thak Chaloemtiarana*«, intonierte soeben ein Dolmetscher. Auf dem Podium an der Stirnseite des Saales saß ihr Vater, umgeben von seinen Leibwächtern. Vor ihm auf dem Fußboden kniete eine wunderschöne Frau, den Kopf unter dem Gewicht einer

Krone aus goldenen Mohnblüten gesenkt. Rechts und links neben ihr hielten Sklaven in karmesinroten Gewändern Bäume empor, deren Stämme aus Elfenbein und deren Blätter aus mit Perlen durchsetztem Gold und Jade bestanden. »... *Siams wohlhabendster Teehändler, der ewige Treue gelobt* ...«
Fa-Ying stürzte mitten durch den Saal und warf sich ihrem Vater vor die Füße. Alle Anwesenden verstummten, als der König auf sie hinunterblickte. Schließlich nahm er sie amüsiert auf den Schoß und gab dem Dolmetscher ein Zeichen fortzufahren.
»... *und wünscht seine überaus schöne Tochter Tuptim Seiner Königlichen Majestät zu Gefallen vorzustellen.*«
Gedankenversunken strich König Mongkut seiner Tochter übers Haar, während er die Frau vor ihm betrachtete. Sie war außergewöhnlich schön, obwohl der gefaßte Ausdruck auf ihrem Gesicht nicht den geringsten Hinweis darauf gab, welche Gefühle in ihrem Innern loderten. Angst? Ehrfurcht? Dunkle Ahnungen? Zorn? Nach einer Weile nickte er anerkennend. Mit einer Verbeugung erhoben sich fünf seiner Höflinge, gingen hinüber zu Tuptim und trugen sie wortlos hinaus.
»Vater«, sagte Fa-Ying. Sie zupfte flehentlich an dem Amtssiegel, das um seinen Hals hing. »Vater –!«
Er neigte den Kopf, und sie begann, ihm aufgeregt etwas zuzuflüstern. Dann sah er sie erstaunt an.
»Ist das wahr?«
Sie nickte ernst. König Mongkut nahm sie bei der Hand und erhob sich. Mit einem knappen Nicken entließ er seine Hofbeamten. Dann schritt er, Fa-Ying im

Schlepptau, aus dem Audienzsaal und hielt auf den Garten der Kinder zu.
»Was ist dort vorgefallen?« rief er, kurz bevor er die Tür erreichte.
Vor dem Goldenen Pavillon drängten sich die Menschen wie Schmetterlinge bei der Nahrungsaufnahme. Königliche Ehefrauen in Gold und Rot, Konkubinen in ihren langen, wehenden Seidenkleidern, und die königlichen Kinder, alle kreischten und schnatterten vor Aufregung wild durcheinander. Auf den Klang der königlichen Stimme hin warf sich jeder einzelne von ihnen zu Boden – mit Ausnahme von Fa-Ying, die sich noch immer an der Hand ihres Vaters festhielt. Mit mißbilligender Miene stieg der König erst über eine, dann über eine weitere reglose Gestalt hinweg, bis er den Eingang erreichte und hineinspähen konnte.
An der Stirnseite des Raumes saß Anna Leonowens und las ruhig in ihrer siamesischen Fibel. Hinter ihr stand Louis Leonowens an der Tafel, die er mühselig mit dem immer gleichen Satz vollschrieb:
ICH WERDE MICH IN DER SCHULE NIEMALS PRÜGELN
ICH WERDE MICH IN DER SCHULE NIEMALS PRÜGELN
ICH WERDE MICH IN DER SCHULE NIEMALS PRÜGELN
Seitlich neben der anderen Tafel saß Prinz Chulalongkorn und funkelte den englischen Jungen wütend an. Seine Diener hinter ihm schienen unsicher, wie sie mit dieser ganz speziellen königlichen Verfehlung umgehen sollten. Während König Mongkut den Blick prüfend durch den Raum wandern ließ, trat Lady Thiang an seine Seite.

»Der britische Junge hat Chulalongkorn gestoßen, Euer Majestät«, erklärte sie mit gesenkter Stimme. Der Kronprinz reckte triumphierend sein Kinn empor und lächelte.
Ein, zwei Minuten lang stand König Mongkut da und dachte angestrengt nach. Sein Blick wanderte zwischen seinem Sohn und Louis hin und her, dann starrte er abermals auf die Tafel.
ICH WERDE MICH IN DER SCHULE NIEMALS PRÜGELN
Äußerst interessant, dachte er und sah Anna fragend an. Doch an Lady Thiang gewandt fragte er nur: »Warum?«
Mehrere der königlichen Ehefrauen hatten sich verstohlen hereingeschlichen und verfolgten das Geschehen. Lady Thiang warf ihnen einen hilflosen Blick zu, doch da keine von ihnen Englisch sprach, blieb es an ihr, die Frage zu beantworten. Sie zögerte, als widerstrebe es ihr, die Wahrheit zu erzählen. Schließlich sagte sie stockend: »Der Prinz hat das Andenken des toten Vaters des Jungen beleidigt.«
König Mongkut verharrte noch einen Augenblick länger und musterte seinen Sohn abschätzend. Dann, zur Überraschung aller – der königlichen Ehefrauen, der Konkubinen, der kichernden Kinder, Lady Thiangs sowie Annas und Louis', am meisten aber zur Überraschung Prinz Chulalongkorns –, machte der König wortlos kehrt und ging.
Es wurde bereits dunkel, als Louis den Satz zum letzten Mal schrieb. Sein Arm schmerzte, seine Finger fühlten sich an, als würde er sie niemals wieder strecken können, aber –

»Neunhundertneunundneunzig«, seufzte er, das Kreidestück in seiner Hand kaum mehr als ein Stummel, »eintausend. Fertig.«
Seine Mutter bedachte ihn mit einem kühlen Blick.
»Dann darfst du jetzt nach Hause gehen.«
»Kommst du nicht mit?«
»Nicht bevor Prinz Chulalongkorn seine Aufgabe erledigt hat.«
Louis nickte gehorsam, machte kehrt und wollte zur Tür gehen. Bevor er sie jedoch erreichte, blieb er stehen. Er sah sich nach Prinz Chulalongkorn um, der immer noch trotzig mit seinem Gefolge im Rücken dasaß, und sagte mit ruhiger Stimme: »Mein Vater war ein Held.«
Anna blickte ihren Sohn liebevoll und ein wenig überrascht an. Sich vorzustellen, daß er so viel Leidenschaft verspürte und so viel Stolz! Prinz Chulalongkorn aber sah den englischen Jungen bloß mürrisch an und rutschte auf seinem Stuhl noch tiefer. Anna seufzte. Der Weg zur Erziehung des zukünftigen Königs würde lang und steinig werden.
Aus der Dämmerung wurde Nacht, und noch immer rührte sich der Prinz nicht. Seine Leibwächter nickten gelegentlich ein, um sogleich erschrocken wieder hochzufahren. Anna zündete die Kerzen an, lange, weiße Wachskerzen, die schwarze Schatten über den mit Blüten bestreuten Fußboden des Gartenhauses warfen, und setzte die Lektüre ihrer Fibel fort. Draußen riefen schläfrige Vögel einander zu, und einmal vernahm sie das leise Schnappen eines Geckos auf der Jagd. Doch

davon abgesehen war es im Garten still: Mütter und Kinder der königlichen Familie hatten sich in die Innere Stadt zurückgezogen, und als Beebe Stunden zuvor ihren Kopf zur Tür hereingesteckt hatte, hatte Anna sie freundlich fortgeschickt.
»Danke, Beebe, aber ich muß warten, bis der Prinz seine Arbeit erledigt hat.«
Beebes mißbilligender Blick verriet unmißverständlich, was sie vom Kronprinz hielt, trotzdem nickte sie Anna zu und entfernte sich ohne ein Wort.
Die ersten Grillen zirpten, und Fledermäuse flatterten bereits durch den violetten Himmel, als ein Geräusch Anna aufblicken ließ. Auf der anderen Seite des Gartens der Kinder wand sich eine Schlange aus tanzenden Laternen: Diener, mindestens zwanzig an der Zahl, die alle die erforderlichen Zutaten für ein üppiges Abendessen heranschleppten. Lady Thiang führte die Prozession an, betrat das Gartenhaus und deutete auf die Pulte. Augenblicklich gingen die Diener daran, leuchtende Seidentischdecken auszubreiten und Körbe sowie mit Speisen überhäufte Servierplatten abzustellen: zu Vögeln geschnitzte Früchte und Blumen, Schalen mit dampfender Vogelnestersuppe, Reis mit Chili und Fischsauce, gedämpfter Fisch, klebrige Reisbällchen mit eingerollten, winzigen Garnelen, würzige Salate, Kokosnußpudding und *dhal*. Die Luft füllte sich mit dem Wohlgeruch von Koriander und Chili und dem süßen, blumigen Duft von Jasmintee. Prinz Chulalongkorn sprang auf, doch bevor er sich von der Stelle rühren konnte, stellte sich Anna Lady Thiang in den Weg.

»Tut mir leid, Lady Thiang, aber das Essen wird warten müssen. Der Prinz hat noch keine Erlaubnis erhalten, sich zu entfernen.«
Lady Thiangs Blick und ihrer kreuzten sich, und zum ersten Mal sah Anna sie nicht als Ehefrau des Königs oder Konkubine, sondern als Mutter. »Ich weiß«, erwiderte Lady Thiang und deutete mit einem kaum merklichen Nicken auf den Prinzen. »Seine Majestät, König Mongkut, ist jedoch besorgt, die Lehrerin könnte in der langen bevorstehenden Nacht Hunger bekommen. Er schickt Speisen – für eine Person.«
Anna verkniff sich ein Lächeln, konnte aber nicht verhindern, daß ihr das Wasser im Mund zusammenlief. Sie verbeugte sich mit einem eleganten *wai* vor Lady Thiang.
»Richten Sie Seiner Majestät aus, ich bin ihm für mein Abendessen überaus dankbar.«
Vor Staunen klappte Prinz Chulalongkorn der Unterkiefer runter. Dann lief er hastig zur Tafel und begann, sie wie besessen auf siamesisch vollzuschreiben. Die beiden Frauen sahen sich lächelnd an.
»Ich denke«, sagte Anna, »ich könnte ein wenig Hilfe beim Essen gebrauchen.«
Lady Thiang nickte. »Chulalongkorn wird Ihnen dabei helfen, da bin ich ganz sicher.«
Die Kerzen waren zu Stummeln heruntergebrannt, als der Prinz endlich die Tafel mit seiner eleganten Schönschrift vollgeschrieben hatte. Er setzte sich neben Anna und schlang sein Abendessen hinunter, während sie ihre Bücher zusammensuchte. Als sie sich zum Gehen

wandte, hob er den Kopf und fragte: »Warum demütigt mich mein Vater?«
Anna blieb stehen, schaute ihn an und erkannte die aufrichtige Verletztheit und Besorgnis in den Augen des Jungen. »Weil die Menschen die Welt nicht sehen, wie sie ist, sondern wie sie selbst sind. Ein guter König braucht einen weiten Horizont. Dein Vater weiß das, denn er hat in seinen Jahren als Mönch an vielen Orten gelebt und die unterschiedlichsten Menschen kennengelernt. Sie sind ausschließlich im Palast aufgewachsen, aber Sie werden das noch lernen, Euer Hoheit.«
Chulalongkorn saß nachdenklich da und wog ihre Worte ab. Lächelnd machte sich Anna auf den Weg zur Tür. In diesem Augenblick wehte eine sachte Brise durch das Gartenhaus und ließ die Kerzenflammen tanzen. Man hörte den trällernden Ruf eines Nachtvogels und gleich darauf ein anderes, beunruhigenderes Geräusch – ein leises, trauriges Rufen. Anna hielt inne und versuchte festzustellen, woher es kam. Dann eilte sie hinaus in den Garten.
»Sie bleiben hier«, rief sie Prinz Chulalongkorn zu.
Die Nacht war ruhig, und eine immer wieder aufkommende Brise und das leise plätschernde Wasser der Brunnen sorgten für Kühle. Anna stand auf dem Pfad und horchte. Da war es wieder. Das Geräusch mußte von außerhalb des Gartens der Kinder stammen. Sie sah sich kurz zum Pavillon um, entschied jedoch, daß der Prinz dort mit seinen Leibwächtern in Sicherheit war. Dann drückte sie das schwere Tor auf und trat hinaus.

Kapitel 12

Das Gelände des Großen Palastes bestand aus einem Irrgarten von Straßen, Gassen und engen Kanälen, der von hohen Mauern und den sorgfältig gepflegten Grundstücken der Villen und Häuser begrenzt wurde, in denen das Gefolge und die Beamten des Königs wohnten. Aus ihren Fenstern fiel Licht, und gelegentlich hörte man Gelächter oder Gesprächsfetzen.

Noch immer vermochte Anna nicht festzustellen, woher die sorgenvolle Stimme kam. Das leise, klagende Geräusch war mal leiser, mal lauter, setzte aber nie ganz aus. Während Anna ihm folgte, entfernte sie sich immer weiter von dem zentralen Palastgelände und gelangte auf eine Straße, die sie zuvor noch nie betreten hatte. Dort fand sie sich vor einer eindrucksvollen Villa wieder, deren steinerne Außenmauern mit blassen Orchideen umsäumt waren. Anna runzelte die Stirn: War das Weinen möglicherweise von hier gekommen?

Und dann erklang es erneut – lauter diesmal. Wenn Anna den Hals reckte, konnte sie gerade eben einen schmalen Durchgang neben dem Haus ausmachen, der dunkel und feucht unter den Regenrinnen und den schweren Ästen riesiger Rhododendren verborgen lag. Sie schaute sich um, entdeckte jedoch niemanden und lief rasch den Pfad entlang.

Er führte auf einen engen, hinter dem Haus gelegenen Innenhof, einen verwahrlosten Ort voller Unkraut und

Bergen von verwesendem Abfall. Anna verzog das Gesicht. Sie holte ein Taschentuch hervor und bedeckte damit Mund und Nase, dann ging sie vorsichtig um einen Haufen verfaulender Früchte herum. Das Mondlicht fiel durch die Blätter und verlieh allem ein kränkliches, bleiches Aussehen. Ein paar Meter entfernt bewegte sich etwas. Anna erstarrte. Mitten in dem kleinen Innenhof stand ein steinerner Trog. Daran war eine Frau angekettet, obwohl es einen Augenblick dauerte, bis Anna dies begriff. Eine abgemagerte, verkrümmte Gestalt mit verfilztem Haar und einem nackten, von eiternden Wunden übersäten Oberkörper hockte gebückt über dem Trog und versuchte vergeblich, im Schein des Mondes einen Nachttopf blankzuscheuern. Ihr Unterleib war verkrustet von Exkrementen und getrocknetem Blut, und an einem geschwollenen Knöchel befand sich eine Eisenschelle, befestigt an einer langen Kette, die quer durch den Innenhof lief.
»Was ist das für ein Gestank?«
Anna wirbelte herum und entdeckte Prinz Chulalongkorn, der ihr gefolgt war und sich nun die Nase zuhielt. Er hatte eine Laterne in der Hand und starrte verwirrt in die Dunkelheit, doch als er die Laterne höher hielt, wandelte sich sein Gesichtsausdruck in Entsetzen.
»*Oh* –« Er wich erschrocken zurück und sah Anna fragend an. »Mem –?« stammelte er.
Doch Anna wandte sich hilflos von dem Jungen ab, und ihr wurde bewußt, daß sie diesmal keine Antwort parat hatte.

Anna gewinnt schnell die Herzen ihrer Schüler und das Vertrauen des Königs.

Der König vertraut Annas Ratschlägen – doch manchen Aufgaben muß er sich alleine stellen.

Spät am selben Abend berichteten König Mongkuts militärische Berater von dem Überfall. Sie waren in der Bibliothek zusammengekommen, einem ungewöhnlichen Versteck mit allen nur erdenklichen Geräten der Wissenschaft und Alchemie: Destillierkolben, Teleskope, Telegrafenempfänger, Sextanten, ein funktionierendes Modell einer Dampfmaschine und jede Menge Globusse. An einer Wand hing eine riesige Karte von Siam – eine strategische Karte ohne König Mongkuts Konterfei. Er war draußen auf der Terrasse gewesen und hatte die Gestirne mit seinem Teleskop beobachtet. Aus seiner Miene ging unzweifelhaft hervor, daß er auch jetzt lieber dort wäre. Statt dessen saß er, das Kinn in die Hand gestützt, auf seinem Stuhl und hörte seinem Bruder Prinz Chowfa zu, der von dem Gemetzel bei Bang Pli berichtete.

»Wer käme auf den Gedanken, den Befehl zu einem solchen Massaker zu geben?« fragte der König ruhig, als sein Bruder geendet hatte.

»Es waren Burmesen«, antwortete Prinz Chowfa. Er hatte sich noch nicht umgezogen. Seine Uniform war staubig und voller Schweißflecken, und sein Gesicht war gezeichnet von der langen Reise.

»Das sagtest du bereits. Aber die Marionette, die Burma regiert, hängt an britischen Fäden. Wieso sollten die Imperialisten sich einer solchen Taktik bedienen?«

General Alak schüttelte den Kopf. »Weil ein Krieg mit den Nachbarn die Briten als Retter auf den Plan ruft.«

König Mongkut ignorierte den sarkastischen Ton des Generals. »Männer wie Sie, Alak«, meinte er ruhig, »sind für Frieden und Wohlstand nicht geschaffen.«
»Der Frieden verweichlicht die Männer, Euer Majestät.« Er deutete mit einer Handbewegung auf die Karte hinter sich. »Die Engländer bezeichnen Burma als ›Britisches Protektorat‹. Vietnam und Kambodscha sind in der ganzen Welt als ›Französisch Indochina‹ bekannt. Wie wird man Siam nennen?«
Der König hörte nachdenklich zu. »Aber angenommen, wir machen sie zu unseren Freunden?« sagte er schließlich. »Würden sie dadurch nicht als Feinde vernichtet werden?«
»Hast du deswegen Engländer in den Palast geholt?« wollte Prinz Chowfa wissen.
Es dauerte einen Augenblick, bevor der König darauf antwortete. »Sie ist eine gute Lehrerin.«
General Alak und Prinz Chowfa sahen sich an. »Wir leben in gefährlichen Zeiten, Euer Majestät«, bemerkte Alak schließlich. »Das gleiche könnte man auch über den Einfluß von Ausländern sagen.«
Die anderen Minister begannen alle gleichzeitig zu reden. König Mongkut hörte schweigend zu und sah erst auf, als ein Adjutant eilig den Raum betrat und dem Kralahome eine Notiz überreichte – einen handschriftlichen Vermerk auf einfachem, weißem Papier. Der Kralahome las ihn stirnrunzelnd, wobei seine Miene sein Erstaunen über die Dreistigkeit des Verfassers verriet.
»Entschuldigt mich, Euer Majestät«, sagte er und verließ den Raum.

Kapitel 13

Der Kralahome traf Anna Leonowens in seinem Büro an, wo sie ungeduldig am Fenster wartete und die dringende Bitte eines Dieners, den Raum zu verlassen, ignorierte.

»Mem Leonowens«, begann der Kralahome streng.

»Das ist gewissenlos!« schrie Anna, wirbelte herum und sah ihm ins Gesicht. Ihre Wangen waren blaß, und ihr Haar hatte sich aufgelöst, doch ihre Augen funkelten gefährlich, als sie ihm mit entschlossenem Schritt entgegentrat. »Sechs Wochen hat man sie draußen im Freien gefesselt, und das nur, weil sie versucht hat, sich eigenhändig freizukaufen!«

Der Kralahome richtete sich auf und beschloß, seine Taktik zu ändern. »Mem Leonowens«, sagte er im Tonfall übertriebener Nachsicht, »Lady Jao Jom Manda Ung ist die Tochter einer sehr einflußreichen Familie –«

»Und als diese Frau La-Ore ihr das Geld anbot, beschuldigte ihre Herrin sie der Undankbarkeit und kettete sie wie ein Tier in jenem Hof an, wo der Prinz und ich sie vorhin gefunden haben!«

Die Miene des Kralahome verfinsterte sich. »Der Thronfolger darf unter keinen Umständen in die Angelegenheiten eines unfreien Dieners verwickelt werden. Die Geschichte wird sich mit der Zeit von selbst klären.«

»Genau wie die mit meinem Haus?« erwiderte Anna sarkastisch.

»Sie lernen dazu.«
Anna machte auf dem Absatz kehrt und murmelte kaum vernehmbar: »Es ist, als würde man gegen eine Wand reden ...«
Der Kralahome hatte ihre Worte gehört und seufzte. »Manchmal führt der beste Weg zum Sieg über die Kapitulation.«
»Und manchmal«, versetzte Anna scharf, »eben *nicht*.«
Erhobenen Hauptes verließ sie seine Gemächer, und mit gerafften Röcken warf sie jedem Diener, der es wagte, sie anzusehen, einen durchdringenden Blick zu. Als sie das Klassenzimmer im Gartenhaus betrat, hatte sich ihr Zorn ein wenig gelegt. Louis stand vor der Klasse und hielt aus dem Stegreif eine Geographiestunde ab. Eine brandneue Weltkarte hing statt der Karte von Siam an der Wand, und Louis zeigte mit Hilfe eines Bambusstocks auf verschiedene Länder, während die Kinder einstimmig deren Namen aufsagten.
»China, Japan, Indien, Frankreich, England, die Vereinigten Staaten ...«
Lady Thiang stand daneben und schaute strahlend zu. Ganz am anderen Ende des Raumes saß Prinz Chulalongkorn an seinem Pult, umgeben von Dienern, die ihm geduldig Luft zufächelten. Sein jungenhaftes Gesicht, das so sehr dem seines Vaters glich, wirkte streng und beinahe teilnahmslos. Die dunklen, gequälten Augen jedoch, mit denen der Prinz Anna ansah, als sie den Raum betrat, waren ganz die eines Kindes. Plötzlich stand er auf und marschierte zur Stirnseite des Raumes. Louis ließ die Hand sinken. Die Kinder verstummten,

als Prinz Chulalongkorn Anna trotzig entgegentrat und zu sprechen begann.

»Ich habe viel nachgedacht, Mem Lehrerin«, begann er, mit Respekt in der Stimme, aber unüberhörbar. »Darüber, warum es in diesem Leben Herrscher gibt, wie Lady Jao Jom Manda Ung, und warum andere Menschen Sklaven sind.«

Einen Augenblick lang sagte Anna gar nichts. Die Anordnung des Kralahome klang ihr noch immer in den Ohren. Auch Lady Thiang heftete den Blick auf die Lehrerin und wartete auf ihre Antwort. Schließlich erwiderte Anna: »Dazu müssen Sie Ihren Vater befragen, Euer Hoheit.«

»Aber Sie sind die Lehrerin«, konterte Prinz Chulalongkorn. Er erhob die Hände zu einer Geste, die gleichzeitig etwas Gebieterisches und etwas Flehendes hatte. »Also bitte: lehrt!«

Anna überlegte. Dann trat sie an eine Reihe von Holzkisten, die ein behelfsmäßiges Bücherregal darstellten. Sie begann zu suchen und zog erst einen, dann einen weiteren Band heraus, bevor sie den richtigen fand. Damit ging sie quer durch den Raum zu Prinz Chulalongkorn und gab ihm das Buch.

»*Onkel Toms Hütte*«, buchstabierte er langsam.

»Dieses Buch wurde von einer Amerikanerin namens Harriet Beecher Stowe geschrieben. Sie hat dieselben Fragen gestellt wie Sie, Euer Hoheit. Vielleicht sollten Sie ihr Buch lesen, bevor wir diese Diskussion fortsetzen.«

Ein unvermitteltes Lächeln ließ das Gesicht des Prin-

zen aufleuchten, und jetzt wirkte es überhaupt nicht mehr jungenhaft. Er verbeugte sich vor Anna. »Ich werde es sofort lesen, Mem«, sagte er und kehrte zu seinem Pult zurück.
Anna nickte, und da Louis seinen Zeigestock wieder zur Hand nahm, schlenderte sie hinüber zum Eingang. Dort blieb sie für eine Weile stehen, blickte hinaus in den Garten der Kinder mit seinen Springbrunnen und zahmen Vögeln, seinen Hibiskuspflanzen und Obstbäumen. Dann fiel ihr Blick auf ihren einfachen goldenen Ehering, und unvermittelt befand sie sich in Gedanken an einem anderen, weniger heiteren Ort.

Kapitel 14

Inmitten der Verborgenen Stadt existierten, ineinandergeschachtelt wie Kammuscheln, noch andere versteckte Orte. Sie waren Teil des geheimen, heiligen Bereichs der Frauen, des Zuhauses und der Gemächer der königlichen Gemahlinnen und geliebten Konkubinen. Geliebte, die die Gunst des Königs verloren hatten und jetzt vergessen waren, zwang man, in jenen hallenden Fluren zu wohnen, wo die anderen Frauen ihnen nicht in die Augen sehen würden, und auch Neuankömmlinge hielten sich dort auf, Frauen, die um die Aufmerksamkeit jenes Mannes buhlten, den sie als Herrscher über das Leben anzuerkennen hatten. Eine abgeschlossene Welt innerhalb der Welt mit ihren eigenen Gesetzen und Schmerzen, ihren eigenen Ritualen und ihrem alltäglichen Zauber.

Zu einem dieser verborgenen Winkel brachte man Tuptim. Sie ging bereitwillig mit, denn sie wußte, daß es keinen Sinn gehabt hätte, einzuwenden, sie sei noch zu jung und viel zu einsam hier, unter all diesen fremden Frauen. Schließlich hatten alle einmal dieses Schicksal geteilt.

Also ließ sie sich schweigend zu dem Gemach bringen, in dem sie auf den König warten würde. Durch verschlungene Flure führte man sie und durch offene Gärten, in denen die seltensten Orchideen gediehen, Blumen, die man nicht nur wegen ihres Duftes oder ihrer Farbe schätzte, sondern auch wegen der menschlichen Eigenschaften, die sie verkörperten: Calanthe-Orchideen, die wie Augen aussahen, magentarote Wiesenorchideen, die sich vorreckten wie gierige Zungen, phallische *denrobin unicum* und gelber Frauenschuh, dessen winzige violette Blüten Kinder der Luft genannt wurden, sowie die riesige blaue Vanda-Orchidee, die nur in den allerhöchsten Bergregionen und hier, in der Verborgenen Stadt, gedieh, wo sie sorgfältig gepflegt in Porzellanschalen schwamm. Tuptim nickte artig, als ihre Dienerinnen mit dem Finger auf die Pflanzen und auf die Vogelhäuser voller aufgeregter Papageien zeigten. Ihre Augen jedoch nahmen diese Wunder gar nicht wirklich wahr. Die schönste Tochter des reichsten siamesischen Teehändlers war selbst eine verborgene Stadt, und in der tiefsten Kam-

mer ihres Herzens bewahrte sie das Bild jenes jungen Mannes, der in den Straßen von Bangkok neben ihrer Sänfte hergelaufen war, während seine Stimme sich über das Geschrei der Straßenhändler und der bettelnden Kinder erhob.
Balat. Sein Name erklang in ihrem Innern, und nichts würde ihn jemals übertönen.
»Hier, Lady Tuptim …«
Es war Lady Thiang, die mit beruhigender Stimme zu der jungen Frau sprach, während sie ihr eine Hand in den Nacken legte und sie freundlich durch den letzten überwölbten Durchgang geleitete. Sie waren in ihrem Zimmer angelangt, jenem Zimmer, das Tuptim bis zu dieser Stunde nicht hatte sehen dürfen. Es war in Schatten und Zwielicht gehüllt, und seine Wände glichen denen einer Herzkammer: Falten aus Karminrot und Indigo, scharlachroter Seide und Brokat. An einer Seite stand ein Bett, das eher einer erhöhten Bühne für das *nang*, das Schattentheater, glich, dahinter nichts als flimmernde Vorhänge und flackerndes Kerzenlicht, winzige Lichtpunkte, die von kleinen, in Bettpfosten und Wandleuchter eingelassenen Spiegeln zurückgeworfen wurden.
» … kommen Sie, Lady Tuptim.«
Sie brachten sie zu ihrem Bett, neben dem ein erhöhtes, altarähnliches Podest aus vergoldetem Teak im Kerzenschein aufleuchtete. An jedem Bettpfosten schimmerten Kerzen und Messinglaternen, man roch den süßlichen Wohlgeruch von Räucherstäbchen und den nach Orangen duftenden Wasserhyazinthen. Tup-

tim hockte sich mit untergeschlagenen Beinen auf das Podest, breitete die Arme aus und ließ die Frauen beginnen.
Stück für Stück entfernten sie ihre Kleidung, die jadefarbene Seide und die perlenbesetzte Jacke, die ihre Mutter ihr geschenkt hatte, bevor sie ihr Zuhause verließ. In einem verborgenen Alkoven schlug jemand die Saiten einer Leier an, herzzerreißend wie das Geräusch der ersten Regenfälle. Die Frauen umringten sie jetzt schweigend und ganz von ihren Rollen bei dem Ritual in Anspruch genommen. Lady Thiang befreite Tuptims Haar aus dem steifen Haarknoten, ließ es in einem langen, glatten Schwall bis auf ihre Brüste fallen und begann es langsam zu bürsten, mit den langzahnigen Silberkämmen, die ausschließlich bei dieser Gelegenheit verwendet wurden. Als sie damit fertig war, gab sie Zibet in Tuptims Haar, indem sie ihre Fingerspitzen in das winzige, lackierte Döschen tauchte. Der Moschus verschmolz mit dem dichten Haar und ließ es glänzen.
»Hier, Lady.«
Sie nahmen warmes, parfümiertes Wasser aus einem silbernen Becken und wuschen sie, zerdrückten die Blüten des nachts blühenden Jasmins auf ihrer nackten Haut. Zuletzt trockneten sie sie in einer langen Bahn aus Seide, und kleideten sie in einen gelben Morgenrock, dessen Ärmel mit heiligen Worten bestickt waren.
»Du zitterst«, sagte Lady Thiang leise. Sie machte den anderen ein Zeichen, woraufhin sie begannen, silberne und lackierte Schalen voller Melonen und Ananas sowie zu anzüglichen Formen zurechtgeschnitzte Gua-

ven im Raum zu verteilten, dazu *look-coop* – winzige Früchte aus Bohnenpaste und Zucker –, Gläser mit gesüßter Kokosmilch, auf denen Blütenblätter aus geraspeltem Ingwer schwammen, sowie reich verzierte Betelnußbehälter. »Hab keine Angst, du Glückliche. Seine Majestät ist ein freundlicher und großzügiger Liebhaber.«

Tuptims und Lady Thiangs Blicke kreuzten sich. Ihr Herz klopfte so sehr, daß sie Angst hatte, den Mund zu öffnen, damit der Name ihres Geliebten nicht entwich. Trotzdem nickte sie der älteren Frau dankbar zu. Lady Thiang berührte Tuptims Wange mit der Hand und lächelte, dann stand sie auf.

»Komm«, drängte sie flüsternd. Ein Hauch goldenen Lampenscheins fiel auf die seidenen Vorhänge: das Gefolge des Königs nahte. Schweigend traten Tuptims Begleiterinnen zurück, nachdem sich jede einzelne mit einem tiefen *wai* vor ihr verbeugt hatte. Einen Augenblick lang überfiel Tuptim die Einsamkeit heftiger als je zuvor. Dann bewegten sich die Vorhänge vor der Tür. Dort stand der König, in einem Gewand, das mit dem von Tuptim identisch war.

»Herr«, flüsterte sie und warf sich vor ihm nieder. Sie spürte Tränen, Angst und die bittere Frucht des Verrats, die sie in ihrem Innern barg wie eine Krankheit, doch dann fühlte sie eine Hand in ihrem Nacken. Sachte, als hebe er einen Säugling hoch, nahm König Mongkut ihr Gesicht in seine Hände und drehte es sanft nach oben. Er kniete vor ihr, die Augen freundlich, aber auch verlangend, und betrachtete sie im Schein der Kerze.

Er beugte sich vor, zog sie an sich, und Tuptim schloß die Augen und versuchte zu lächeln.

Kapitel 15

Die heftigen Frühlingsregenfälle gingen über der Stadt nieder und rissen ganze Sturzbäche aus Abfall, fauligen Früchten, totem Laub, Fischköpfen und vom Schlachten zurückgebliebenen Federn mit sich. In dem schäbigen Hinterhof von Lady Jao Jom Manda Ung wusch der Regen jenen Trog aus, an dem La-Ore gearbeitet hatte, und reinigte die vor sich hin rostenden Ketten und die Fußfessel, die sie einst gefangengehalten hatten.
Auch Annas Haus blieb von den Regenfällen nicht verschont. Sie und Louis waren hastig dabei, sich für die Schule fertigzumachen. Auf der Veranda vor dem Haus wartete Moonshee. Ruhig blickte er in den grau verhangenen Himmel, und als Anna zusammen mit ihrem Sohn die vorderen Stufen heruntergepoltert kam, reichte er ihr einen Schirm.
»Sie haben Besuch«, sagte er, den Kopf verneigend.
Anna und Louis blieben verdutzt stehen. Mitten auf dem Gehweg stand der Kralahome, hinter sich sein Gefolge und ein halbes Dutzend wütend dreinblickender Hofdamen mit roten Schirmen in den Händen. Anna wurde blaß.

»Hat man Ihnen nicht befohlen, die Angelegenheit der Sklavin auf sich beruhen zu lassen?« brüllte der Kralahome.

Unwillkürlich berührte Anna den Finger, an dem sie bisher ihren Ehering getragen hatte. »Euer Exzellenz«, begann sie. »Ich bin bereit, den Anordnungen Seiner Majestät Folge zu leisten, sofern diese meine Pflichten seiner Familie gegenüber betreffen, darüber hinaus jedoch kann ich Ihnen keinen Gehorsam versprechen.«

Der Kralahome musterte sie kühl. »Sie werden mitkommen«, sagte er und machte Anstalten zu gehen.

Anna zögerte, dann folgte sie ihm. Louis blieb wie angewurzelt auf der untersten Treppenstufe stehen.

»Mama?« rief er verängstigt.

»Ich habe nichts Unrechtes getan, mein Schatz«, antwortete Anna mit einer Stimme, die beherrschter klang, als sie sich fühlte. »Geh mit Moonshee zur Schule.«

Sie folgte dem Kralahome, wich Pfützen aus und sprang zum Schutz unter die Dächer der Gartenhäuser, wann immer sich die Gelegenheit bot. Zu guter Letzt langten sie vor dem Audienzsaal an. Regen peitschte gegen die Fenster und hallte laut von dem ziegelgedeckten Dach wider, und der Boden unter Annas Schuhen fühlte sich glatt und tückisch an. Durch das hohe Seitenfenster konnte sie den vom Unwetter zu schlammigem Schaum aufgewühlten Ziersee des Palastes erkennen.

An der Stirnseite des Saales saß König Mongkut auf seinem Thron und musterte die beeindruckende Gestalt der Witwe Lady Jao Jom Manda Ung, die wutschnaubend vor ihm kniete. Sie war eine Frau in mittleren Jahren mit hartem Blick und weder bei ihren Dienern noch in ihrer eigenen Familie beliebt. Mongkut hegte keinen Zweifel, daß sie den König, hätten die himmlischen Mächte dies zugelassen, ebenso unhöflich behandeln würde wie ihre Sklaven. Ein halbes Dutzend Sklaven neben ihr fächelten ihr heftig zu und versuchten, ihr Gemüt zu kühlen, während sie nervös den schlichten goldenen Ring an ihrem Finger drehte.

»Sie hat mich reingelegt! Sie ist in mein Haus eingebrochen, hat meine Dienerin freigelassen, und anschließend ist sie zu mir gekommen, hat angeboten sie freizukaufen und hat bezahlt!«

König Mongkut schob seine Lesebrille auf die Nase und blickte abermals auf das Exemplar der Sklavengesetze, das der Kralahome ihm an jenem Morgen übergeben hatte. Eine plötzliche Unruhe hinten im Saal ließ ihn aufsehen. Es war Anna, die, dicht gefolgt vom Kralahome, erhobenen Hauptes den Saal betrat.

»La-Ore hatte sich bereits einmal ihre Freiheit erkauft, Euer Majestät.« Die Stimme der Engländerin war über dem Geräusch des Regens deutlich zu vernehmen. Sie bemerkte Prinz Chulalongkorn nicht, der etwas abseits hinter einer Säule stand und sie schweigend beobachtete. »Ich glaube, wenn ich dieser Frau *zuerst* meinen Ring gegeben hätte, dann hätte sie ihn behalten und La-Ore auch weiterhin gefangengehalten.«

Lady Jao Jom Manda Ung funkelte Anna wütend an, während König Mongkut die beiden mißmutig betrachtete.

»Die königlichen Pflichten gegenüber den Adelsfamilien dürfen nicht kompromittiert werden«, sagte er und hielt demonstrativ die Sklavengesetze in die Höhe.
»Euer Majestät –«
Anna holte tief Luft, dann fuhr sie fort: »In Ihrem Bestätigungsschreiben haben Sie behauptet, Sie wollen, daß Siam seinen Platz unter den modernen Nationen dieser Welt einnimmt. Sie sprachen davon, etwas zu schaffen, das größer ist als Sie selbst – ein Land, in dem niemand über dem Gesetz steht. Das war der Grund, weshalb ich mich entschieden habe, hierher zu kommen.«
Sie verstummte. König Mongkut betrachtete sie, und unter seinem grimmigen Blick senkte Anna die Augen – verlegen und auch ein wenig bestürzt über das, was sie soeben über ihre tatsächlichen Beweggründe für ihre Reise nach Siam preisgegeben hatte.
Schließlich sagte der König: »Die Lehrerin verfügt über ein hervorragendes Gedächtnis.«
Das war zuviel für Lady Jao Jom Manga Ung. Sie begann, leidenschaftlich auf Seine Majestät einzureden und dabei mit ebenjenem Finger zu drohen, an dem sich jetzt Annas Ehering befand.
»Ich verlange, daß man mir meine Sklavin zurückgibt – und zwar sofort! Außerdem verlange ich die Bestrafung dieser anmaßenden Engländerin, die es wagt, vor dem Herrscher über das Leben zu *stehen*!«
Prinz Chulalongkorn veränderte seine Position und stellte sich so, daß er sowohl seinen Vater als auch Mem Leonowens sehen konnte. König Mongkut rieb sich nachdenklich das Kinn und musterte kritisch den

Kralahome, der abwartend neben Anna stand. Es dauerte mehrere Minuten, bevor der König erneut das Wort ergriff.

»Kralahome, würden Sie bitte Lady Jao Jom das Gesetz erläutern.«

Der Kralahome wandte sich zu der Witwe und verneigte sich. »Ich muß Sie bedauerlicherweise davon in Kenntnis setzen, Lady Jao Jom Manga Ung, daß unfreie Diener dem Gesetz nach das Recht haben, sich eigenhändig freizukaufen.« Er nahm eine Schriftrolle zur Hand und las vor:

»Wer als unfreier Diener nicht bei seinem Herrn bleiben möchte und über den für seinen Freikauf nötigen Betrag verfügt, ist hiermit ermächtigt, seinem Herrn diesen Betrag mit dem Ziel anzubieten, dadurch seine Freiheit zu erlangen. Jede Weigerung des Herrn, die Freikaufsumme anzunehmen und den unfreien Diener zu entlassen, ist gesetzeswidrig und kann mit einer Geldstrafe geahndet werden.«

»Und was geschieht, wenn jeder Sklave in meinen Diensten mir den Preis für seine Freiheit bringt?« Lady Jao Joms Stimme wurde lauter. »Bin ich etwa verpflichtet, mich selbst zu bedienen?«

Der König lächelte sie freundlich an. »Das wäre sicher höchst bedauerlich.«

Lady Jao Jom erhob sich mit einem wütenden Aufschrei. Sie warf Anna einen durchbohrenden Blick zu, dann riß sie sich mit einer übertriebenen Geste Annas Ehering vom Finger, stapfte zum Fenster hinüber und schleuderte ihn hinaus. Einen Augenblick lang schien er wie ein Regentropfen in der stahlblauen Luft zu stehen, doch dann senkte er sich und verschwand in den Tiefen des Sees. Wortlos machte Lady Jao Jom Manga Ung kehrt und stürmte unter den heimlichen Blicken des faszinierten Prinzen Chulalongkorn aus dem Saal, zögernd gefolgt von ihren Skalven.

Einen Augenblick lang war es vollkommen still. Anna hatte plötzlich das Gefühl, gar nicht hier zu stehen, umgeben von Höflingen und Sklaven, sondern an einem weit stilleren Ort, wo ein kalter Sussexregen gegen die kleinen Fenster einer steinernen Kapelle schlug, und die Gerüche von Rosen und Päonien aus dem kleinen Strauß aufstiegen, den sie fest umklammert hielt. Sie blinzelte, fühlte die Tränen kommen und starrte auf die Falten ihres grauen Seidenkleides.

Der König sah sie an, verwirrt, beinahe wütend über ihr Opfer und seine eigene Unfähigkeit, es – oder sie – zu verstehen.

»Warum haben Sie sich eingemischt?« fragte er schließlich.

»Weil mein Gewissen es verlangte.«

»Wie die Faustschläge des Jungen?«

»Wie bitte?«

Der König bedachte sie mit einem herablassenden Blick. »Ich nehme an, da Sie sowohl Mutter als auch Vater sein müssen, verspüren Sie eine starke Neigung, ihn zu beschützen.«

»Louis kann auf sich selbst aufpassen, Euer Majestät«, erwiderte Anna schroff. »Es war Ihr Sohn, den ich beschützt habe. Aber vielen Dank für das Abendessen« –

sie machte einen Knicks und wandte sich zum Gehen – »wenn ich auch denke, daß es nicht nötig war.«
»Ich kenne meinen Sohn. Sie säßen immer noch dort.«
Anna blieb stehen. »Vielleicht«, sagte sie, mit einem Blitzen in den Augen. »Aber dann hätte ich *meinen* Standpunkt klargemacht, nicht Sie den Ihren.«
König Mongkut tippte sich gegen das Kinn. »Ihr Ehemann muß sehr verständnisvoll gewesen sein.«
Anna richtete sich zu ihrer vollen Größe auf und blickte furchtlos zum Thron hoch. »Mein Ehemann hat sich nie von meinen Ideen und Meinungen bedroht gefühlt.«
Der König erwiderte ihren herausfordernden Blick und wartete, daß sie den Kopf abwandte.
Sie tat es nicht. Eine volle Minute verstrich, bevor er sagte: »Und weil ich ein ebensolcher Mann bin, werde ich Ihnen gestatten, in meiner Gegenwart stets aufrecht stehen zu bleiben. Vorausgesetzt, ihr Kopf überragt niemals den meinen.«
Anna machte einen anmutigen Knicks. »Ergebensten Dank, Euer Majestät.« Sie wagte einen verstohlenen Blick auf den Kralahome. Dieser starrte sie ungläubig und mit gerötetem Gesicht an. Das war noch nie vorgekommen, daß jemand ein Mitglied der königlichen Familie überragen durfte! Schließlich machte Anna unter dem Geraschel von Taft und Krinoline kehrt und verließ den Audienzsaal.
»Zu viele Knöpfe«, murmelte der König, während er ihr nachblickte.
Der Kralahome schüttelte den Kopf. »Ich denke, Euer

Majestät, diese Frau, die glaubt, sie sei einem Manne ebenbürtig, hat genug Kränkungen verschuldet.«
»Nicht einem *Manne* ebenbürtig, Chao Phyla«, erwiderte der König. Sein Blick blieb auf den Boden geheftet. »Sondern einem *König*.«

Kapitel 16

Anna fand ihre Schüler artig an ihren Pulten sitzend vor, die Fibeln aufgeschlagen, die Hände säuberlich gefaltet. Ihre Gesichter jedoch verrieten, daß sie ganz genau wußten, wo sie gewesen war und aus welchem Grund. Anna bewahrte eine ruhige Miene und trat entschlossen an ihren Schreibtisch. Bevor sie sich jedoch setzen konnte, kam eine weiß gewandete Gestalt den Mittelgang entlanggesprungen und legte ein Bild vor sie hin.
»Das habe ich morgen für Sie gemacht!« piepste Fa-Ying stolz.
Anna lächelte. »Oh, danke, Fa-Ying! Es ist wunderschön.«
Das kleine Mädchen zeigte auf das Blatt Papier voller grüner verwischter Flecken und sorgfältig gezeichneter, roter und blauer Strichmännchen. »Das sind Affen im Sommerpalast.«
»Das hier ist bestimmt dein Vater.« Anna zeigte auf den König und dann auf eine winzige Figur gleich neben ihm. »Und das mußt du sein.«

Fa-Ying nickte begeistert. Anna bückte sich und nahm sie in den Arm. »Ich werde es bei mir zu Hause aufhängen.«
»Ich werde gestern noch eins für Sie malen!«
»Dann werde ich morgen darauf warten.«
Fa-Ying hüpfte zurück zu ihrem Pult. Anna schaute ihr lächelnd nach und ließ die Zeichnung in ihre Tasche gleiten. Als sie den Kopf hob, sah sie Lady Thiang näher kommen. Neben ihr ging eine schlanke junge Frau in blauer Seide. Ihr Haar war wundervoll zurechtgemacht, doch ihr Gesicht war blaß. Sie trug nicht mehr den aufwendigen Putz, trotzdem erkannte Anna die zarte junge Frau wieder, die sie einige Tage zuvor in der Sänfte gesehen hatte.
»Guten Morgen, Lady Thiang«, sagte Anna. »Wie geht es Ihnen heute?«
»Mir geht es gut, Mem Leonowens, danke. Dies ist Lady Tuptim, Sir. Sie ist ebenfalls neu im Palast, wie Sie selbst, aber sie hat keinen Sohn, der ihr Gesellschaft leistet.«
»Guten Tag, Lady Tuptim«, begrüßte Anna sie. »Mein Name ist Anna.«
»Ich möchte auch englisch schreiben lernen, Mem«, sagte Tuptim verlegen. »Um Seiner Majestät, König Mongkut, zu gefallen.«
Anna betrachtete die junge Frau neugierig. Tuptims ausdrucksloses Gesicht strafte ihre Worte Lügen. Die Engländerin wog ihre Worte genau ab, bevor sie erwiderte: »Natürlich. Aber ich will doch hoffen, daß es Lady Tuptim ebenfalls Freude macht.«

Sie blickte suchend über ihren Schreibtisch, fand eine englische Fibel und reichte sie Tuptim. Die junge Frau nahm das Buch entgegen und bedachte Anna mit einem zaghaften Lächeln.
»Ich denke, wir können alle viel voneinander lernen«, sagte Anna. Tuptim machte eine Verbeugung und entfernte sich. Lady Thiang blieb noch einen Augenblick stehen. Ihr Blick war warm.
»So ist es, Sir«, pflichtete sie ihr bei, drehte sich um und begleitete Tuptim zurück in die Verborgene Stadt.

In den darauffolgenden Wochen lernten Annas Schüler eifrig, und wie sie vorhergesagt hatte, gestaltete sich ihr Unterricht abwechslungsreich. Gewöhnlich trat sie jeden Montagmorgen vor die Klasse und änderte ab, was an der Tafel geschrieben stand. Der BUCHSTABE DER WOCHE E machte dem BUCHSTABEN DER WOCHE F Platz, anschließend dem G und dem H, bis Anna eines Tages feststellte, daß sie bereits das halbe Alphabet durch hatten.
Doch ihre Schützlinge lernten nicht nur die Buchstaben. Eines Nachmittags, als die Kinder früh nach Hause geschickt worden waren, machte Anna einen Spaziergang um den königlichen See, schloß die Augen, hielt das Gesicht in die Sonne und sog zufrieden die Wohlgerüche der Rosen und des von der Sonne aufgeheizten Sees ein.
Wenigstens unterscheidet sich das hier kaum vom englischen Sommer, dachte sie.
»Jetzt hast du ihn!«

Das aufgeregte Geschrei ließ sie die Augen öffnen. Sie suchte mit Blicken den See ab. Dort, am Ufer unterhalb des königlichen Arbeitszimmers, erspähte sie Louis und Prinz Chulalongkorn, bis zu den Knien im Wasser und bis auf die Haut durchnäßt. Der Prinz hielt triumphierend einen sehr großen Frosch in die Höhe.
Und auch das ist genauso, wie es sein sollte.
Anna strahlte und winkte den Jungen zu. Das Aufblitzen im königlichen Arbeitszimmer über ihnen sah sie nicht. Hätte sie es gesehen, dann hätte sie es vielleicht mit der Linse von König Mongkuts Teleskop in Verbindung gebracht und eventuell den Mann hinter dem Instrument bemerkt, der zu den Jungen hinunterschaute. Sein Gesichtsausdruck spiegelte Freude und Stolz wider, genau wie Annas, doch als er ihr hellblaues Kleid in der Brise flattern sah, drehte er sein Instrument ein kleines Stück und richtete es auf sie. Seine Miene veränderte sich, und vielleicht war es ganz gut, daß Anna nicht mitbekam, wie der Stolz einem Zartgefühl wich – oder gar dem Anflug weitaus komplizierterer Gefühle, die zu benennen sogar dem König selbst Schwierigkeit bereitete.
Andere lernten auch. Jeden Morgen erschien Lady Tuptim gemeinsam mit den Kindern zum Unterricht und setzte sich auf ihren Platz ganz hinten in der Klasse. Bei aller Bereitwilligkeit und trotz des ernsthaften Gesichtsausdrucks, den sie aufsetzte, sobald Anna Auszüge von Shakespeare, Keats und Dickens vorlas – die Lehrerin vermutete, daß Tuptim in ihren Studien

nicht ganz so bei der Sache war, wie es nach außen hin den Anschein hatte. Nachmittags übten sich Tuptim und die älteren Kinder in Schönschrift und füllten große Blätter gelben Papiers mit sorgfältig gemalten Buchstaben. Doch der Name, den Tuptim gewissenhaft auf ihr Blatt kopierte, war nicht ihr eigener, sondern einer, den Anna nicht kannte – BALAT – und den Tuptim ein ums andere Mal wiederholte, als wäre er ein Glücksbringer oder Talisman.

Anna tat, als bemerke sie es nicht. Noch mehr freute sie es, daß Prinz Chulalongkorn, wenn die anderen schon lange Drachen steigen ließen oder im See planschten, im Gartenhaus saß und *Onkel Toms Hütte* las, während sein königliches Gefolge ihm geduldig zufächelte. Sie war klug genug, den Eifer des Prinzen nicht zu kommentieren. Statt dessen inspizierte sie die kleine Menagerie, die die Kinder zusammengetragen hatten. Sie alle schienen ihres Vaters Leidenschaft für die Wissenschaften geerbt zu haben, und sie hatten ihre helle Freude daran, kleine Tiere in den Gärten der königlichen Stadt einzufangen und ihre Gefangenen anschließend in die Reihe von Terrarien zu überführen, die mittlerweile die Rückwand des Klassenzimmers säumte. Große Glasbehälter, auf Annas Bitte hin sowohl mit den englischen als auch den lateinischen Bezeichnungen in unterschiedlicher kindlicher Handschrift beschriftet –

BORKENKÄFER – *Eurybatus ferrouses*
GOLDENE WEBERSPINNE – *Nephilia maculata*
KROKODILSALAMANDER – *Tylototrition verrucosus*

Die *chingcoks* und *tokkaes*, die Hausgeckos, wurden nicht eingesperrt. Anna hielt inne und beobachtete, wie einer auf der Jagd nach einem Moskito unter der Dekke entlangkrabbelte. Einige von ihnen waren so zahm, daß sie einem Insekten vom Finger fraßen. Am Nachmittag hatte Anna interessiert zugesehen, wie Fa-Ying einen Gecko mit einer Raupe fütterte. Das kleine Mädchen verhielt sich ungewohnt still, als die smaragdgrüne Echse über ihre Handfläche krabbelte. Wie jeder gute Lehrer gab Anna sich größte Mühe, keinen ihrer Schüler zu bevorzugen, trotzdem fiel es schwer, dem Zauber der kleinen Prinzessin nicht zu erliegen. Sie war gescheit und voller unermüdlicher Energie, und mit ihren Nachlauf- und Käferjagdspielen erschöpfte sie sogar ihre älteren Geschwister. Aber genauso gern kletterte sie auf Annas Schoß, wo sie in der Hitze der langen tropischen Nachmittage gelegentlich einschlummerte. König Mongkut gab sich gegenüber seinen Kindern oft streng, in bezug auf Fa-Ying hatte Anna ihn jedoch nie anders als in der Rolle des überaus gütigen Vaters erlebt. Lady Thiang hatte ihr anvertraut, daß das Kind Mongkuts Liebling sei. Ihre Mutter, damals seine Königin, war erst zwei Jahre zuvor gestorben, und Prinz Chulalongkorn war ihr leiblicher Bruder. Fa-Ying begleitete ihren Vater zu königlichen Aufzügen und Konferenzen, bei denen nicht einmal seine Minister zugelassen waren. Bei diplomatischen Zusammenkünften lag sie zusammengerollt in seinem Schoß, schläfrig und still wie ein Schlanklori, und bei den Mahlzeiten saß sie neben ihm.

Sie begleitete ihren Vater auch, als dieser am folgenden Morgen Anna auf dem königlichen Flußboot erwartete – auf der *Suphananahongsa* oder der *Goldenen Hansa*, einem riesigen Schiff mit hochgezogenem Bug, das an ein Wesen aus einem Märchen erinnerte. Anna sog scharf die Luft ein, als sie es sah, und Louis stieß einen lauten Begeisterungsschrei aus.

»Sieh doch, Mama! Ein *Drachenboot*!«

Anna fand, daß es mit seinem hochgezogenen Kopf aus vergoldetem Teakholz und den Alabasteraugen, verziert mit riesengroßen Girlanden aus Hibiskus und rotem Jasmin, eher einer Kreuzung aus einem Drachen und einem Schwan ähnelte. »Es ist das heilige Tier, auf dem Brahma reitet«, erläuterte König Mongkut, während er seinen Gästen an Bord half. »Fünfzig Männer müssen es rudern. Dies ist natürlich kein vollständiger Umzug – dazu wären einundfünfzig Flußschiffe und dreitausend Mann erforderlich«, fügte er mit einem Glitzern in den Augen hinzu, weil er Annas Staunen bemerkte.

»Du meine Güte!« entfuhr es ihr, als sie neben einer niedrigen, mit einem Polster versehenen Sitzbank ihr Gleichgewicht wiederfand. Ihr Gepäck, das auf dem Deck über ihnen gestapelt lag, bemerkte sie nicht. »Es ist wirklich außerordentlich, Euer Majestät.«

»Das ist es fürwahr«, bestätigte König Mongkut. Mit verschränkten Armen ließ er den Blick stolz über den golden schimmernden Kanal schweifen, der sie zu allen Seiten umgab. Nicht weit entfernt stand Fa-Ying in genau der gleichen Körperhaltung, ein winziges, weib-

liches Abbild ihres Vaters. Neben ihr verharrte mürrisch der Kralahome und beaufsichtigte einen ihrer Begleiter bei der Vorbereitung der Beteltabletts für den König.
Drei kleinere Begleitboote, *rua saeng*, schossen vom Ufer wie gewaltige, im Licht der Sonne grünlich schimmernde Wasserschneider heran. Mit einem Aufschrei begannen die Männer zu rudern, und unter ihrem Gesang glitt die *Goldene Hansa* über die spiegelglatte Wasserfläche. Nur Minuten später hatten sie den Kanal verlassen und fuhren auf dem weiten, bernsteinfarbenen Fluß dahin, wo sie sich unter die Kanus und kleinen Fischerboote mischten, deren Kapitäne einander aufgeregt zuriefen, sobald der königliche Umzug nahte.
»Der Chao Praya ist die Lebensader des fruchtbarsten Tales in ganz Asien«, verkündete König Mongkut. Mit einer stolzen Handbewegung deutete er auf den Fluß, als hätte er ihn eigenhändig erschaffen.
Und das schien durchaus möglich, den Reaktionen der Stadtbewohner nach zu urteilen, die sich am Ufer drängten. Staunend verfolgte Anna, wie scheinbar ganz Bangkok an den Fluß gelaufen kam, um sich vor dem König niederzuwerfen.
»Die Hauptstadt wurde vor einhundert Jahren nach dem Untergang unserer ersten großen Hauptstadt, Ayudhya, an diese Stelle verlegt. Der burmesische König belagerte die alte Hauptstadt und nahm dreißigtausend Menschen aus unserem Volk gefangen. Also verlegten wir die Hauptstadt hierher.«

Anna betrachtete den Anblick, der sich ihren Augen bot: die ehrfürchtig zu Boden gesunkenen Bürger und dahinter die üppig grünen Dickichte, wo Makakis sich von Baum zu Baum schwangen und Eisvögel herabstürzten. Die schwimmenden Häuser und *sala*, offene Pavillons, in denen die Älteren hockten und seelenruhig dem Verkehr auf dem Fluß zusahen. Die reizvollen, hoch aufragenden Spitzdächer der *wats* mit ihren Lilienkapitellen – erbaut, wie der König erläuterte, zu Ehren der unermeßlichen, verlorenen Pracht der alten Stadt Ayudhya.

Es rührte Anna auf seltsame Weise: die drückende Hitze, die Architektur entlang des Flußufers, so fremd und vielfältig wie Orchideenblüten, der Gestank von verfaulendem Fisch und Gemüse, der mit dem Duft des Jasminwassers rang, mit dem die Höflinge das Deck sprengten.

Sie blinzelte, legte eine Hand an ihre Wange und blickte verträumt auf den Fluß. Louis, ein paar Schritte neben ihr, beobachtete das Ganze nicht minder versonnen.

»Ihr Junge weiß die Schönheit meines Reiches sehr zu schätzen«, sagte der König.

»Wie könnte es anders sein, Euer Majestät? Sie ist außergewöhnlich und … erfüllt einen mit Demut.«

Der König lächelte und betrachtete sie mit großem Interesse. Er hatte sich an diesem Morgen mit besonderer Sorgfalt gekleidet und sich eingeredet, es sei wegen des Treffens mit dem Bischof am selben Nachmittag. Gedankenverloren strich er die Vorderseite seines karmesinroten Seidenhemdes glatt, wäh-

rend sein Blick sich verengte und er versuchte, sein Königreich mit Anna Leonowens' Augen zu betrachten.
»Ihr Volk ist sehr glücklich, Sie zu sehen.« Anna deutete mit dem Kopf auf das Flußufer, und Louis winkte den Menschen zu, die herbeiströmten, um sich am Ufer niederzuwerfen.
»Es ist sehr bedauerlich, daß der König nicht häufiger unter ihnen weilen kann.« Er drehte sich zu seiner kleinen Tochter um, die ebenfalls winkte, und drückte sie an sich. »*Looja* liebt den Fluß ...«
Fa-Ying nickte schüchtern und sah ihren Vater mit bewundernden Augen an.
Anna lächelte. »Sie hat mir alles von Ihrer Reise nach Ayudhya erzählt und meinte, es sei der Mittelpunkt des Universums.«
»Es ist die Heimat der Ahnen und der vielen Legenden über sie.«
»Ich habe ihr von Camelot in England erzählt.«
Fa-Ying nickte eifrig. »Die hatten einen großen, runden Tisch!«
»Ich glaube, jeder Mensch sollte die Legenden seiner Vorfahren kennen.« Anna strich dem Kind übers Haar. »Sie erlauben uns zu träumen.«
Der König betrachtete sie nachdenklich. »Sie sind eine erstaunliche Mischung aus Wissen und Phantasie, Mem.«
»Das liegt wahrscheinlich daran, daß ich mich mit Kindern umgebe.« Annas Stimme klang ein wenig angespannt, und sie wandte sich ab, um hinunter auf das

Wasser zu schauen. »Ich – ich hatte im Grunde gar keine andere Wahl.«
Der König nickte. »Buddhisten glauben, das Leben bedeute nichts als Leiden. Mem den Schmerz über den Tod ihres Mannes zu nehmen hieße, sie der Möglichkeit des Wachsens zu berauben.«
»Vielleicht wäre uns eine andere Lektion lieber gewesen.«
»Ja, aber dann wäre die einzigartige Möglichkeit, den Lauf der Dinge zu verändern, an jemand anderes gegangen.«
Anna drehte sich um, überrascht von der plötzlichen Wärme im Tonfall des Königs. Er sah ihr direkt in die Augen, mit derselben Eindringlichkeit, mit der er kurz zuvor sein Volk am Ufer des Flusses angesehen hatte. Anna blickte verlegen fort und rief ihrem Sohn zu: »Louis, mein Schatz, tu mir einen Gefallen und bleib im Boot.«
Nach einem kurzen Zögern wandte sie sich wieder dem König zu. Sein Blick blieb auf Anna geheftet, und seine leuchtenden Augen hatten beinahe etwas Fragendes. Trotzdem vermochte Anna nicht fortzusehen. Sie schluckte und zwang sich schließlich, die Konversation fortzusetzen.
»Gestern hat er mich nach Ihrer Flagge und dem weißen Elefanten gefragt, aber ich wußte keine Antwort darauf.«
Der König richtete sich auf. »Louis Leonowens!« rief er in kommandierendem Tonfall.
Widerstrebend riß Louis sich vom Anblick der Rude-

rer los und trat leicht verängstigt vor den König. »Ja, Euer Majestät?«
König Mongkut sah Anna lächelnd an. »Jetzt bin *ich* der Lehrer.«
Er zeigte auf die Stelle, wo hoch oben die siamesische Flagge in der Brise flatterte. »Die Fahne Siams. Rot steht für …«
»Mut!« rief Fa-Ying.
Der König nickte anerkennend. »Weiß für …«
»Mitgefühl!«
König Mongkut hob einen Finger. »Der weiße Elefant ist das seltenste und am meisten verehrte Geschöpf Siams.« An seine Tochter gewandt fügte er hinzu: »Vielleicht werden wir alle auf unserer Reise zum Reisfest Gelegenheit haben, einen zu sehen.«
»Reisfest?« fragte Anna.
Mit einem Aufschrei machte Louis unvermittelt einen Satz nach vorn und wäre dabei beinahe über die Reling gestürzt. »Mama! *Sieh doch!*«
Anna hob die Hand über die Augen und hatte das Gefühl, als geriete die Welt ringsum ins Wanken. Vor ihnen wurde der Fluß schmaler und schlängelte sich unter überhängenden Bäumen mit weißen Blüten hindurch. In die Wasserstraße ragte eine breite, mit weißen und rosa Blüten bestreute Anlegestelle, an deren Ende freudig winkend Moonshee und Beebe warteten. Hinter ihnen, eingebettet in einen Rhododendronhain, stand ein wunderhübsches, zweistöckiges Haus im siamesischen Stil, allerdings errichtet aus verblaßten, rosafarbenen Ziegeln. Dort gingen Diener hastig ein und

aus, bereits damit beschäftigt, ganze Korbladungen mit Annas persönlichen Dingen hineinzutragen.

»Euer Majestät«, sagte sie, während ihr die Augen übergingen. »Ich glaube, jetzt ist es Ihnen doch noch gelungen, mich sprachlos zu machen.«

»Ich hoffe, Sie werden dort ausreichend Platz finden, um sich den englischen Traditionen zu widmen«, erwiderte König Mongkut. »Sogar der Rosenzucht.«

Er lächelte, und diesmal war nicht die geringste Spur von Hochmut auf seinem Gesicht zu erkennen, statt dessen ebenso große Freude wie bei Anna.

»Oh!« rief sie und lief zu Louis hinüber, während das Schiff an der Anlegestelle längsseits ging. »Es ist wunderschön!«

Strahlend verfolgte der König, wie seine Diener herbeieilten, um ihnen an Land zu helfen. Fa-Ying lief lachend vor und erklärte Louis die verschiedensten Dinge – Blumen, einen Schmetterling und ein winziges, beinahe vollständig von Kletterpflanzen überwuchertes Geisterhaus. Erst als sie in dem kleinen, zum Fluß gelegenen Garten standen, fragte Anna den König schüchtern: »Ich bin trotzdem neugierig. Ist dies wegen unserer Übereinkunft, oder wollen Sie nur versuchen, mich loszuwerden?«

»Ja«, erwiderte er zweideutig.

»So komm doch, Mama!« rief Louis voller Ungeduld von den Stufen vor dem Eingang aus. Lachend raffte Anna ihre Röcke und lief zu ihm. Moonshee und Beebe begrüßten sie fröhlich, und Moonshee zeigte auf die breite Veranda im ersten Stock.

»Ein bißchen Wasser und Seife, und wir werden ein prächtiges Zuhause haben«, verkündete er voller Stolz.
»Soll ich uns Tee kochen?« rief Beebe.
»Das wäre reizend.« Anna drehte sich nach dem König um, der mit seiner Tochter am Flußufer stand. Lächelnd winkte sie ihm zu. Der König antwortete mit einem Nicken, dann ging er zum Schiff zurück.
»Ich mag es, wenn sie lächelt«, sagte Fa-Ying, während sie wieder an Bord kletterten.
»Ja, mein Liebling«, antwortete der König. Er streichelte ihr gedankenversunken übers Haar. Sein Blick war immer noch auf die schlanke Frau im perlgrauen Taft gerichtet, die ihm von den Stufen ihres neuen Zuhauses aus zuwinkte. Der Steuermann rief der Mannschaft etwas zu. Mit einem Antwortruf tauchten die Männer ihre Ruder ins Wasser, und die *Goldene Hansa* trat ihre Rückreise zum Palast an. »Ich weiß … ich auch.«

Kapitel 17

Es war wieder einmal spät geworden bei Mycroft Kincaid, einem wohlbeleibten Kaufmann in den Fünfzigern, dessen gerötetes Gesicht eher von seiner Vorliebe für roten Bordeaux und ausgezeichneten Tokajer herrührte als von der Sonne. Unsicher stieg er die steinernen Stufen der Plantage des alten Rajas hinunter und wünschte, er hätte ein wenig mehr Zeit darauf verwendet, sich über die Spielgewohnheiten seines Gastgebers zu informieren. Die geschäftliche Spekulation, Anlaß seines nächtlichen Besuchs, hatte einen ungünstigen Verlauf genommen. Und um alles noch schlimmer zu machen, hatte er beim Spiel erheblich mehr verloren als beabsichtigt.

Trotzdem tröstete er sich mit dem Gedanken, daß er schon am nächsten Tag alles zurückgewinnen konnte. Diese Siamesen waren notorische Spieler, die auf *alles* setzten – angefangen bei Drachenflugwettbewerben über Hirschkäferkämpfe bis hin zu Wetten darüber, wo ein Blatt auf den Boden fiel. Er brauchte nur einen Finger zu heben, und schon ließe sich überall zwischen Bangkok und der burmesischen Grenze eine Wette abschließen.

»Verdammt«, murmelte er, um Gleichgewicht ringend, nachdem er über einen losen Mörtelbrocken gestolpert war. Ganz in der Nähe hörte er Stimmen – zwei Männer, die sich stritten –, allerdings reichten seine Kenntnisse des Siamesischen nicht aus, um ihre Worte verstehen zu können.

Wahrscheinlich wieder irgendwelche Spieler, dachte er und hielt auf die Stelle zu, wo seine Diener mit der Sänfte warteten.

Kincaid irrte sich. Wenige Meter entfernt, verborgen im dichten Unterholz, lauerten ein narbengesichtiger Mann und eine Bande von Söldnern, die die Schatten der Hausbewohner an einem Fenster im ersten Stock beobachteten. Der narbengesichtige Anführer sog kräf-

tig an seinem Stumpen und ließ sich, mit dem Griff eines Dolches spielend, nach hinten auf die Fersen sinken.
»Worauf warten wir noch?« zischte einer der Soldaten. Ihr Anführer deutete mit einer ruckartigen Kopfbewegung auf Kincaid. »Dem Engländer darf auf keinen Fall etwas zustoßen.«
Wenige Meter von seiner Sänfte entfernt blieb Kincaid stehen. Er machte ein paar Schritte Richtung Wald, knöpfte seinen Hosenschlitz auf und begann, sich zu erleichtern. Plötzlich hielt er inne.
Der schwache Wind drehte und trug den scharfen Geruch eines brennenden Stumpens heran. Entnervt knöpfte Kincaid seine Hose wieder zu und floh zu der Sänfte. Seine Diener trugen ihn davon.
Augenblicke später stürmte ein Schwarm von Schatten aus dem Wald und brach in das Haus ein, und kurz darauf übertönten von Panik erfüllte Schreie die nächtlichen Geräusche der Insekten und Vögel.

Der Morgen des Reisfestes dämmerte klar und kühl herauf, ein gutes Zeichen für Regen. Trotzdem wurde es später Nachmittag, bevor die königliche Prozession zum Aufbruch bereit war. Den ganzen Tag über hatte hektisches Treiben den Palast erfüllt, denn Ehefrauen und Konkubinen, Diener und Kinder waren emsig mit den Reisevorbereitungen beschäftigt. Immer wieder schleppten Diener schwere Koffer an der Stelle vorbei, wo Anna saß und alles amüsiert beobachtete.
»Ich könnte mir vorstellen, daß es jedesmal ein ziem-

lich großes Ereignis ist, wenn die gesamte Familie auf Reisen geht«, sagte sie und mußte daran denken, was das Wort *Familie* in diesem Fall bedeutete – mehrere hundert Personen sowie eine komplette Elefantenherde. »Was trägt man eigentlich bei einem Reisfest?«
Tuptim drehte sich um und zeigte ihr einen wunderschön gebatikten, pfauenblauen Sarong, kaum groß genug, um Annas Kopf zu bedecken.
»Ach, du meine Güte.« Anna biß sich auf die Lippe. »Tja, dann werde ich wohl meinen Koffer durchwühlen müssen. Aber jetzt will ich erst einmal Louis finden …«
Tuptim faltete ihren Sarong zusammen und begann, ihr schwarzes Haar zu Zöpfen zu flechten. »Ich erinnere mich noch an das erste Reisfest. Mein Vater nahm mich als kleines Mädchen mit dort hin. Die Menschen waren von überall gekommen, um den König zu sehen. Er segnete die Ernte, und kurz darauf fing es an zu regnen. Ich hielt ihn für einen Gott.«
»Und jetzt?«
»Er ist auch ein Mann.«
Anna nickte, die Bedeutung hinter den Worten war ihr nicht entgangen. »Also, ich freue mich jedenfalls sehr, daß man uns eingeladen hat.«
»Man kann die Schönheit Siams nicht würdigen, wenn man in Bangkok wohnt, Mem. Die Berge sind so grün, und der Himmel ist noch blauer als Ihre Augen.«
Anna lächelte, und Tuptims Blick verfolgte sie, als sie quer durch das Zimmer zum Fenster ging. Ein nachdenklicher Zug huschte über das zarte Gesicht der kö-

niglichen Konkubine, als ihr Blick auf den Sarong fiel, der neben ihrer Handtasche und dem Korb mit ihren persönlichen Dingen für das Fest lag. Schließlich bückte sie sich und zog einen Brief aus ihrer Tasche.
»Darf ich Sie um den Gefallen bitten, Mem, das hier für mich abzuschicken?«
Neugierig betrachtete Anna den Umschlag. Tuptim zögerte, dann setzte sie hinzu: »Meine Familie soll wissen, wie glücklich ich hier beim König bin.«
Anna nickte. »Als ich sechs Jahre alt war, fuhren meine Eltern mit dem Schiff nach Indien und ließen mich zurück, weil ich in England erzogen werden sollte. Anschließend habe ich sie acht Jahre lang nicht gesehen. Ich weiß, wie schmerzlich es sein kann, wenn man jemanden vermißt ...«
Sie nahm den Brief mit einem wehmütigen Lächeln entgegen. »Ich werde Moonshee sofort nach einem Boten suchen lassen.«
»Vielen Dank.«
Anna ging zum Fenster und schaute hinaus. Das Licht des späten Nachmittags verlieh ihrem Haar einen goldenen Glanz, und ihre Wangen waren von der Sonne leicht gerötet. Die blassen, blaugrauen Augen jedoch, die in den Innenhof des Palastes hinunterblickten, sahen traurig aus. Die jüngere Frau erkundigte sich nach einer Weile vorsichtig: »Wie ist Ihr Ehemann gestorben?«
»Genaugenommen in meinen Armen.« Annas Stimme klang angespannt, sie blinzelte und versuchte sich auf die gezackten Konturen des angrenzenden *wat* zu kon-

zentrieren.«An einer Krankheit. Viele aus seinem Regiment erlitten dasselbe Schicksal.«
»Wie hat Mem überlebt?«
Anna drehte sich um. Tuptim hatte Tränen in den Augen, und ihre Hände hingen schlaff am Körper hinab. Trotz ihrer Schönheit und der prachtvollen Umgebung wirkte sie sehr traurig und sehr, sehr jung.
»Auf die gleiche Weise, wie du auch überleben wirst.«
Anna berührte die Hand des Mädchens und lächelte es beruhigend an. »Einen schrecklichen Tag nach dem anderen.«

Kapitel 18

Als der königliche Umzug sich schließlich zum sommerlichen Reisfest in Bewegung setzte, war er über eine halbe Meile lang. Anna kam es so vor, als schlössen sich ihnen mit jedem schwankenden Schritt der Elefanten unterwegs immer noch mehr Menschen an. Es waren größtenteils Bauern, die aus ihren Hütten gelaufen kamen, um der langen, schwankenden Prozession aus Elefanten und Pferden, aus Wagen und Handkarren, königlichen Ehefrauen und Konkubinen, aus Adligen des höfischen Gefolges, aus Fahnenträgern, Elefantenführern und Dienern mit Sonnenschirmen sowie einer ganzen Armee aus Köchen und Küchenpersonal zuzuwinken. König Mongkut ritt in seinem königlichen Sitz auf

einem Elefantenbullen, den man mit Bannern und Blumengebinden herausgeputzt hatte, an der Spitze der langen Parade. Der König las in einem Buch und rauchte eine Zigarre, scheinbar taub gegen den Klang der Gongs und das Pfeifen des *khang* aus Bambus. Hinter ihm kamen Anna und ihr Sohn sowie das königliche Gefolge mitsamt Lady Thiang und der zurückhaltenden Tuptim, die allesamt hoch über dem Erdboden in einem prunkvollen, von vier Elefanten getragenen Wagen saßen.
»*Mem-sha*!« Fa-Ying kletterte kichernd auf Annas Schoß. »Louis hänselt mich immer! Er sagt, in England fällt etwas Kaltes vom Himmel, das aussieht wie kleine Federn.«
»Warum sollte ich ihr Lügen über Schnee erzählen?« fragte Louis verdutzt, während er sich neben seiner Mutter niederließ.
Fa-Ying legte ihren Kopf in den Nacken und schaute hoch ins Laubdach der Bäume, durch das leuchtend helle Himmelsfetzen aufblitzten. »Bitte, Mem, es ist zu heiß. Kannst du jetzt Schnee machen?«
Anna lächelte. Sie strich dem Kind schweißfeuchte Strähnen aus der Stirn und sagte: »Ach, Fa-Ying! Daß dein Vater es regnen lassen kann, heißt noch lange nicht, daß ich es schneien lassen kann!«
»Endlich entdecke ich Ihre Grenzen.«
Anna schnellte herum und fand sich Auge in Auge mit dem König auf seinem Elefanten wieder. Sie verneigte sich respektvoll und schlug einen förmlicheren Ton an.
»Davon habe ich viele, Euer Majestät.«
»Vater, kannst du es schneien lassen?« bettelte Fa-Ying.

König Mongkut sah seine Tochter liebevoll an. »Das kann ich nicht einmal für dich, *looja*. Aber ich habe Fotografien von diesem Phänomen gesehen. Eine richtige Schneedecke«, erklärte er, seine Hand vor die Brust haltend. »Bis hierhin.«
Lächelnd zog er einen weiteren Stumpen aus seiner Tasche und hielt ihn Louis hin. »Möchtest du rauchen, Louis?«
Louis starrte ihn aus großen Augen an. »Ich? Au ja, prima!«
Der König gab die Zigarre an einen Adjutanten weiter. Louis langte über das Geländer des schwankenden Wagens, doch bevor er den angebotenen Glimmstengel entgegennehmen konnte, packte seine Mutter ihn am Gürtel und zog ihn zurück.
»Aber Mama, er ist doch der König! Außerdem hat Papa auch geraucht!«
Anna schüttelte den Kopf. »Dein Vater war aber schon groß.«
»Ich rauche seit meinem sechsten Lebensjahr, und viele behaupten, ich sei ein Riese unter den Männern«, mischte sich der König mit betont ernster Stimme ein.
Anna musterte ihn argwöhnisch. Sollte der König tatsächlich einen *Scherz* gemacht haben? »Ein Riese sowohl an Intelligenz als auch an Körpergröße, Euer Majestät«, sagte sie mit einem Blick auf ihren Sohn. »Deshalb, Louis, bin ich sicher, er nimmt dich nur auf den Arm.«
Sie wandte sich wieder dem König zu. Als er ihren strengen Blick bemerkte, zwinkerte er Louis zu und

steckte die Zigarre wieder ein. Er deutete erst auf den Jungen, dann auf Fa-Ying. »Ich denke, jetzt wäre eine gute Gelegenheit, daß die Kinder die erstaunliche Vorstellung von Schnee überall herumerzählen, um allen ein wenig Kühlung zu verschaffen, was meint ihr?«
»Au ja, Vater!« rief Fa-Ying. Sie rutschte von Annas Schoß und lief zum hinteren Ende des Wagens. Louis folgte ihr, und die Erwachsenen blieben allein zurück.
»Ich hatte lediglich die Absicht, die Konversation kontrovers zu eröffnen, wie Mem dies so gern tut«, bemerkte der König arglos.
Anna sah auf, unsicher, ob sie ihn ernst nehmen sollte oder nicht. »Ich habe durchaus meine festen Ansichten ... aber mehr auch nicht.«
Sie bedachte ihn mit einem zaghaften Lächeln, doch der König reagierte nicht darauf, sondern starrte sie weiterhin mit gespannter Aufmerksamkeit an. Durch seinen Blick in Verlegenheit gebracht, drehte Anna sich um und fixierte die hohen tropischen Eichen und Palmen, aus denen die Rufe von Störchen und Pfauen zu hören waren und in denen es von buntschillernden Libellen wimmelte, die von dem Umzug aufgeschreckt worden waren.
»Mem, ich möchte Sie dazu beglückwünschen, daß Sie die Kinder dazu erziehen, ihren Verstand zu öffnen und dem Leben interessiert entgegenzutreten. Trotzdem werde ich Ihrem Sohn keine Zigarren mehr anbieten, und Sie werden meinen nicht mehr auffordern, dieses Buch zu studieren.«

Dabei hielt er den Band in die Höhe, in dem er gelesen hatte: das Exemplar von *Onkel Toms Hütte*, das Anna Chulalongkorn gegeben hatte. Anna sah ihn überrascht an, während er fortfuhr: »Chulalongkorn stellt viele Fragen, aber man kann ein Feld nicht über Nacht bestellen ... selbst wenn der Boden dafür reif sein sollte.«

»Ich verstehe«, erwiderte Anna mit gesenkter Stimme. Als im hinteren Teil des Wagens laut gelacht wurde, drehte sie sich um. Dort stand Prinzessin Fa-Ying auf einer Plattform vor dem kichernden Publikum ihrer Geschwister und spielte ihnen vor, wie sich eine Decke aus Kaltem über ihre schmächtigen Schultern legte.

»Heute aber«, verkündete der König mit einem Funkeln in den Augen und deutete auf seine Tochter, »heute lautet das Thema –«

»Schnee!«

In der Abenddämmerung erreichten sie den *wat*, den großen Tempel. Sein Fundament bestand aus zahllosen Stützpfeilern aus blassem Marmor, lauter Statuen des heiligen weißen Elefanten, über denen sich der *wat* mit unzähligen, breiten Marmorstufen erhob, allesamt bedeckt mit Opfergaben aus Früchten und Blumen, Reisgarben und Halsketten aus wilden Orchideen. Sein zentraler *prang* ragte viele Meter über ihnen in den Himmel, und vier Treppenhäuser, die die vier Himmelsrichtungen repräsentierten, führten zu seinem höchsten Punkt hinauf. Als der König und sein Gefolge sich ihm nach einer stundenlangen Reise durch die schummrige Wildnis des Dschungels näherten, war dies, als stoße man mitten in der Nacht auf die gleißend helle Sonne.

Doch sie waren längst nicht allein am Altar des Unendlichen. Tausende von Andächtigen hatten sich am Fuß des Tempels versammelt, einige von ihnen waren tagelang aus entlegenen Dörfern im Norden hierhergereist. Der Wald ringsum öffnete sich auf ein sanft geschwungenes Hügelland, durchzogen von einem Schachbrettmuster aus Reisfeldern und Siedlungen.

Die Dorfbewohner lagen hingestreckt auf dem Boden, als hoch über ihnen der Herrscher über das Leben zum Gebet niederkniete und heilige Beschwörungsformeln sprach, während Hunderte von Mönchen in safrangelben Gewändern ein Konzert aus heiligen Glocken erklingen ließen.

Anna stand mit Louis im Schatten eines Palmenwäldchens und verfolgte schweigend das Geschehen. Es war ein außergewöhnliches Spektakel: die bewundernden Blicke der Adeligen, mit denen diese ihren Herrscher beobachteten; die aufrichtige Liebe und der Respekt, die in den Gesichtern der Bauern aufleuchteten, ihre handgefertigten Werkzeuge neben sich, die gesegnet werden sollten; der vollkommene Friede und die Harmonie einer Welt, um deren Erhalt König Mongkut kämpfte. Die Vision seiner Welt erfüllte Anna, und sie umfaßte die Hand ihres Sohnes, berührt und geehrt durch das, was sich vor ihren Augen abspielte.

Die Dämmerung ging in die Nacht über, bevor die Opferrituale des Königs beendet waren. Anschließend gab es ein Fest. Die Bauern nahmen ihren eigenen Bereich des Tempelgeländes ein, das Gefolge des Königs saß an langen Tafeln, auf denen sich verschwenderische Platten mit Früchten und Salaten stapelten, mit gebratenem Geflügel und dampfenden Serviertellern voller Fisch. Anschließend mischten alle sich unter die Dorfbewohner, die erwartungsvoll am Fuß des Tempels harrten und deren Stimmen aufgeregt durch die Luft schwirrten.

»Was ist das?« fragte Anna leise Lady Thiang. Sie saßen auf Bänken mit Kissen und reich bestickten Seidendecken gegen die nächtliche Kühle. Über ihnen erstrahlte der Sternenhimmel, ganz so, als erwiesen auch die Gestirne dem Herrscher über das Leben die Ehre. König Mongkut saß unmittelbar hinter Anna, flankiert vom Kralahome und seinen Adjutanten.

»Das ist *khon* – ein heiliges Spiel«, antwortete Lady Thiang flüsternd. »Dies ist die private Schauspieltruppe des Königs – die Darsteller haben von klein auf dafür geübt, hier bei diesem Fest die Masken der Götter und Dämonen zu tragen.«

Vor ihnen auf den Stufen des *wat* war eine Bühne errichtet worden, hohe, mit Schnitzereien verzierte Säulen aus Teak, die mit schwerem Brokat und in der Brise flatternden Bannern umwickelt waren. Plötzlich hallte der Ton eines Gongs über das Tempelgelände. Die riesige Menschenmenge verstummte, nur die Kinder, unter denen sich auch Fa-Ying und Louis befanden, plapperten aufgeregt weiter. Mehrere Gestalten, die in phantasievolle, juwelenbesetzte und vergoldete Kostüme gekleidet waren, traten aus dem Schatten. Sie trippelten mit zierlichen Schritten einher. Ihre Köpfe waren hinter mit Schnitzereien verzierten hölzernen Masken verborgen – wundervolle Masken, die Dämonen und Götter darstellten, den Herrscher der Affen, Hanuman, und den großen aytuthadanischen König Phra Ram, seine Gefährtin Nang Sida sowie zahllose Schlangen und Drachen, ungeheuerliche Schurken und zierliche Prinzessinnen. Das königliche Orchester, das *piphat*, begann das Drama musikalisch zu untermalen. Lady Thiang beugte sich herüber und übersetzte für Anna.

»Vor vielen Jahren, als Krankheit und Tod dem gesegneten Volk von Ayudhya noch unbekannt waren, stand noch keine Mondgöttin am Himmel, und der Erhabene Sonnengott verbarg sein strahlendes Antlitz niemals, nicht einmal nachts ...«

Die maskierten Schauspieler führten einen stilisierten Tanz auf, in dessen Verlauf sie im Schein von eintausend Fackeln mit den Armen kunstvolle Figuren zeichneten.

»So blieb es eintausend Jahre lang, bis die Sterne, erzürnt darüber, daß der helle Schein des Sonnengottes sie trübte, den Plan schmiedeten, seiner Reise über den Himmel ein Ende zu machen, indem sie seinen goldenen Triumphwagen stahlen.«

Die Darsteller mimten Zorn und Mißgunst, eine kleine Gruppe löste sich und stellte eine Reihe von Sternen dar, die den Diebstahl durchführen wollten. Ihr Kopfschmuck glitzerte silbern im Schein der Fackeln.

»Als sie sich jedoch hinter einem Regenbogen versteckten und auf den richtigen Augenblick warteten, erblickte der Sonnengott plötzlich die liebliche, reine, wunderschöne Prinzessin Ayudhya.«

Die Schauspieler erstarrten. Man hörte ein Crescendo scheppernder Klänge vom *ranad ek*, dem großen siamesischen Xylophon, dem Herzstück des Orchesters, woraufhin die Darsteller sich teilten und man eine große Frau mit prächtigem Kopfschmuck erblickte, das Gesicht weiß bemalt, die Augen zwei schwarz umrandete Tränen.

»Und das Herz des Sonnengottes füllte sich mit Freude! Er flog hernieder und schwor ewige Liebe.«

Anna beugte sich hingerissen vor. Hinter ihr heuchelte auch Prinz Chulalongkorn heftiges Interesse an dem Schauspiel, selbst als seine Hand langsam in der Tasche seines Vaters verschwand, um eine nicht angeschnittene Zigarre hervorzuziehen.

»Und während der Sonnengott auf diese Weise abgelenkt war«, fuhr Lady Thiang fort, »stahlen die rachsüchtigen Sterne den Triumphwagen.«

Der maskierte Sonnengott und seine strahlende Prinzessin standen da und blickten einander in die Augen, während die Darsteller, die die Ränke schmiedenden Sterne spielten, auf Zehenspitzen an ihnen vorüberschlichen und den Triumphwagen stahlen. Eine Woge heiteren Gelächters ging durch die Zuschauer, als die Kinder die selbstvergessenen Liebenden mit Zurufen zu warnen versuchten. Anna lächelte und blickte sich kurz darauf um. Sie stellte fest, daß der König sie betrachtete, die Augen ebenso bestrickend wie die des verwunschenen Sonnengottes.

»Als der Sonnengott den Diebstahl bemerkte, verging all seine Freude, und er vergoß viele Tränen, denn nun konnte er seine Braut nicht in das himmlische Königreich geleiten.«

Der Sonnengott weinte heftig. Von allen unbemerkt, wischte sich Tuptim über ihre Wange, über die eine einzelne Träne rann.

»Schlimmer noch« – Lady Thiang hob dramatisch die Stimme – »der edle Sonnengott wußte, daß alles Leben von ihm abhing, und ihm wurde klar, daß er in den Himmel zurückkehren mußte. Also raffte er all seine zur Verfügung stehenden Kräfte zusammen, wünschte sich nach zu Hause zurück und nahm Abschied von seiner Prinzessin.«

Mit einer herzzerreißenden Abschiedsgeste verließ der Sonnengott die Bühne. Augenblicklich erloschen sämtliche Fackeln. Die Zuschauer wurden totenstill.

»Das war's?« tuschelte Anna. »Das ist das Ende?«

Der König beugte sich nach vorn, bis sie seinen warmen Atem in ihrem Nacken spürte. »Nur Geduld«, raunte er ihr zu.

Auf der Bühne glomm noch eine einzelne Laterne, deren mattes Licht die glitzernden Kostüme der Sterne beschien, die erneut die Bühne betraten. König Mongkut rezitierte mit leiser Stimme in Annas Ohr: »Doch als Wolken der Trauer den Sonnengott verhüllten und das Universum erkaltete, gaben die Sterne den Triumphwagen reumütig zurück. Der glückstrahlende Sonnengott leuchtete mit solch gewaltiger Kraft, daß er seine Braut in die silberne Mondgöttin verwandelte, auf daß sie nie wieder voneinander getrennt sein mußten.«

Unter triumphalem Glockenklang und den lauten Tönen des *ranad ek* leuchteten die Fackeln erneut auf, heller als je zuvor. Der Sonnengott und seine strahlende Mondgöttin schienen über die Bühne zu schweben, während das gesamte Publikum in Beifall und Jubel ausbrach. Der König verharrte vornübergebeugt, so daß sein Arm neben Anna auf der Bank ruhte.

Mit einem Mal fühlte sie, wie er ganz von ihr Besitz ergriff, so wie sie zuvor seinen Platz in jener Welt gespürt hatte, die er beherrschte. Als die Glocken erklangen und die Menschen das Tempelgelände in Strömen verließen, hob Anna langsam den Kopf, und sie und der König sahen einander gebannt und hingerissen in die Augen, endlos lange, wie es schien.

»Euer Majestät?«

Die Stimme eines Adjutanten brach den Zauber und klang in der nächtlichen Stille, die den *wat* inzwischen wieder umgab, viel zu laut. Nur mit Mühe riß der König seinen Blick von Anna los und drehte sich um.

»Ja?«

»Lord Ranya erwartet Sie in Ihrem Zelt, Euer Majestät.«

Der König nickte. Er erhob sich ohne ein Wort zu Anna und verließ die Zuschauertribüne. Anna sah

ihm nach, bis sein goldener Festputz nur noch ein feurig-bunter Punkt in der Nacht war. Dann stand auch sie auf und rief mit unbeweglicher Miene ihren Sohn.
»Komm, Louis. Wir müssen jetzt gehen.«
Schweigend gingen sie zu ihrem Zelt.

Kapitel 19

Nicht alle waren an jenem Abend so gedämpfter Stimmung wie Anna. Am Rande der Reisfelder standen die Palastwachen um kleine Feuer herum und unterhielten sich mit leiser Stimme. Viele von ihnen waren mit jenen Glücksspielen beschäftigt, mit denen sie sich immer ihre Wachzeiten vertrieben. Gelegentlich entfuhr jemandem ein lauter Aufschrei, aus Aufregung oder Mißfallen über den Spielausgang. Gleich darauf gingen ihre Stimmen wieder in den Lauten der Dämmerung unter: dem Zirpen der Grillen, dem Quaken der Frösche, den durchdringenden Schreien jagender Eulen und dem fernen Kreischen der Leoparden.
Anna hatte in ihrem Zelt alle Hände voll zu tun. Sie hatte bereits ihr langes Baumwollnachthemd übergestreift und ihr Haar zu einem Dutt geformt, als hinter dem Vorhang, der sie voneinander trennte, Louis' Stöhnen erklang.

»Was ist denn?« rief sie und riß den Vorhang beiseite. Louis wälzte sich herum, das Gesicht grün vor Übelkeit. Dann würgte er hervor:
»Zigarre – der Prinz – hat mir eine Zigarre gegeben –«
»Also ehrlich, Louis! Ich lasse dich *fünf Minuten* allein, und schon –«
»Es war seine Idee«, protestierte Louis schwach.
»Wenn Prinz Chulalongkorn sich von einer Brücke stürzte, würdest du dann auch hinterherspringen?«
Louis schüttelte unglücklich den Kopf. »Wie kann man diese Dinger bloß *rauchen*?«
Anna nestelte nervös an seinem Moskitonetz herum und strich ihm mit der Hand über die Stirn. »Dein Vater hat es ebenfalls genossen.« Sie hielt inne und lächelte bei der Erinnerung. »Manchmal jedenfalls, zusammen mit einem Brandy.«
Louis sah seine Mutter nachdenklich an. Nach einer Weile fragte er: »Magst du ihn *deswegen*? Den König, meine ich. Weil er dich an Papa erinnert?«
Annas Lächeln erlosch. »Ach, das ist doch Unsinn«, erwiderte sie energisch und wandte sich ab.
»Er mag dich.«
»Ich glaube, die Zigarre hat dir deinen Verstand vernebelt, junger Mann.« Sie drehte die Lampe herunter und sah ihn noch einmal kopfschüttelnd an. »Und jetzt wird geschlafen!«

Prinz Chulalongkorn war in einer glücklicheren Lage – er befand sich auf einem freien Platz des königlichen Militärlagers, wo selbst zu dieser späten Stunde noch

Soldaten ihre Pistolen aus Fässern mit Schießpulver luden und andere Jungen sich damit vergnügten, unter den wachsamen Blicken ihrer Eltern Kanonenkugeln hochzuwuchten. Der Kronprinz machte einen Ringkampf mit seinem Onkel, Prinz Chowfa. Der König und General Alak sahen von der Seitenlinie aus lächelnd zu und gaben gelegentlich einen Kommentar ab, sobald einem der Kämpfer des Scheingefechts eine besonders elegante Finte gelang.
»Sehr gut!« rief der General Prinz Chulalongkorn zu. Dann sagte er, an den König gewandt: »Eines Tages wird er einen ebenso guten Ringer abgeben wie sein Onkel.«
Der König nickte. Prinz Chowfa, der das Kompliment mitbekommen hatte, sah auf. Kurz darauf versteifte er sich. Chulalongkorn löste sich von ihm, und die beiden starrten in die Richtung, aus der sich der Kralahome dem König mit besorgter Miene näherte.
»Euer Majestät –« Der Kralahome blieb stehen. Er sah sich auf dem freien Platz um, dann deutete er auf das Zelt des Waffenmeisters. »Ich denke, wir sollten uns dort drinnen unterhalten …«
Der König nickte und stand auf. Als Prinz Chulalongkorn den Ausdruck auf dem Gesicht seines Vaters sah, verneigte er sich und entfernte sich rückwärts. Die anderen warteten, bis der König das Zelt betreten hatte, dann folgten sie ihm.
»Unser Adel verlangt Schutz«, begann der Kralahome. »Niemand vermag zu sagen, wo diese Schlächter das nächste Mal angreifen werden.«

»Dann müssen wir zurückschlagen, und zwar mit doppelter Macht!« erregte sich Prinz Chowfa.
»Zurückschlagen? Gegen wen, mein Bruder?« Der König schüttelte den Kopf. »Dieser Feind hat noch immer keine Gestalt.«
So einfach ließ Prinz Chowfa sich nicht beschwichtigen. »Königstreue werden aufgehängt, bis sie verfaulen. Kaufleute, die sich den Briten widersetzen, werden in ihren Betten ermordet. Mag sein, daß sich England hinter burmesischen Meuchelmördern verbirgt, der Gestank bleibt trotzdem britisch!«
Der König ließ sich die Worte seines Bruders durch den Kopf gehen, dann sah er den General des Beraterstabes an. »Einer von uns beiden täuscht sich offensichtlich in den Briten.«
Der General war zu respektvoll, um offen zu widersprechen. Statt dessen nickte er nur und wandte sich um. »Ich werde sofort die Offiziere zusammenrufen.«
»Nein.« Der König hob eine Hand. »Wenn Sie sich nicht in ihnen täuschen, kann dieser ›Krieg‹ nicht auf dem Schlachtfeld gewonnen werden.«
Prinz Chowfa entfuhr ein frustriertes Stöhnen. »Euer Majestät, wenn *wir* diesen kolonialistischen Banditen nicht Einhalt gebieten, wer dann?«
Der König blickte nachdenklich durch die Zeltöffnung nach draußen, dorthin, wo noch immer die tiefrote Glut von einem Dutzend Kochfeuer auf dem Militärgelände zu erkennen war. »Wenn sie tatsächlich so hungrig sind, wie wir befürchten«, sagte er, nachdenk-

lich die Arme verschränkend, »vielleicht wäre es dann klug, sie zu einem Abendessen einzuladen.«

Kapitel 20

Am nächsten Morgen kehrte die königliche Familie zurück in den Palast, und tags darauf wurde der Unterricht für die Kinder wie gewohnt fortgesetzt. Anna hielt an ihrem Pult im Tempel der Mütter der Freigeborenen eine Physikstunde ab. Gespannt verfolgten ihre Schüler, wie sie ein Blatt liniertes Schreibpapier anzündete, das sie anschließend an eine leere Weinflasche hielt, auf der ein hartgekochtes Ei balancierte.
»Natürlich wissen wir alle, daß dieses Ei niemals in die Flasche passen wird«, erläuterte Anna. »Das ist eine Tatsache. Und auf Tatsachen vertrauen wir, wenn wir ein Urteil fällen, nicht wahr?«
Die Kinder nickten. Es bereitete ihnen einige Mühe, ihre Aufregung im Zaum zu halten.
»Aber was ist, wenn unser Urteil falsch ist?« Anna schwenkte das brennende Blatt Papier hin und her, hinter dem eine Fahne bläulichen Rauchs zurückblieb.
»Selbst wenn wir von einer Sache völlig überzeugt sind – wie bei diesem Ei? Vertrauen wir dann auf unseren Instinkt, oder …«
Mit einer schwungvollen Bewegung hob sie das Ei an und schwenkte das brennende Papier über der Fla-

schenöffnung hin und her. »… glauben wir an das Unmögliche?«

Die Kinder verfolgten mit großen Augen, wie sie das Ei wieder an seinen Platz zurücklegte. Kurz darauf wurde es zu ihrem großen Erstaunen mit einem kräftigen *Plopp* in die Flasche gesogen.

»Seht ihr?« Anna mußte die Stimme heben, um sich über dem aufgeregten Geschnatter der Kinder Gehör zu verschaffen. »Wenn man das Unmögliche erreichen will, braucht man nichts weiter zu tun, als das Klima zu verändern! Das Feuer verbraucht die Luft in der …«

Ihre Stimme verstummte. Der König war mit seinem Gefolge im Klassenzimmer erschienen. Ihre Blicke kreuzten sich. Die Kinder drehten sich um und wollten sehen, was Anna zum Schweigen gebracht hatte, dann warfen sie sich unter dem Gescharre von Stuhlbeinen und Füßen auf den Boden. Der Blick des Königs glitt über sie hinweg. Er sagte etwas auf siamesisch, und als wäre es eine Zauberformel gewesen, verließen die Kinder fluchtartig den Raum. Anna sah ihn verunsichert an. Er reichte ihr eine Zeitung.

»Die Franzosen schreiben, ich sei ›unzivilisiert‹«, sagte er übergangslos, als hätten sie diese Unterhaltung schon vor einer Ewigkeit begonnen. »Ich, der ich mein ganzes Leben lang versucht habe, mich in Geschichte, Literatur und den Wissenschaften zu bilden!«

Anna überflog das Blatt. Sie schüttelte den Kopf. »Warum sollten sie so etwas drucken?«

»Sie sind Engländerin. Eigentlich dürfte Sie das nicht so überraschen.«

Er musterte Annas perlgraues Kleid, ihr im Nacken sorgfältig zu einem sittsamen Knoten zusammengebundenes Haar, ihre Füße in den hübschen Kalbslederstiefeln. »Doch was viel wichtiger ist«, fuhr er fort, »sehen Sie mich auch in diesem Licht?«

Sein Blick blieb auf ihr Gesicht geheftet. Anna starrte ihn an, während ihr Herz immer schneller schlug, und sie wußte, wie auch immer sie es formulierte, ihre Antwort würde in jedem Fall zweideutig klingen. »Euer Majestät ... Ich – ich weiß nicht, was Sie sind. Aber ich glaube zu wissen, was Sie *nicht* sind, und« – sie ließ die Hand mit der Zeitung sinken – »und Sie sind ganz bestimmt nicht das, was man hier über Sie behauptet.«

Der König sah sie erstaunt an. »Vielen Dank, Mem, für Ihre unmaßgebliche Einschätzung«, sagte er leise. Dann fuhr er fort: »Ich – nun, ich habe mich entschieden, ein Jubiläumsdiner auszurichten und wichtige englische Edelleute und Diplomaten einzuladen.«

Anna sah ihn verwirrt an. »Ich verstehe nicht ganz.«

»Französisch Indochina wird zunehmend stärker und tritt immer aggressiver auf. Aber wenn ich den internationalen Austausch mit den Gesandten Ihrer Königin kultiviere, werden es sich die Franzosen dreimal überlegen, bevor sie versuchen, Siam zugrunde zu richten.«

»Das ist sehr klug, Euer Majestät«, bestätigte Anna lächelnd.

»Als würde man die englischen Hörner zu unserer eigenen Verteidigung blasen.« Er nickte ihr zu, als sei eine Entscheidung gefallen. »Sie werden sich um sämt-

liche Formalitäten kümmern, denn ganz offenkundig ist Mem die Richtige, wenn es darum geht, daß sich gewisse Gäste wie zu Hause fühlen sollen.«
»Und das Jubiläum soll wann gefeiert werden …?«
»Gestern in drei Wochen.«
»In drei Wochen!« rief Anna. »Aber das ist völlig unmöglich!«
Der König betrachtete das Pult, auf dem noch immer Annas Experimentanordnung stand. »Mem«, sagte er und zeigte darauf, »das Ei ist doch auch in der Flasche.«

Kapitel 21

Ein großangelegter Überfall auf die Botschaften sowohl Englands als auch Frankreichs wäre einfacher zu organisieren gewesen als das vom König gewünschte Staatsbankett.
Das war zumindest die Einschätzung, zu der Anna in den darauffolgenden Wochen gelangte. Eine ganze Armee von Näherinnen wurde von ihrer gewohnten Arbeit abgezogen, um *panungs* und Kleider für die königlichen Ehefrauen und Konkubinen zu nähen. Man brachte sie in einem der an den Tempel der Mütter der Freigeborenen angrenzenden Gartenhäuser unter. Nachdem man dort eines von Annas Kleidern sorgfältig auf einer behelfsmäßigen Kleiderpuppe aus Bambus befestigt hatte, widmeten sich die Näherin-

nen der Produktion von Dutzenden von Ballkleidern im westlichen Stil.
Freilich herrschten dabei nicht die gedämpften Farben von Annas Garderobe vor. Das Gartenhaus schwelgte in Seide-, Brokat und Jacquardstoffen in allen Farbschattierungen von Jade- bis Smaragdgrün, von Elfenbein bis Scharlachrot, vom satten Indigoblau einer Pfauenbrust bis hin zum Aquamarin des königlichen Ziersees in der Morgendämmerung. Unablässig gingen Besucher, Konkubinen und die *Chao Chom Manda* ein und aus, um ihre neuen, prachtvollen Kleider anzuprobieren. Sie standen sich gegenseitig für ihre Kleider Modell und kämpften kichernd mit Reifröcken und der viktorianischen Unterwäsche. So begeistert sie auch von den Kleidern waren – die Vorstellung, vielen *farangs* auf einmal zu begegnen, erfüllte die Frauen mit Angst. So entstand ein lebhafter Handel sowohl mit Talismanen, die sie vor allen Hexereien der *farang* schützen sollten, als auch mit den üblichen Amuletten gegen die *phi*, jene Dämonen, die die Erschöpften und Schutzlosen heimsuchten. Was immer Anna sagte oder tat, nichts konnte die Frauen davon abbringen, sich damit auszustaffieren.
Auch die Gefolgsleute König Mongkuts waren fleißig gewesen und hatten sich mit westlichem Tafelsilber und den Verschrobenheiten englischer Etikette befaßt – wen man mit »Sir« und »Lady« anzusprechen hatte, wer den Vorrang an der Speisetafel hatte, wer ausdrücklich nicht neben dem französischen Bischof plaziert werden durfte und warum nicht.

Anna übernahm die Leitung der musikalischen Unterhaltung, brachte ihren Schülern den Text von »Scarborough Fair« bei und übte morgens und nachmittags mit ihnen, bis sie jede Zeile auswendig beherrschten. Das Klavier war alt und verstimmt – tropische Hitze und Feuchtigkeit hatten den Tasten übel zugesetzt, und im Umkreis von eintausend Meilen gab es keinen einzigen Klavierstimmer. Doch Anna mühte sich weiter, bis sie den Kinderchor im Schlaf zu hören glaubte.

Schließlich dämmerte der Jahrestag herauf – bedeckt und diesig, mit einem Himmel von der Farbe faulen Wassers und ebensolchem Geruch. Die über allem hängenden Ausdünstungen der städtischen *klongs* standen in der Luft wie ein feiner, grünlicher Nebel. Innerhalb einer Stunde jedoch war der Dunst verschwunden, und die Sonne schien strahlend hell am blauen Himmel. Gelb gewandete Mönche stimmten ihre Sprechgesänge an, während heilige Männer die Prophezeiungen aus den im Staub zurückgebliebenen Spuren der *ngu thong daeng*, der heiligen rotbäuchigen Schlange, lasen.

Fasziniert verfolgte Anna im Tempel des Smaragd-Buddhas, dem Privattempel des Königs, im Kreis der Hofdamen dieses Schauspiel. Im hinteren Teil des *wat* entstand plötzlich Unruhe. Anna sah auf, weil sie dachte, einer ihrer Schützlinge sei den wachsamen Blicken von Lady Thiang entkommen.

Doch es war kein Kind, sondern Tuptim, die selbst eine Opfergabe darbringen wollte. Sie warf sich vor dem Altar zu Boden. Einige Minuten später erhob sie sich

wieder und wandte sich zum Gehen. Während der ganzen Zeit bedeckten die Mönche ihre Augen mit ihren Fächern, um sich vor Tuptims Schönheit zu schützen.
Der Tag verging wie im Traum, ganz wie Anna es vorausgesehen hatte. Hektisch mußten in allerletzter Minute noch restliche Vorbereitungen getroffen werden, Blumen und Körbe voller Früchte wurden angeliefert, überdrehte Kinder beruhigt, Frauen angekleidet.
Es gab einige bittere Minuten, als Anna gerade einem ganzen Saal voller Bediensteter erklärte, wie man Champagner einschenkt, und diese sich ohne jede Vorwarnung fallen ließen, woraufhin Silbertabletts und Flaschen scheppernd und klirrend ebenfalls zu Boden fielen. Als Anna sich daraufhin umwandte, entdeckte sie am anderen Ende des Saales den König. Verzweifelt schlug sie die Hände über dem Kopf zusammen, doch er nahm davon keinerlei Notiz.
»Erhebt euch«, befahl er mit lauter Stimme. »Alle miteinander – *erhebt euch*!«
Langsam und zaghaft standen alle nacheinander auf. Anna beobachtete das Ganze und versuchte ihre Gefühle im Zaum zu halten.
»Die Regelung gilt nur für einen Abend«, erinnerte der König sie, während er den Blick mißbilligend über seine stehenden Untertanen gleiten ließ. »Für einen einzigen Abend –«
Anschließend verließ er mit finsterer Miene den Saal.
Als sich die Abenddämmerung über den Palast senkte, befand Anna sich auf der großen äußeren Terrasse und arrangierte einen Strauß aus Orchideen, Jasmin und

Veilchen in einer riesigen chinesischen Vase. Die wochenlangen Vorbereitungen hatten ihren Tribut gefordert: Anna war blaß vor Erschöpfung, und ihr locker über dem Nacken festgestecktes Haar befand sich in Auflösung.

»Mama ...«

Anna wandte sich blinzelnd um. Louis hatte seinen allerbesten Anzug mitsamt Krawatte angezogen, sein Haar war mit Brillantine nach hinten gekämmt, und seine Wangen schimmerten rosig vom Schrubben. Es dauerte einen Augenblick, bis sie ihn wiedererkannte, dann mußte sie lachen.

»Du meine Güte! Ich bin so müde, daß ich dich für einen der Diener gehalten habe!«

»Mama, du mußt kommen, *sofort*! Die ersten Gäste treffen bereits ein.«

Anna entdeckte Beebe und Moonshee mit besorgter Miene am oberen Ende der Treppe. Beebe hielt so behutsam, als wäre es ein Kind, Annas Kleid in den Armen, ein weißes Ballkleid voller Spitzen und winziger weißer Rosenknospen. Anna seufzte und fuhr sich mit der Hand über die Stirn. Dann sah sie ihren Sohn lächelnd an und ergriff seine Hand.

»Ja, natürlich – danke, Louis ...«

Kapitel 22

Dreihundertunddreiundsiebzig Diener hatten seit fünf Uhr an jenem Morgen daran gearbeitet, den Großen Audienzsaal in einen für sechzehn Staatsoberhäupter geeigneten Ballsaal zu verwandeln. Eine gemischte Gruppe aus britischen Aristokraten und siamesischen Adligen stand steif herum und nippte Champagner aus Kristallflöten. Die königlichen Ehefrauen bewegten sich zwischen ihnen wie prunkvoll herausgeputzte Gliederpuppen, wobei sie ihre Füße mit äußerster Behutsamkeit anhoben, um in dem ungewohnten westlichen Schuhwerk nicht ins Stolpern zu geraten. Ihr Haar war nach der allerneuesten Pariser Mode frisiert – der freundliche französische Bischof hatte Zeitungen und Zeitschriften als Vorlage zur Verfügung gestellt –, und einige von ihnen trugen kunstvoll zurechtgemachte blonde oder kastanienbraune Perücken über ihren kurzgeschnittenen Locken. Die Kleider offenbarten gewagte Dekolletés, doch zum Ausgleich hatten viele der Frauen einen Talisman oder Zweige wilden Ingwers in ihren Busen gesteckt. In einer Ecke spielten weibliche Hofmusikanten eine melancholische Melodie auf ihren *pins*, und zwei ganz junge Diener ließen einen Schwarm Drachenschwanzschmetterlinge aus Bambuskäfigen frei, die über den Köpfen der Gäste umherflattern sollten.

Doch trotz der Orchideenbankette, der seidenen Tapisserien und des flackernden Kerzenlichts lag eine seltsame Atmosphäre über dem prunkvoll herausgeputzten Saal. König Mongkuts Dolmetscher schlenderte unsicher durch die Menge und versuchte mit den Gästen Konversation zu machen.

Aber die europäischen Gäste waren zu sehr auf der Hut, um sich auf eine Unterhaltung mit einem unbekannten Siamesen einzulassen. Gefangen zwischen britischer Reserviertheit und dem siamesischen Mißtrauen Fremden gegenüber, räusperte sich der Dolmetscher und richtete das Wort an alle.

»Ich möchte Sie bitten, die Nervosität zu verzeihen«, verkündete er mit einem unmißverständlichen Seitenblick auf den britischen Attaché. »Dies ist das erste Mal in der siamesischen Geschichte, daß ein König allen Personen erlaubt, in seiner Gegenwart zu stehen. Die Regelung gilt jedoch nur für heute abend.«

Der britische Attaché lächelte höflich, enthielt sich aber eines Kommentars. Der Dolmetscher wandte sich einem neben ihm stehenden siamesischen Adeligen zu. »Wußten Sie, daß man in Großbritannien früher metallene Uniformen trug, die man Ritterrüstung nannte?«

Das Lächeln des Adeligen war ebenfalls höflich. Der Dolmetscher biß die Zähne aufeinander, ergriff ein Glas Champagner von einem vorüberschwebenden Tablett und ging beherzt daran, in einer anderen Gruppe die Unterhaltung anzuregen.

In der Mitte des Saales stand König Mongkut in seiner Staatstracht. Um ihn herum gruppierte sich eine kleine Schar britischer Diplomaten, darunter auch der berühmte Lord Bradley, ein weißhaariger Mann in den Sechzigern, sowie seine liebenswürdige Gattin, Lady Bradley. Einige Minuten zuvor hatte sich der Kralahome zu ihnen gesellt, dessen wachsamer Gesichtsausdruck so gar nicht in die prunkvolle Umgebung passen wollte, sowie General Alak und Prinz Chowfa, der seinen Bruder unglücklich ansah.

»Ihr Land und das unsere haben sehr viel gemeinsam, Euer Hoheit«, sagte Lord Bradley. Er erhob sein Champagnerglas und lächelte seinem Gastgeber zu. »Eine reiche Kultur, eine lange Geschichte, und jetzt, wie es scheint, auch noch Madam Leonowens.«

Der König nickte. »Ja, der Horizont meiner Kinder weitet sich unter ihrer Anleitung zusehends.«

»Mein Mann und ich waren bereits in der ganzen Welt stationiert«, warf Lady Bradley mit einem entwaffnenden Lächeln ein, »aber ich muß gestehen, so etwas wie das hier habe ich noch nicht gesehen.«

Sie erfaßte den gesamten Raum, in dem die Schmetterlinge wie farbenfroher Rauch hin und her geweht wurden, mit einer Handbewegung.

General Alak nickte. »Der Große Palast entstand nach den Vorstellungen von König Taksin, dem es als erstem gelang, ganz Siam zu vereinen. Unser Land verdankt seine Entstehung einem Mann, den man als geisteskrank bezeichnete.«

»Nun, diese Dächer sind in der Tat ein wenig verrückt«, meinte Lady Bradley.

»Es war sein Bestreben, ein geeintes Reich zu schaffen«, fuhr der General fort, »doch der Adel, der Siam seit Generationen regierte, war des Krieges müde und verriet ihn. Er wurde in einen Sack aus Samt gesteckt, totgeschlagen und irgendwo im Palast verscharrt.«

Verdutzt über seine derben Worte, benötigte Lady Bradley einen Augenblick, um eine Antwort zu finden. »Das klingt ganz so, als hätten Sie ihn bewundert, General.«

»Ich bewundere visionäre Kraft«, erwiderte der General unverblümt und wandte seinen Blick ab. »Sehen Sie doch diese ...«

Als wäre ein Windhauch durch den Saal gefahren, legte sich plötzlich ein Schweigen über die versammelten Gäste. Gemeinsam mit den anderen drehte sich der König um, und sein Gesicht erhellte sich, als er Annas schlanke Gestalt erspähte, die diskret durch einen Seiteneingang den Saal betrat. Sie schob sich durch die Menge und blieb schließlich vor der kleinen Gruppe stehen. Sie verneigte das Haupt vor dem König und machte einen Knicks, bei dem ihr Kleid sie mit einem blendend weißen Kranz umgab.

»Verzeiht, Euer Majestät, aber ich glaube, die Sonne ist heute ein wenig früher untergegangen.«

Annas Gesicht wurde vom Schein der zwanzigtausend Kerzen beleuchtet. Sie sah hinreißend aus, all die Erschöpfung der vorangegangenen Wochen war vom Glanz des königlichen Erfolgs – und ihres eigenen – wie fortgeweht. Der König konnte den Blick nicht von ihr losreißen. Nach einem Moment gewahrte er, daß es nicht nur ihm so ging, und ein Anflug von Eifersucht huschte über seine Züge. Er hatte Mühe, Gelassenheit zu wahren, als er das Wort ergriff.

»Mem, Sie haben dies alles arrangiert« – er deutete auf die Menge wohlgekleideter Menschen, die mit Orchideen übersäten Tische und die zierlichen Schmetterlinge, die über ihren Köpfen schwebten – »alles, um die Zukunft Siams positiv zu beeinflussen, und jetzt stehlen sie ihm die Aufmerksamkeit.«

Anna errötete. »Das war keinesfalls meine Absicht, Euer Majestät.«

»Madam Leonowens!« rief Lord Bradley, der den Kralahome und Prinz Chowfa vergessen zu haben schien, was sie mit mißbilligenden Mienen registrierten. »Was für eine erfreuliche Überraschung, fern der Heimat einer so bezaubernden Landsmännin zu begegnen!«

Anna verneigte sich, und Lord Bradley ergriff ihre Hand. »Lord Bradley, es ist mir wirklich eine große Ehre.«

»Und, meine Liebe«, erkundigte sich Lady Bradley, »wie kommen Sie zurecht?«

Anna sah ihren Gastgeber lächelnd an. »Seine Majestät ist überaus freundlich.«

Von draußen erschallte plötzlich eine Fanfare, *pi* und *khaen* aus Bambus riefen die Feiernden zum Abendessen. Die Gäste begaben sich auf den mit einem roten Teppich ausgelegten Weg hinauf zu der Stelle, wo Dutzende in weißes Leinen gekleidete Diener warteten. Anna begleitete Lady Bradley, die ihren Hals wie eine Touristin in St. Paul's verdrehte.

Anna lächelte. »Außerordentlich, nicht wahr?«
Lady Bradley konnte nur heftig nicken.
Das königliche Jubiläumsdiner bestand aus siebenundzwanzig Gängen, die von unzähligen Dienern in weißen und karmesinroten Uniformen serviert wurden. Louis und die Kinder des Königs hielten den Speisenden mit »Scarborough Fair« ein Ständchen, das nicht etwa auf Annas altem Klavier begleitet wurde, sondern von den schallenden Klängen der Hofmusikanten, die ihre *khaen* zupften, sowie von den satteren Klängen des *ranad ek*. König Mongkut saß am Kopf der langen, U-förmigen Tafel, flankiert von Lord Bradley und seiner Gattin zu seiner Rechten und dem Kralahome, Anna und Prinz Chowfa zur Linken. Über ihren Köpfen breitete sich der sternenklare Himmel aus, ein funkelnder Teppich aus Blau, Violett und Silber. Darunter erstrahlte die Stadt im Glanz Zehntausender Laternen. Während Anna den Kindern lauschte, traten ihr Tränen in die Augen. Als sie ihren Gesang beendet hatten, schloß sie sich den anderen Gästen in ihrem stürmischen Beifall an.
»Sehr verehrte Damen und Herren ...«
Prinz Chulalongkorn löste sich aus der versammelten Kinderschar, trat vor und verbeugte sich vor den Gästen. »Ich möchte mich im Namen meiner achtundsechzig Brüder und Schwestern herzlich bedanken und wünsche Ihnen einen höchst angenehmen Abend.«
Der König strahlte vor Stolz, als die anderen Kinder einschließlich Louis unter weiterem Applaus abgingen,

und die Gäste ihre Aufmerksamkeit wieder ihrem Bankett zuwandten.

»Ihr Sohn hat eine bemerkenswerte Ähnlichkeit mit seinem Vater, Mrs. Leonowens.«

Behutsam legte Anna ihre Gabel ab und drehte sich um. An einem Tisch ganz in der Nähe saß lächelnd ein gutaussehender junger Engländer in der Ausgehuniform des Militärs, neben sich die fast unwirklich schöne und schwermütige Lady Tuptim.

»Captain Blake, nicht wahr?« erkundigte sich Anna.

Er nickte. »Sie verfügen über ein ausgezeichnetes Gedächtnis. Ich hatte das große Glück, vor einigen Jahren unter Ihrem Mann zu dienen. Er war ein tapferer Soldat, Ma'am.«

Anna traten die Tränen in die Augen. »Vielen Dank, Captain Blake.«

Er neigte kurz den Kopf und wandte sich ab. Anna saß einen Augenblick lang schweigend da, ohne zu bemerken, daß der König sie ansah.

»Vater!«

Alle Köpfe wandten sich herum. Dort, wo die Kinder gesungen hatten, stand jetzt ganz allein die kleine Prinzessin Fa-Ying. »Vater, darf ich dir einen Gutenachtkuß geben?«

Ein Chor entzückter *Aaaahs* erscholl aus der Menge. Der König erhob sich schmunzelnd und sagte an seine Gäste gerichtet: »Ich bitte um Nachsicht für meinen Wunsch, die Familientradition nicht brechen zu wollen ...« Er winkte die Prinzessin zu sich.

Lautlos huschte sie über die Terrasse, warf sich in seine

Arme und drückte ihn. »Ich werde in deinen Träumen sein, *looja*«, flüsterte der König, »und du in meinen.«
Das kleine Mädchen gab ihm noch einen Kuß, dann wand sie sich aus seinen Armen und lief zurück ins Gebäude.
»Sie haben eine bemerkenswerte Familie«, verkündete ein Engländer laut. Anna erkannte den Geschäftsmann Mycroft Kincaid wieder, der leicht schwankend einem Diener bedeutete, sein Glas nachzufüllen. »Eine bemerkenswert *große* Familie. Es scheint mir ein wenig ungerecht, all diese Frauen für einen einzigen Mann.« Er lachte hämisch und betrunken. »Da wünscht man sich, man wäre selbst ein Siamese.«
Anna und die Bradleys sahen peinlich berührt fort, König Mongkut dagegen bedachte ihn mit einem durchbohrenden Blick.
»Mycroft Kincaid von der East India Company, richtig?«
Kincaid nahm einen kräftigen Zug aus seinem Glas. Er nickte, dann tupfte er sich die Lippen mit einer leinenen Serviette ab. »Schuldig im Sinne der Anklage, Euer Majestät.«
Lord Bradley mischte sich höflich ein. »Mit der Hilfe von Mr. Kincaids Gesellschaft fördern wir die wirtschaftlichen Beziehungen zu anderen Ländern, Euer Majestät.«
König Mongkut musterte den Engländer frostig. »Und mit ihrer Hilfe haben Sie es vermutlich auch bis zur Weltspitze in Wohlstand und Macht gebracht, nicht wahr?«

Alle Augen richteten sich auf die beiden Kontrahenten an der königlichen Tafel. Anna straffte sich. Sie spielte mit der Serviette in ihrem Schoß und fragte sich, wie der Engländer reagieren würde. Selbst der Kralahome wirkte bestürzt, als König Mongkut sich Lord Bradley zuwandte.

Doch der König langte lediglich über den Tisch, nahm mehrere wie siamesische Flußboote geformte Salzfäßchen in die Hand und machte sich daran, sie vor sich auf dem Tisch aufzubauen. »Was ist Ihrer Meinung nach, Lord Bradley, das beim Bootsbau am häufigsten verwendete Material?«

»Nun, Holz natürlich.«

»Und am wertvollsten für diesen Zweck ist Teak – ein Baum, der in Siam heimisch, in der übrigen Welt jedoch eher selten ist.«

Captain Blake warf Lord Bradley einen Blick zu und nickte. »Schiffe aus Teakholz gelten als überaus langlebig.«

König Mongkut fuhr fort: »Meine Herren, Siam ist ein Land, das reich an Schätzen ist, mit denen wir bereits mit unseren östlichen Nachbarn Handel treiben, nicht aber mit dem Westen. Angesichts der sich ständig verändernden politischen Lage und des Anwachsens des französischen Einflusses könnte eine Ausweitung bestehender Handelsverträge mit Ihnen – bezüglich Teakholz und anderer Waren – dazu beitragen, die Verbindung unserer beiden Länder zu festigen. England spart Geld. England verdient Geld. Es erhält ein Konsulat und wird noch mächtiger. Und Siams Wirtschaft, errichtet auf einem Vertrauen, das so groß und stark ist wie ein frisch gepflanzter Wald, wird zum Wohle seines Volkes gefördert.«

Begeistert beugte sich Lord Bradley vor, das Kinn in die Hand gestützt, während Anna dem König aufmunternd zulächelte.

»Bei allem gehörigen Respekt, Euer Majestät«, mischte Kincaid sich mit von Alkohol schwerer Stimme ein, »es ist ein wenig weit hergeholt zu glauben, Handel allein könnte Ihrem Volk den Fortschritt bringen.«

Sämtliche Köpfe wandten sich dem taktlosen Geschäftsmann zu. »Vor allem, wenn es bis über beide Ohren in Aberglauben und Angst versinkt, wie man an Ihren liebreizenden Prinzessinnen hier mit ihren Talismanen sieht« – Kincaid schielte zu Tuptim hinüber und nahm dann einen Schluck Wein – »die zweifellos getragen werden, um sie vor uns fremdländischen Teufeln zu beschützen.«

Der König setzte ein entwaffnendes Lächeln auf. »Eine gute Freundin bemerkte einmal, Mr. Kincaid, daß auch die Engländer an die phantastischsten Dinge glauben ...« Dabei nickte er seinen englischen Gästen zu. »Oder irre ich mich, wenn ich behaupte, Ihre Heimat ist das Land von Merlin und Camelot?«

Anna senkte ihren Kopf und hoffte, niemand werde ihre Röte bemerken oder dahinterkommen, daß *sie* besagte »Freundin« war. Die Bradleys und andere englische Diplomaten warfen sich verstohlene Blicke zu, in der Hoffnung, Kincaid besäße genug Verstand, einen Rückzieher zu machen.

Doch den besaß er nicht. »Der Punkt geht an Sie, Euer Majestät.« Schwankend erhob er sein Glas zu einem Toast. »Die Überlegenheit der Engländer hingegen ist unbestreitbar. Und angesichts der entsetzlichen Massaker entlang Ihrer Grenze kann es kaum verwundern, daß Sie es auf unser Wohlwollen abgesehen haben.«
Zorn blitzte in König Mongkuts Augen auf. Er machte Anstalten, sich zu erheben. Der Kralahome beobachtete ihn abwartend, und Prinz Chowfas Hand ging zu seinem Schwert. Da hallte auf einmal Annas wutentbrannte Stimme durch den ganzen Saal.
»Überlegenheit, Mr. Kincaid?« Alle Augen waren mit einem Schlag auf sie gerichtet. »Ich kann mich nicht erinnern, daß irgend jemand das Recht erhalten hat, zu beurteilen, wessen Kultur oder Bräuche *überlegen* sind – schon gar nicht, wenn die Betreffenden sich, wie schon oft geschehen, mit vorgehaltener Waffe aufgedrängt haben. Würden Sie mir nicht recht geben, Euer Majestät?«
Daß diese Ausländerin sein Land verteidigte, schien den Kralahome erheblich zu erstaunen. Das gleiche galt für General Alak und Prinz Chowfa. Auch König Mongkut, dessen Ärger durch Annas leidenschaftliche Worte gemildert wurde, wandte sich ihr zu.
Lord Bradley zerrte an seinem Kragen und sagte diplomatisch: »Nun, die Abende hier sind zweifellos ein wenig *wärmer* als in London ...«
Die englischen Gäste riefen einstimmig: »Stimmt! So ist es.« Anna erkannte, daß sie womöglich einen Schritt zu weit gegangen war, wandte sich von dem betrunke-

nen Kincaid ab und stellte fest, daß der König sie prüfend musterte.

»Ich gebe Ihnen recht«, verkündete Prinz Chowfa mit einem Nicken zu Lord Bradley. »Ein Abend wie geschaffen für eine Jubiläumsfeier.«

Die englischen Gäste lächelten erleichtert. Die Siamesen tauschten triumphierende Blicke aus, lehnten sich tuschelnd zurück und begannen abermals zu essen. Anna starrte auf ihren Teller. Sie spürte, wie ihr Gesicht brannte, und kämpfte mit dem beinahe unwiderstehlichen Verlangen, König Mongkut anzusehen.

Doch auch ohne hinzusehen, fühlte sie, daß es ihm ganz ähnlich ging. Sie schluckte. Ihr Mund war trocken. Sie nahm ihre Gabel zur Hand, ließ sie dann aber wieder fallen und hatte Mühe, sich zusammenzunehmen. In den vergangenen Minuten hatte sie eine Schwelle überschritten – zu was, wußte Anna selbst nicht ganz genau. Aber sie hatte Angst, es zu erfahren, hatte Angst, zu tief in ihr Herz zu blicken und dort Augen zu begegnen, die nicht die ihres Mannes waren – Augen, die ihren Blick festhalten würden, sobald sie auch nur den Kopf hob und zur anderen Seite der Tafel hinübersah.

Eine gutgelaunte Stimme riß sie aus ihren Träumereien. »Ich habe Sie erst heute abend kennengelernt, Mem, aber ich glaube mir erlauben zu dürfen, Sie zu bitten, mein Englisch zu verbessern.«

Es war Prinz Chowfa, der breit lächelnd das Glas auf ihre Gesundheit erhob. »Damit auch ich die Sprache meinen Waffen hinzufügen kann.«

Anna mußte schmunzeln. Ihnen gegenüber erhob sich

Lord Bradley, hob sein Glas und rief mit deutlich vernehmbarer Stimme: »Auf unseren Gastgeber – einen wahren, in jeder Hinsicht großzügigen Gentleman!«
Alle standen auf und hoben die Gläser, und Lord Bradley fuhr fort: »Möge die Geschichte diesen Augenblick als ersten Schritt zu einem Bündnis unserer beiden Länder festhalten.«
»Hört! Hört!«
Die Gäste tranken. König Mongkut beobachtete sie lächelnd. Schließlich stand er auf und gab den Hofmusikanten ein Zeichen. Die hohl klingenden Töne des *ranad ek* verstummten. Einen kurzen Augenblick später erfüllten zu Annas Überraschung plötzlich die wehmütigen Klänge eines Walzers den Großen Saal.
König Mongkuts Lächeln wurde noch breiter, als er ihr Erstaunen bemerkte.
»Ein Walzer zu Ehren unserer überaus illustren Gäste, wie es nach dem Abendessen in Europa Brauch ist.«
Anna sah den König aus großen Augen an. Ohne Eile bot er ihr seine Hand und hielt ihren Blick fest, als sie erst zögerte und dann mit einem leichten Nicken ihre Hand in seine legte. Unter den verwunderten Blicken der gesamten Abendgesellschaft geleitete der Herrscher über das Leben die britische Lehrerin zur Mitte der Terrasse.
»Ich – ich denke, das sollten Sie wissen, Euer Majestät«, stammelte Anna, während der König führte. »Ich habe schon seit einer ganzen Weile keinen … Walzer mehr getanzt. Und – na ja, jetzt, da sich der Abend so prächtig entwickelt, wollen wir doch zu guter Letzt nicht übereinander fallen, oder?«

Der König sah sie unverwandt an. Sein Lächeln war herzlich, die Glut in seinen Augen jedoch war weitaus leidenschaftlicher. Er zog Anna an sich.
»Ich bin der König. *Ich* werde führen.«
Er legte seine freie Hand auf ihre Hüfte und begann, weitaus eleganter, als sie es sich vorgestellt hätte, sie durch den Tanz zu führen. Fasziniert verfolgten die Gäste, wie sie vorüberwirbelten, Annas Abendkleid ein Meer von Weiß im Schein der Kerzen, und während sie durch den ganzen Saal tanzten, schlossen sich ihnen weitere Gäste an. Zuerst Lord Bradley und seine Gemahlin, dann ein anderes Paar und noch eins, bis die Terrasse schließlich im Glanz Hunderter umherwirbelnder Gestalten erstrahlte – ein Anblick, so märchenhaft wie der der hoch über den Köpfen schwebenden Drachenschwanzschmetterlinge. Nur der Kralahome und General Alak sahen mit versteinerter Miene zu, während Prinz Chowfa neben ihnen seinen Bruder und die Lehrerin hingerissen beobachtete.
»Ich habe noch nie mit einer Engländerin getanzt, Mem«, raunte ihr König Mongkut zu, als sie gerade an den Musikern vorüberschwebten.
Anna lächelte verzückt. »Ich fühle mich geehrt, Euer Majestät.«
»Ich möchte, daß Sie mir etwas versprechen, Mem – sagen Sie dem König stets, was Sie denken. Ganz gleich, um was es sich handelt. Wie diesem Mann von der East India Company.«
Ein schwungvoller Schritt, ein Dreher, dann schließlich erwiderte Anna: »Das habe ich stets getan.«

Der König und die Lehrerin sahen sich mit versunkenen Blicken an, als wären sie das einzige Paar auf der Terrasse – und in den aufmerksamen, bewundernden Augen von Prinzessin Fa-Ying, die sie von ihrem erhöhten Versteck oberhalb der Terrasse beobachtete, waren sie das auch.

Am Fuß der Treppe blicken wir hinauf
Sie ist so steil, daß unser Gesicht nach oben
                                    gerichtet bleibt.
So soll es sein im Augenblick des Todes,
wenn wir gen Himmel schauen.

Sunthron Phu

Kapitel 23

»Memsahib?«
Anna nickte zerstreut, als sie Beebes Stimme hörte, und rückte das Bündel zurecht, das sie mit den Armen umschlungen hielt. Um sie herum erstreckte sich lärmend und bunt die Pracht des Pratunam Marktes: Obststände und die Fischer, die ihren Fang vom selben Morgen ausgebreitet hatten, Fische, die immer noch nach Luft schnappten und zuckend in Bambuskörben lagen. Die Blumenverkäufer mit ihren Gebinden aus Orchideen und anderen Blumen, die Weber, die Ballen bedruckter Seide und Baumwolle ausrollten. Die Luft war erfüllt

von Essensgerüchen – dem pikanten *nam pha*, der gegorenen Fischsauce, die die Siamesen über alles schütteten, dem warmen Geruch von klebrigem Reis, dem Duft von *prik*, der einem den Kopf klar machte, von Chilis in Hülle und Fülle in sämtlichen Farben des Regenbogens. Es gab Pfefferschoten in sämtlichen Schattierungen von Grün sowie die winzigen *prik-le-nu*, auch »Mäusedreck« genannt. Anna blieb stehen und starrte gedankenverloren auf einen flachen Korb mit violetten, gegorenen Garnelenbällchen, dann hob sie erschrocken den Kopf und bemerkte Beebes durchdringenden Blick.
»Memsahib?« wiederholte Beebe, ein wenig lauter.
»Ja?«
»Sie ... *summen*.«
Anna richtete sich auf, ließ ein nacktes Kind vorbei und rückte ihre Pakete abermals zurecht. »Schon möglich.« Sie lächelte. »So erschreckend das vielleicht klingt, Beebe, aber ich fühle mich hier sehr zu Hause. Diese freundlichen Menschen! Weißt du noch, wie dieser Markt uns anfangs in Angst und Schrecken versetzt hat?«
Beebe nickte. »Als wäre es gestern gewesen.« Sie fuhr sich mit der Hand über die Stirn und ordnete ihr verschwitztes Haar. »Ich hatte schon befürchtet, das Fest hätte Sie aus der Bahn geworfen. Alle diese Engländer in Uniform ...«
»Stimmt. Ich dachte auch, ich würde ganz fürchterliches Heimweh bekommen, dabei ist alles ganz anders gekommen. Ich glaube, ich habe mich amüsiert. Sogar beim Tanzen.«

Sie hob einen geflochtenen Korb hoch, aus dem Meerwasser tropfte, und nahm die kleinen Garnelen in Augenschein, die darin auf einem Bett aus Algen lagen. »Ich glaube, wir sollten mal ein paar von diesen hier probieren, was meinst du?«
Beebe war einverstanden. Kurz darauf gingen sie weiter zum nächsten Stand. »Und wie ist es Seiner Majestät unter all Ihren Landsleuten ergangen?«
Anna mußte lachen. »Im Grunde war er überaus charmant. Ich werde nie vergessen, wie er dastand und mir seine Hand darbot. Als ob ich …«
»Eine seiner sechsundzwanzig Frauen wäre?«
Anna bedachte Beebe mit einem sonderbaren Blick und mußte abermals lachen. »Danke, Beebe. Ganz so hatte ich es noch nicht gesehen.«
Beebe blickte sie durchdringend an. Als sie schließlich sprach, lag etwas Warnendes in ihrem Ton. »Nun, vielleicht sollten Sie das aber.«
Anna schwieg. Nach einer Weile nickte sie und machte kehrt. Sie hielt auf einen Korbhändler zu, bis eine Hand sie plötzlich am Ärmel zupfte. Sie schaute hinunter und entdeckte einen kleinen Jungen, die nackten Beine staubbedeckt, der ihr lächelnd eine Bambusröhre hinhielt.
»Ja?«
Der Junge lächelte, machte eine Gebärde, die Anna nicht verstand, drehte sich dann lachend um und rannte davon. Verwirrt sah sie ihm nach und untersuchte schließlich die Röhre. Es war eine Art Briefumschlag, in den man eine kleine Pergamentschriftrolle stecken

konnte. Auf die Außenseite hatte jemand in sehr kleinen, englischen Buchstaben einen Namen geschrieben.
Khun Chao Tuptim
Anna runzelte die Stirn. Ein Brief für Tuptim? Von ihrer Familie, von der sie so inbrünstig erzählt hatte? Sie sah sich um und versuchte vergeblich, den Absender irgendwo in der Menge auszumachen. Schließlich gab sie auf, seufzte und folgte Beebe über den Markt.

In der Verborgenen Stadt saßen vier königliche Konkubinen bei einem halben Dutzend Durianfrüchte, tauschten Neuigkeiten aus und tratschten. Die Durians waren ein kugelrundes, mit Dornen übersätes Obst, das an riesige grüne Kastanien erinnerte, doch sobald ein Diener sie schälte, kam ihr puddingartiges Fleisch zum Vorschein, elfenbeinfarben und süß wie gekochte Mangos. Der Duft dieser Früchte dagegen war alles andere als süß – ein schwerer, ammoniakartiger Geruch wie von ungeklärtem Abwasser – und die Konkubinen beschwerten sich schimpfend und befahlen dem Diener, das Zimmer zu verlassen und die Delikatesse auf kleine Schälchen zu verteilen, damit sie später davon kosten konnten.
»Idiot! Durianfrüchte in geschlossenen Räumen zuzubereiten – man könnte meinen, er schält sie zum ersten Mal!«
Die Konkubinen nickten und verdrehten die Augen. Eine trat an die Tür, um zu prüfen, ob der Diener ihre Anweisungen ausführte, und kehrte dann zu den anderen Frauen zurück.

»Seine Majestät hat mich seit zwei Monaten nicht mehr aufgesucht.« Sie ließ sich wieder nieder und nahm eine Betelnuß von einem Messingtablett. »Seit zwei Monaten!«
»Er ist zu sehr damit beschäftigt, die Engländerin zu ›erforschen‹«, sagte eine ältere Frau listig.
»Was meinst du, worüber unterhalten sie sich wohl?«
Die ältere Konkubine zuckte mit den Achseln. »Er ist ein Mann, sie ist eine Frau. Wer sagt, daß sie sich unterhalten?«
Die erste Frau schüttelte verwirrt den Kopf. »Aber sie ist eine *Engländerin*.«
Unvermittelt begannen alle zu lachen. In diesem Moment erblickte die älteste Konkubine Anna, die durch den Flur nahte. Sie beugte sich vor und brachte ihre Freundinnen zum Schweigen. Anna betrat lächelnd Tuptims Zimmer.
Die junge Konkubine stand am Fenster und blickte hinaus in einen der Gärten für die Frauen. Die Spatzen schwirrten durch die Luft, und eine Pfauhenne schritt langsam auf und ab.
»Tuptim?«
Sie schrak aus ihrer Träumerei, drehte sich um, die Hände aneinandergepreßt, und sah Anna respektvoll an.
»Ich habe eine Überraschung für dich.«
Anna gab der jungen Frau die Bambusröhre. Als Tuptim den Namen las, mit dem diese beschriftet war, bekam sie große Augen. »Wie haben Sie …?«
Anna lächelte. »Das weiß ich eigentlich selbst nicht so genau.«

Tuptim verbeugte sich mit einem tiefen *wai*. »Vielen Dank, Mem. Meine ... Familie ist mir sehr wichtig.«
»Dann werde ich dich jetzt allein lassen, damit du jedes Wort genießen kannst.«
Als sie ging, starrte Tuptim auf die Nachricht von ihrem Geliebten, und die Tränen traten ihr in die Augen.

Kapitel 24

Der Rest der Woche verging schleppend. Anna schalt sich wegen ihrer Naivität, da sie insgeheim auf *irgendeine* Nachricht des Königs gehofft hatte. Die Kinder waren ausgelassen und fröhlich – die Proben für das Jubiläumsdiner hatten sie alle näher zusammengebracht, und dieser Zauber hielt jetzt, da das große Ereignis vorüber war, noch immer an.
Dann kam der Freitag, und – endlich! – traf eine Nachricht für Anna ein. Sie sollte den König an jenem Abend sehen. Am Morgen kleidete sie sich mit besonderer Sorgfalt an. Sie wollte nicht so weit gehen und sich vor ihrem Treffen noch umziehen, doch selbst Beebe konnte nicht bestreiten, daß es wichtig war, anläßlich einer Audienz beim König den bestmöglichen Eindruck zu hinterlassen. Der Tag verging quälend langsam, schließlich aber schickte Anna ihre Schüler nach Hause und eilte zum Arbeitszimmer des Königs.
Es war das erste Mal, daß sie Erlaubnis erhalten hatte,

diesen Teil des Palastes zu betreten. Nervös brachte sie ihr Haar in Ordnung, bevor die Tür aufging.
»Mem?«
Nikorn, der Leibwächter des Königs, bat sie herein. Anna nickte höflich und trat ein.
Gütiger Himmel! Verwirrt von dem Prunk, der sie umgab, hielt sie den Atem an. Teleskope, Mikroskope, Instrumente, deren Namen sie nicht kannte und deren Zweck sie nicht einmal hätte erraten können – ein wahrhaftiger Hort von Wunderdingen, die allesamt der Wissenschaft dienten. Ringsum an den Wänden standen Regale, die schwer mit Büchern beladen waren, viele davon in europäischen Sprachen. Aber es gab auch einige Pergamentrollen und Baumwolltapisserien von offenkundig hohem Alter. In einem riesigen Marmoraschenbecher lag eine Zigarre, von der eine dünne Fahne bläulichen Rauchs zur hohen Decke aufstieg, vom König selbst jedoch war nichts zu sehen.
»Euer Majestät?« Eine hohe Doppeltür führte hinaus auf den Balkon. Behutsam trat Anna hindurch, kniff die Augen zusammen und versuchte die Gestalt im Zwielicht zu erkennen. »Euer –?«
Dort stand er ans Geländer gelehnt und betrachtete die Szene unter ihm. Auf das Geräusch ihrer Stimme hin drehte er sich langsam um. Ihre Blicke trafen sich, und einen Moment lang sprach niemand ein Wort. Dann sah Anna verlegen fort und räusperte sich.
»Sie haben nach mir geschickt?«
»Ja, aber sehen Sie – hier.«

Sie trat neben ihn ans Geländer. Die beiden blickten durch ein Blätterdach aus Rhododendron hinunter in den Garten für die Kinder. Eine winzige Gestalt in einem weißen Kleid wirbelte in großen Kreisen den Pfad entlang, blieb am Rand des spiegelnden Teiches stehen, machte einen Knicks und setzte dann ihren einsamen, lautlosen Walzer fort.

»Fa-Ying ...«, sagte Anna leise, während ihr das Herz überging.

»Irgend etwas sagt mir, daß mein kleines walzertanzendes Äffchen am Abend des Jubiläumsdiners nicht ins Bett gegangen ist.«

Anna nickte. »Ja, ich weiß. Ich werde seitdem geradezu überschüttet mit Bildern von tanzenden Paaren.«

Eine Minute lang blieben sie noch Seite an Seite stehen und blickten in die farbenprächtige Dämmerung. Die milde Nachtluft war erfüllt vom Duft des Jasmins und dem Gezwitscher der Spatzen, die sich zur Nacht niederließen. Dann machte der König unvermittelt kehrt und ging zurück in sein Arbeitszimmer. Er holte seine Brille hervor und setzte sie auf, trat entschlossen hinter seinen Schreibtisch und begann, irgendwelche Papiere zu sortieren. Verdutzt wartete Anna ab, dann folgte sie ihm hinein. Er warf ihr einen beiläufigen Blick zu und deutete auf einige Kissen.

»Setzen Sie sich bitte.« Mit einiger Mühe brachte er ein Lächeln zustande. »Ich denke, Ihre überaus hübsche Kleidung wird dadurch keinen Schaden nehmen.«

Anna erwiderte das Lächeln zögernd, zog ihre Röcke zurecht und setzte sich. Der König fuhr fort, seinen

Schreibtisch aufzuräumen. Sie sah dabei zu und fragte sich, was diesen Stimmungswandel ausgelöst haben mochte. Als er sie auch weiterhin ignorierte, zuckte sie mit den Schultern und versuchte, Konversation zu machen.
»Ich – unser Zuhause, Euer Majestät ... der Garten steht in voller Blüte und, nun ja, ich würde mich zutiefst geehrt fühlen, wenn Sie uns eines Nachmittags zum Tee Gesellschaft leisten würden.«
Der König strich einen Ordner mit Dokumenten glatt. Mit einem Nicken blickte er auf sie herab. »Das ist so Brauch in England, nicht wahr?«
Anna mußte lächeln. »Ja. Es ist eine unserer kleinen englischen Verschrobenheiten.«
Er betrachtete sie so ernsthaft, daß sie schon fürchtete, sie hätte etwas Falsches gesagt. Schließlich meinte er: »Vielleicht – vorausgesetzt, unsere Zeitplanung läßt dies zu, denn wie ich weiß, sind Sie ebenfalls sehr beschäftigt.«
»Die Pflichten scheinen mit jedem Tag noch zuzunehmen.«
»Genau wie die schwierigen Fragen, auf die es viel zu wenig Antworten gibt.«
Anna war verwirrt und versuchte, der Bemerkung irgendeine Bedeutung abzugewinnen. Die beiden schauten einander unverwandt an. Einen Augenblick lang schien es, als wolle der König weitersprechen. Statt dessen richtete er sein Augenmerk wieder auf seine Papiere. Unschlüssig, ob sie ihn stören sollte, musterte Anna ihn. Schließlich ergriff sie zögernd das Wort.

»Euer Majestät, vielleicht wäre es einfacher, über die Dinge zu sprechen, die zu verschweigen Sie sich so viel Mühe geben.«

Der König starrte sie an. Er nahm seine Brille ab und rieb sich die Augen.

»Ich teile Ihnen das folgende mit, Mem, weil ich der Meinung bin, daß man Ihnen vertrauen kann.« Er redete langsam, so als koste ihn jedes Wort mehr Anstrengung als das vorangegangene. »Es hat Vorfälle gegeben, die, wie ich jetzt sicher glaube, von Burma aus inszeniert wurden, und ich fürchte, daß ein militärisches Eingreifen unvermeidlich ist.«

»Aber Burma – ist doch britisch.«

Der König seufzte. »So ist es.«

Anna fuhr sich mit der Hand an die Stirn, weil ihr die Wahrheit allmählich zu dämmern begann. »Dann waren Sie gar nicht wegen der Franzosen besorgt, habe ich recht?«

Der König schüttelte den Kopf. »Ich hatte gehofft, Ihr Land würde uns in Anbetracht der Mühe, die wir uns um unsere Beziehungen machen, die Hand in Freundschaft reichen, doch alles, was wir hören, ist Schweigen.«

»Verstehe.«

Er hatte sie benutzt. Die Jubiläumsfeier, ihre wochenlangen Vorbereitungen, der Walzer – das alles war Teil eines Planes gewesen, von dem sie nichts gewußt hatte, nicht das geringste. Anna fühlte sich, als hätte man sie ins Gesicht geschlagen. Sie wußte nicht, was sie noch sagen sollte, daher stand sie auf und ging Richtung Tür.

Doch bevor sie sie erreichte, fuhr der König fort, ohne den Blick zu heben:
»Auf dem Tisch, Mem, liegt ein kleines Geschenk, als Anerkennung für all die Mühe, die Sie sich mit der Jubiläumsfeier gemacht haben.«
Anna blieb stehen, machte kehrt und ging hinüber zum Tisch. Dort lag, auf einem kleinen Silbertablett, ein prachtvoller goldener, über und über mit Smaragden besetzter Ring, auf den oben die Symbole von Sonne und Mond graviert waren.
Anna mußte sich zusammennehmen, um nicht laut aufzustöhnen. Hinter sich hörte sie das gedämpfte Kratzen eines Federkiels. Annas Vorbehalte schmolzen dahin, zögernd griff sie nach dem Ring, doch kurz bevor ihre Finger ihn berührten, hielt sie inne.
»Das – das ist überaus großzügig von Ihnen, Euer Majestät«, brachte sie hervor. Ihre Stimme versagte. Sie kniff die Augen halb zusammen und sah fort. »Er ist sehr, sehr schön … doch obwohl ich Ihnen schrecklich dankbar bin …«
Das Kratzen vom Schreibtisch ging ohne Unterbrechung weiter. »Es ist Brauch, jemandem, der dem König einen Dienst erweist, mit einer kleinen Gefälligkeit zu danken«, sagte er. »Und das hat Mem getan.«
»Es – tut mir leid. Ein so großzügiges Geschenk kann ich … unmöglich annehmen.«
Der Federkiel hielt inne. König Mongkut sah auf. Sein Blick kreuzte Annas und hielt ihn fest, lange, sehr lange, während die Dämmerung draußen immer dunkler wurde und die ersten Fledermäuse über den Himmel

zu flirren begannen. Schließlich machte Anna schweigend einen Knicks und verließ den Raum. Noch länger dauerte es, bis der König abermals zur Feder griff. Als er es schließlich tat, zitterte seine Hand.

Kapitel 25

Sie vergrub ihren Kummer unter Arbeit. Was hätte sie sonst tun können? Die Kinder brauchten sie. Schließlich war dies der Grund, warum sie nach Bangkok gekommen war – um die Kinder eines Königs zu unterrichten und nicht, um sich den Kopf vom Schein der Fackeln, dem Duft von Jasmin und den Klängen eines Walzers verdrehen zu lassen. Während die Tage dahingingen, änderte sich das Wetter, als wolle es sich ihrer Stimmung anpassen: Es wurde warm und schwül, und Anna tauschte ihre schweren Taftröcke gegen die leichteren aus Baumwolle aus, die sie den Sommer über in Bombay getragen hatte.
Bei dieser Hitze wurde es im Tempel der Mütter der Freigeborenen derart drückend, daß die Kinder zusehends lustlos wurden. Die kleineren schliefen an ihren Pulten ein, die größeren wurden übellaunig und verstrickten sich immer öfter in Prügeleien. Also zog Anna mit der gesamten Klasse unter freien Himmel und richtete am Ufer des königlichen Sees ein provisorisches Labor ein, wo die Kinder Kaulquappen fan-

gen und Wasserlilien unter einem der Vergrößerungsgläser ihres Vaters untersuchen konnten. Als sie davon genug hatten, ließ sich Anna von einigen der größeren Jungen beim Anlegen eines behelfsmäßigen Kricketplatzes auf einer der königlichen Rasenflächen helfen. Die Mädchen malten einen Wimpel – SIAMESISCHER KRICKETCLUB –, und Anna nutzte die Gelegenheit, das Spiel in eine improvisierte Physikstunde zu verwandeln, indem sie über die begeisterten Rufe der Kinder hinwegschrie.
»Und Newtons drittes Bewegungsgesetz besagt, daß es für jeden Vorgang ...«
Prinz Chulalongkorn stand mit Louis' Schläger vor dem Dreistab, während Anna ihren Platz an der Abwurflinie einnahm. Sie lächelte, schützte ihre Augen gegen die Nachmittagssonne und beendete ihre Ausführung: »... eine entsprechende Gegenreaktion gibt.« Sie machte eine ausholende Armbewegung, wobei sie über den gespannten Ausdruck auf dem Gesicht des Prinzen schmunzeln mußte, und warf dann den Ball.
Pock!
Raketengleich schoß der Ball über die Bäume hinweg, unter dem vergnügten Kreischen der Kinder, die ihm augenblicklich nachrannten.
»Ausgezeichnet, Euer Hoheit!« brüllte Louis. »Und jetzt – los!«
Anna wischte sich die Stirn und suchte Schutz im dürftigen Schatten einer Palme. Als sie den Kopf hob, erblickte sie eine kleine Gruppe von Personen im Säulengang des Großen Palastes: König Mongkut und sei-

ne Minister. Sie waren zu weit entfernt, als daß sie ihn deutlich hätte erkennen können, sein Gesicht jedoch war ihr zugewandt. Aber noch bevor sie die Hand heben und winken konnte, hatte er schon wieder kehrtgemacht und sich in den Audienzsaal zurückgezogen.

»Die Hitze wird nicht anhalten«, hatte Lady Thiang nach dem fünften Tag in Folge mit Temperaturen von weit über dreißig Grad zu Anna gesagt. Anna war in dem Glauben gewesen, die Bemerkung habe sie trösten sollen. Wie sich jedoch herausstellte, war sie eher als Warnung gedacht gewesen. Als die Hitze endete, geschah dies überraschend heftig, und statt dessen setzten die Monsunregenfälle ein. Die Unterrichtsstunden wurden in einem kleinen Seitenflügel des *Khand nai* abgehalten, wo Anna und Louis jeden Morgen nach ihrem kurzen Weg von zu Hause völlig durchnäßt eintrafen. Schließlich wurden die Regenfälle so heftig, daß der Unterricht ganz ausfallen mußte. Die Kinder des Königs wurden der Obhut ihrer Mütter und Kindermädchen anvertraut, und Louis und Anna nahmen Zuflucht in ihrem kleinen Ziegelhaus.
Tuptim dagegen ließ sich durch den Regen nicht von ihren riskanten Ausflügen abhalten. Heimlich schlich sie durch die schmalen Sträßchen, durch die das Wasser schoß, bis sie den Tempel des Smaragd-Buddhas erreichte. Dort stellte sie sich vor das Haupttor, achtete nicht auf den Regen, der ihre Kleider durchweichte, und wartete …
Bis sie das Ersehnte schließlich sah: eine lange Prozes-

sion von Mönchen in safrangelben Gewändern, die Gesichter verdeckt hinter Bambusschirmen, die sie gegen den unbarmherzigen Monsunregen bei sich trugen. Verzweifelt reckte Tuptim den Hals, um hinter die Schirme blicken zu können.
Er war nicht dabei. Er war nicht dabei.
Schließlich trat der allerletzte der Mönche durch das Tor, hielt inne und sah sich nach ihr um. Das Tor begann sich bereits hinter ihm zu schließen, doch in diesem flüchtigen Augenblick erkannte sie ihn – trotz des kahlgeschorenen Kopfes und der abrasierten Brauen, trotz des angstvollen Blickes, mit dem er sie bedachte. Noch nie hatte sie soviel Kummer und Trostlosigkeit in einem Gesicht gesehen. Dies alles in den Augen ihres Geliebten zu erkennen war zu viel für sie. Während sich das Tor des Klosters hinter Balat schloß, vergrub Tuptim ihr Gesicht in den Händen und überließ sich ganz und gar ihrem Leid.
Als die Tage vergingen und der Monsun noch immer über das Palastgelände hinwegfegte, ließ der Schmerz in Annas Brust allmählich nach. Sie war kein junges Mädchen wie Tuptim. Sie würde ihr Leben nicht vergeuden, indem sie eingebildeten Gefühlen nachhing. Sie war eine erwachsene Frau mit einem Sohn, die die Schwärmereien ihres Lebens bereits hinter sich hatte. Zudem war der König sehr viel älter als sie und wurde tagsüber von Ministern und Generälen in Anspruch genommen – und des Nachts von der Vielzahl seiner Gemahlinnen. Sie hatte ihn jetzt seit fast zwei Wochen nicht gesehen.

Kapitel 26

Eines Abends saß sie auf der Veranda, während die Hitze des Monsuns Dunstschleier durch den Garten ziehen ließ. Drinnen bereiteten Beebe und Moonshee unter Klappern und Klirren das Abendessen vor, und Louis stapfte durch das Wohnzimmer, laut auf seinem kleinen Messingjagdhorn blasend.

»Ich glaube kaum, daß zehn Regentage in Folge eine Aufforderung zur Schlacht rechtfertigen, Louis«, sagte Anna tadelnd.

Moonshee steckte den Kopf zur Küchentür heraus. »Dürfte ich einen Rückzug vorschlagen?«

»Mama«, entgegnete Louis entschlossen, »ich finde, ich sollte auch einen Haarknoten tragen wie Prinz Chulalongkorn.«

Anna verdrehte die Augen. »Ich glaube, jetzt wirst du ein wenig albern, Liebling.«

Beebe nickte. »Kein Wunder, bei diesem Regen.«

»Ich verstehe nicht, wieso ich nicht zur Schule gehen darf«, rief Louis wütend.

»Weil unser Klassenzimmer unter Wasser steht«, erwiderte Anna. »Komm jetzt, machen wir uns zum Abendessen fertig.«

Später am Abend erwachte Anna aus einem Traum von sturmgepeitschten Meeren und einem einsamen Vogel, der schreiend über ihnen seine Kreise zog. Sie setzte sich auf und vernahm das beharrliche Scheppern eines losen Fensterladens, der gegen die Hauswand schlug.

Anna kletterte unter dem Moskitonetz hervor, ging hinüber zum Fenster, befestigte den Schnappriegel, und auf dem Weg zurück zum Bett bemerkte sie, daß etwas über den Fußboden flatterte. Eine große Motte, dachte sie zuerst, doch im Näherkommen erkannte sie, daß es eine von Fa-Yings bunten Zeichnungen war, die sich von der Wand losgerissen hatte. Anna hob sie lächelnd auf und spürte einen weiteren, tiefer gehenden Stich. Zehn Tage war es her, seit sie die kleine Prinzessin zuletzt gesehen hatte – zu lang. Sie seufzte, sah sich um und stellte fest, daß eine ganze Reihe von Zeichnungen des Mädchens, Blütenblättern gleich, über den Fußboden geweht wurde. Eine nach der anderen hob Anna sie auf und trug sie hinüber zu ihrem Nachttisch. Dort legte sie sie behutsam neben die Fotografie ihres Mannes und begab sich wieder ins Bett.
In jener Nacht konnte der König nicht einschlafen, wie mittlerweile schon seit vielen Nächten nicht mehr. Während der Regen auf die Dächer des Palastes niederprasselte, suchte er Trost und göttlichen Beistand im heiligsten aller Orte, dem Tempel des Smaragd-Buddhas. Dies war traditionell das Privatheiligtum des Königs, und an jenem Abend sah man ihn dort wieder einmal allein, umgeben vom Schein der Kerzen, während ein blasses Wölkchen Räucherwerk aus den Brennern stieg, die in die vier Himmelsrichtungen ausgerichtet waren. Oben auf dem Altar stand auf einer goldenen Pyramide eine kleine geschnitzte Figur aus massiver Jade. Davor lagen unzählige Blumen, einige von ihnen waren bereits verwelkt, andere erst vor kurzem als

Opfergaben dort niedergelegt worden. Schweigend kniete der König vor dem Buddha und verbeugte sich ab und zu ehrfurchtsvoll während seiner leise gesprochenen Gebete und Beschwörungen.
Nach der dritten Verbeugung jedoch richtete er sich nicht wieder auf. Sein Körper sackte in sich zusammen, und ein Schluchzen, ebenso unbarmherzig wie der Regen, schüttelte seinen Körper. Der König weinte, als würde es ihm das Herz zerreißen.

Am nächsten Morgen hörten die Regenfälle auf. Während eine fahle Sonne am wäßrigen Himmel emporstieg, reparierten Louis und Moonshee draußen ein kleines Geisterhaus, das im Unwetter Schaden genommen hatte. Auf der Veranda hängten Anna und Beebe Laken zum Trocknen auf.
»Es wird Wochen dauern, bis alles wieder ausgelüftet ist«, seufzte Anna.
»Memsahib?« rief Moonshee. »Wir haben Besuch.«
Vom Pfad, der zum Fluß hinunterführte, nahte eine kleine Prozession: ein königlicher Bote und vier Palastwachen in voller Ausgehuniform. Das Gesicht des Boten wirkte besorgt, fast verängstigt, und Anna beobachtete die Männer beunruhigt, bevor sie nach draußen lief, um sie zu begrüßen.
Weder Louis noch Moonshee oder Beebe konnten hören, was sie miteinander sprachen. Minuten später jedoch stürzte Anna ins Haus zurück, schnappte sich ein Umhängetuch und lief wieder nach draußen.
»Mama! Was ist denn?«

Anna blieb stehen, weil Louis, das Gesicht kreideweiß, auf sie zugelaufen kam. »Ich muß fort«, sagte sie und drückte ihn an sich.
»Aber was –«
»Ich möchte, daß du betest, Louis.« Sie nahm ihn noch fester in die Arme. »So innig du kannst.«
Er nickte. Sie gab ihm einen Kuß auf die Stirn, dann folgte sie dem Boten hinunter zum Fluß. Erst als sie außer Sicht waren, bemerkte Louis das weiße Stück Papier, das vor dem Geisterhaus zu Boden gefallen war. Zögernd hob er es auf und las.

Meine liebe Mem –
Unsere geliebte Tochter, Ihre Lieblingsschülerin, wurde von der Cholera befallen und hat den dringenden Wunsch geäußert, Sie zu sehen. Man hört sie oft Ihren Namen murmeln, und ich bitte Sie, Ihr diesen Gefallen zu erweisen. Ich fürchte, daß sie sterben wird, da es seit heute morgen bereits drei Todesfälle gegeben hat. Sie ist mir von allen Kindern das liebste.
Euer sich grämender Freund
S.S.P.P. Maha Mongkut

Am Eingang zu den Privatgemächern des Königs wartete der Kralahome bereits auf Anna. Der Flur war schlecht beleuchtet, und Reihen von Wachen warteten in Habtachtstellung. Anna eilte hinter dem Premierminister her. Am Ende des Flures stand eine Tür offen, und von drinnen erklang leiser, gespenstischer Sprechgesang.

»Cholera tritt in der ganzen Welt auf, nur in Bangkok bisher noch nicht«, erläuterte der Kralahome mit gepreßter Stimme.
»Kann man denn gar nichts tun?« erkundigte sich Anna verzweifelt.
Er schüttelte den Kopf. »Sie haben bereits angefangen. Hören Sie!« Der Sprechgesang von drinnen wurde lauter und dringlicher. »*Phra arahan*‹ – es soll die Seele daran erinnern, in den Himmel aufzusteigen und ihren Weg nicht zu verfehlen.«
Sie waren an der Tür angelangt. Anna schlug die Hände vors Gesicht und begann zu zittern. Der Kralahome berührte sie sachte am Arm.
»Man darf Mem nicht weinen hören, denn die Seele würde sich mit der Traurigkeit verbinden und den Lebenden zum Trost auf Erden verweilen.« Anna nickte, die Augen fest geschlossen, während der Kralahome hinzufügte: »Seine Majestät wird Ihnen dankbar sein. Die Kleine hat Sirs Namen oft erwähnt.«
Sie betraten das Gemach des Königs. Im Zimmer war es dunkel, und über allem lag der Dunst von Räucherstäbchen. Entlang der rückwärtigen Wand kniete eine kleine Versammlung von Verwandten und Dienern und intonierte mit monotoner Stimme den Gesang. Unter ihnen war Lady Thiang, zu überwältigt, um etwas anderes zu tun, als leise wieder und wieder die heiligen Silben aufzusagen.
»*Phra arahan … phra arahan …*«
In der Mitte des Raumes, auf einer niedrigen Plattform, saß König Mongkut. In seinen Armen lag Prinzessin

Fa-Ying. Sie hatte die Augen fest geschlossen. Ihre Gesichtszüge waren bleich, fast durchsichtig, und eine Schweißschicht verlieh ihrer Haut einen gespenstischen Glanz. Ein hagerer Mönch kniete neben ihr und strich ihr mit seinen dünnen Fingern immer wieder über die Stirn, während seine Lippen sich zu einem Gebet bewegten.
Anna brach es schier das Herz. Sie holte ganz tief Luft, dann trat sie langsam quer durch den Raum auf den König zu.
»Fa-Ying«, sagte sie leise.
Sie kniete neben den beiden nieder und blickte hinunter in das winzige Gesicht der Prinzessin. Einen Augenblick lang schien der Sprechgesang zu verstummen, und Fa-Ying schlug die Augen auf. Sie starrte Anna an, und plötzlich blitzte flackernd die Erkenntnis in ihren Augen auf. Wie ein Schatten huschte ein hauchzartes Lächeln über ihr Gesicht. Schließlich wandte sie sich ihrem Vater zu und schmiegte sich seufzend an seine Brust. König Mongkut beugte sich vor, um sie auf die Stirn zu küssen, und schloß dabei die Augen, weil ihm die Tränen kamen. Als er sie wieder öffnete, lag die Prinzessin vollkommen still und rührte sich nicht mehr.
»*Pai sawan na*«, sprach er leise. »*Chao-fa-ying-cha.*«
Begib dich auf deine himmlische Reise, Fa-Ying.

Kapitel 27

An alle ausländischen Freunde Seiner Majestät, die in Siam leben oder Handel treiben, oder in Singapur, Malacca, Penang, Ceylon, Batavia, Saigon, Macao, Hong Kong und verschiedenen anderen Regionen Chinas, Europas, Amerikas, usw. usf. ...
Mit dem folgenden überaus traurigen und von tiefem Bedauern erfüllten Rundschreiben gibt Seine Barmherzige Majestät Somdetch P'hra Paramendr Maha Mongkut, der herrschende Erhabene König von Siam, den Tod Ihrer Himmlischen Königlichen Hoheit, Prinzessin Somdetch Chowfa Chandrmondol Sobhon Baghiawati, bekannt.
Der plötzliche Tod besagter, überaus liebevoller und betrauerter königlicher Tochter hat bei ihrem königlichen Vater mehr Kummer und Bedauern hervorgerufen als zahlreiche andere Verluste, die er hat hinnehmen müssen, denn das geliebte Mitglied der Königlichen Familie, seine liebliche Tochter, wurde von Seiner Majestät beinahe eigenhändig aufgezogen. Seit dem Alter von vier oder fünf Monaten trug Seine Majestät sie auf den Händen und auf seinem Schoß und ließ sie, wohin er auch reiste, auf jedem königlichen Throne an seiner Seite Platz nehmen. Selbst ihre gesamte Ernährung wurde von Seiner Majestät übernommen, indem er sie mit Milch von ihrem Kindermädchen fütterte, und manchmal mit der Milch einer Kuh, einer Ziege usw., so daß diese Tochter der Königlichen Familie be-

reits während ihrer Säuglingszeit mit ihrem Vater ebenso vertraut war wie mit ihren Kindermädchen.
Seine Majestät nahm die Prinzessin im zarten Alter von erst sechs Jahren in einer geschäftlichen Angelegenheit mit nach Ayudhya, später dann, als sie größer war, ließ Seine Majestät die Prinzessin beim Frühstück, Abend- oder Mittagessen auf seinem Schoß Platz nehmen, wobei er sie beinahe jeden Tag fütterte, außer wenn sie an einer Erkältung und ähnlichem erkrankt war. Bis in die letzten Tage ihres Lebens speiste sie stets zusammen mit ihrem Vater am selben Tisch. Wohin Seine Majestät auch ging, die Prinzessin begleitete ihren Vater im selben geschlossenen Wagen, in derselben Kutsche, auf demselben königlichen Boot und auf derselben Yacht etc. Im Laufe der Jahre wurde sie klüger als andere Kinder ihres Alters und war ihrem liebenden und verehrten Vater, soweit ihre Fähigkeiten dies zuließen, auf liebevolle Weise zugetan. Sie wurde in der siamesischen Literatur wohl unterwiesen, deren Studium sie im Alter von drei Jahren begann. Vergangenes Jahr nahm sie den Unterricht in der englischen Schule auf, deren Lehrerin, Lady Leonowens, beobachten konnte, daß sie begabter war als die anderen königlichen Kinder. Zur überaus großen Freude ihrer Lehrerin sprach und gebrauchte sie das Englische auf gewandte und kluge Art, so daß besagte Lehrerin den Verlust ihrer geliebten Schülerin zutiefst betrauert.
Doch leider war ihr Leben überaus kurz. Sie wurde nur acht Jahre und zwanzig Tage alt und weilte, berechnet nach Tag und Stunde ihrer Geburt, nur 2942 Tage und

*18 Stunden auf dieser Welt. Es ist jedoch bekannt, daß das menschliche Leben seinem Wesen nach den Flammen der Kerzen gleicht, die unter freiem Himmel ohne jeden Schutz entzündet werden, was zur Folge hat, daß dieser Pfad von jedem einzelnen Menschen für eine kurze oder lange Zeit beschritten werden kann, die nicht durch Vorhersehung zu ermitteln ist. So sei es.
Großer Königlicher Palast, Bangkok
16. Mai, im Jahre des Herrn 1863*

Kapitel 28

Es war Brauch, daß sich die königliche Familie jeden Juni in den Sommerpalast zurückzog, ein Komplex aus Gebäuden mit rotlackierten Dächern, der sich mit Blick auf die Andamansee zwischen Palmen schmiegte. Einst war er ein Ort der Abgeschiedenheit und Freude gewesen, doch schon seit einiger Zeit hatte man sich nicht mehr richtig um die Anlagen gekümmert. Seine Pavillons und *wats* waren das Zuhause kreischender Gibbons und wilder Pfaue geworden, und die Mauern der königlichen Residenz waren mit Kletterpflanzen überwuchert. Als Anna dort mehrere Wochen nach Prinzessin Fa-Yings Tod eintraf, umgab die gesamte Anlage eine Atmosphäre solcher Trostlosigkeit, daß sie bis tief in die Nacht weinte. Erst Louis' bekümmerte Stimme holte sie wieder in die Realität zurück.

Am nächsten Tag wachte sie auf, entschlossen, ein wenig Freude und Ordnung wiederherzustellen, sowohl für sich selbst als auch für ihre Schüler. Fa-Ying war nicht das einzige Kind, das gestorben war. Am Ende der Choleraepidemie hatte man mehrere Kinder aus der königlichen Familie zu Grabe getragen, wenn auch keines so feierlich wie Fa-Ying. Die Ereignisse rund um ihr Begräbnis ließen Anna nicht mehr los: das gequälte Gesicht des Königs, als die Begräbnisurne zum Tempel getragen wurde; die Hofmusikanten und Mönche, die rund um die Uhr ihre Stimmen erhoben und Gebete sprachen, um die Seele des Kindes auf ihrem Weg aus dieser Welt zur Eile anzutreiben. Anna hatte geglaubt, vor Kummer den Verstand zu verlieren, doch jetzt, da sie nur von Wald und einem sichelförmigen Strand umgeben war, glaubte sie durch die Stille irre zu werden. Sie ließ von Moonshee und Beebe einen Pavillon in der Nähe des Strandes säubern, damit er vorübergehend als Klassenzimmer dienen konnte, und an ihrem dritten Abend dort schloß sie sich einer Parade der Kinder an, die winzige Lichter zu Ehren ihrer toten Schwester auf die Wellen setzen wollten.
Prinz Chulalongkorn hielt eine einzelne angezündete Fackel in den Händen und führte die schweigende Prozession an, begleitet von den klagenden Rufen der Meeresvögel, die über ihnen ihre Kreise zogen, und dem gedämpften Geräusch der sich am Ufer brechenden Wellen. Die Sonne war bereits hinter dem Rand der Welt verschwunden. Violette Schatten erstreckten sich

vor ihnen, und ein paar Sterne erschienen am schwach erleuchteten Himmel. Mehr als einmal setzte Anna an, Prinz Chulalongkorn nach ihrem Ziel zu fragen, doch sein ernstes Gesicht hielt sie jedesmal aufs neue davon ab.
Als sie schließlich am Ende des Strandes anlangten, erblickte Anna im Sand eine Anzahl von Lotusblüten. In der Mitte einer jeden befand sich eine winzige, blütenförmige Kerze. Langsam und schweigend gingen die Kinder darauf zu, knieten nieder und hoben die Kerzen vorsichtig auf. Allein Prinz Chulalongkorn blieb stehen, seine Fackel eine schlanke, goldene Säule vor seinem Gesicht. Eins nach dem anderen standen die Kinder auf, hielten die Hände schützend vor die Lotusblüten und kehrten zu ihrem Bruder zurück. Er verneigte sich vor jedem Kind, dann hielt er seine Fackel an die kleinen Kerzen in den Lotusblüten, um sie anzuzünden. Anna verfolgte bewegt, wie die Kinder kehrtmachten und zum Rand des Wassers gingen. Dort bückten sie sich eines nach dem anderen und setzten die Lichter auf die sanften Wellen. Anschließend traten sie zurück, um zuzusehen, wie ihre Opfergaben hinaus aufs Meer getrieben wurden. Eine ganze Weile blieben sie so stehen, ohne zu sprechen, und hefteten die Augen auf die leuchtenden Blüten, die gefallenen Sternen glichen, bis schließlich auch die letzten Lotusblumen außer Sicht waren.

Vom König sah Anna nichts. Oder besser, das wenige, das sie von ihm zu sehen bekam, war schon zuviel –

sein ausdrucksloses Gesicht, wenn er, einen buddhistischen Text im Schoß, auf der Veranda des Sommerpalastes saß und schweigend in die Ferne starrte. Die Nacht mochte hereinbrechen, und noch immer rührte er sich nicht. Nur die Glut der Zigarre in seiner Hand verriet, daß er überhaupt noch lebte und nicht nur eine reglose Statue war, aufgestellt, um gegen die Dämonen und die *phi* des Waldes Wache zu halten.
Einen nächtlichen Geist jedoch vermochte er nicht auf Dauer auszusperren. Als es Abend wurde, hörte man das gedämpfte Klirren von Silber und Kristall auf der Veranda hinter ihm. Erzürnt stand der König auf, knallte das Buch auf den Tisch und brüllte, während seine Diener ins Haus flohen: »Im Haus! Ich werde alle Mahlzeiten *im Haus* einnehmen!«
»Es ist nicht ihre Schuld, Euer Majestät.«
Er wandte sich herum und sah Anna am Fuß der Verandastufen stehen. Die königlichen Kinder warteten ordentlich aufgereiht hinter ihr und beobachteten ihren Vater mit einer Mischung aus Vorsicht und Neugier.
»Weil es ein so wundervoller Tag ist«, fuhr sie fort, »hatten die Kinder gehofft, Sie würden ihnen vielleicht bei einem Picknick Gesellschaft leisten.«
Der König betrachtete sie abweisend. »Mem, ich werde nie vergessen, was Sie für meine Tochter empfunden haben. Und *Sie* werden bitte nie vergessen, daß Sie nicht hier sind, um den König zu erziehen.«
Er machte Anstalten, ins Haus zu gehen. »Euer Majestät«, rief Anna leise, bemüht, die Trostlosigkeit aus ih-

rer Stimme zu verbannen. »Die Kinder vermissen Sie schrecklich.«
Der König hatte bereits die Tür erreicht und blieb stehen.
»Man kann sich nicht für immer vor der Welt verschließen«, sagte Anna. Er drehte sich widerstrebend um und sah sie an. »Glauben Sie mir, Euer Majestät, ich habe es auch versucht. Als – als mein Mann starb, dachte ich, mein Herz würde nie wieder heilen. Ich konnte kaum atmen. Aber Louis brauchte mich. Er war meine Rettung.«
Der Blick des Königs blieb unerschütterlich. »Und trotzdem verweigern Sie sich immer noch dem Leben.«
Anna sah ihn fassungslos an. »Ich bitte um Verzeihung?«
»Sie sind eine Mutter, eine Lehrerin, eine Witwe. Aber niemals sind Sie einfach nur eine Frau.«
»Das ist nicht fair.«
»Allen Ihren Worten zum Trotz, Mem, weigern Sie sich, den Tod Ihres Gemahls zu akzeptieren«, erwiderte der König. »Deswegen verhalten Sie sich Ihrem Sohn gegenüber derart beschützend, und deswegen widmen Sie all Ihre Zeit den Büchern und abstrakten Themen. Und deshalb können Sie auch kein Geschenk annehmen!«
»Warum tun Sie das?« flüsterte Anna unter Tränen.
Er sah sie erhobenen Hauptes an. »Weil Sie sogar sich selbst anlügen. Also halten Sie mir keine Vorträge über das Leben, Mem Leonowens. Dazu sind Sie nicht befugt.«
Damit machte er kehrt und ging ins Haus, die Türen fest hinter sich verschließend.

Kapitel 29

Trotz des Schattens, den der überwältigende Kummer des Königs über alles warf, hatten die Einsamkeit und die Schönheit der Umgebung des Sommerpalastes ihren Zauber. Morgens versammelten sich die Kinder gewöhnlich im Klassenzimmer-Pavillon, und Anna unterrichtete sie die wenigen Stunden, bis die mittägliche Hitze unerträglich wurde. An manchen Tagen, wenn sie mit ihren Gedanken woanders war, ziellos durch das Klassenzimmer wanderte und die Rechtschreibung der Kinder korrigierte, fiel ihr Blick gelegentlich nach draußen, und sie sah den König allein am Strand entlangwandern. Nie jedoch hob er den Kopf, um zu sehen, ob sie ihn beobachtete, und nicht ein einziges Mal erfolgte die Aufforderung, mit ihm zu Abend zu essen.

Ihre eigene Unterkunft wirkte stickig und freudlos. Es war ein kleines Gebäude europäischen Stils, errichtet ein Jahrzehnt zuvor, trotzdem schien es ein Überbleibsel eines früheren Jahrhunderts zu sein, so heruntergekommen waren seine Ziegel und Bodenfliesen. Außerdem leckte das Dach in den Ecken, so daß Moonshee überall Eimer aufstellen mußte, sobald es regnete. Beebe servierte den Nachmittagstee, während Anna in ihren steifen englischen Kleidern den Kopf hängen ließ und sich widerwillig Luft zufächelte. Sie warf sehnsuchtsvolle Blicke hinüber zum Strand, wo Lady Thiang und die anderen *Chao Chom Manda* schwammen und ihre abgelegten Sarongs wie Blütenhaufen im Sand lagen. Sie gingen täglich schwimmen – alle, bis auf Tuptim. Anna hatte die liebeskranke Konkubine in einer Gartenlaube angetroffen, wo sie zum zehntausendsten Mal ihren Liebesbrief las. Doch den behutsam warnenden Worten der Lehrerin zum Trotz blieb Tuptim, von Annas morgendlichem Unterricht abgesehen, für sich. Sie kam jedoch früher als die anderen ins Klassenzimmer und setzte sich alleine in die allerletzte Reihe.

An einem Morgen war Tuptim gerade damit beschäftigt, den Klassenraum für Mem Leonowens vorzubereiten, indem sie Kreide herauslegte und die Fibeln der Kinder durchsah, als sie dazwischen Annas Exemplar von *Onkel Toms Hütte* entdeckte. Nachdenklich schlug die junge Frau das Buch auf und las die Titelseite. Als sie das Gelächter der nahenden Kinder hörte, eilte sie an ihr Pult und versteckte das Buch dort.

Anna bemerkte nicht, daß es verschwunden war. Tuptim – die ihre Lehrerin bei allem Kummer stets mit tiefem Respekt betrachtete – hatte den Eindruck, als wäre Mem in den vergangenen Wochen vieles unbemerkt geblieben. Vielleicht lag es nur an der Hitze oder an dem eintönigen Rhythmus der Tage.

Anna saß zusammengekauert im Sessel in ihrem von Kerzen erleuchteten Schlafzimmer. Sie hatte Arbeit für die Schule auf dem Schoß. Das Nachthemd klebte ihr auf der verschwitzten Haut. Lustlos wanderten ihre Augen immer wieder über denselben Satz. Als sie

merkte, daß sie sich nicht konzentrieren konnte, rieb sie sich seufzend die Augen und blickte auf die Fotografie ihres Mannes auf dem kleinen Nachttisch.
Eine Mutter. Eine Lehrerin. Eine Witwe. Aber niemals sind Sie einfach nur eine Frau. Weil Sie Angst haben ...
Die Unterlagen glitten von ihrem Schoß. Anna stand auf und ging zum Fenster. Draußen tauchte der Vollmond den Strand in silbriges Licht, das auf dem Wasser tänzelte wie die Zunge einer Flamme. Der Geruch von Salz und der süße Duft von Jasmin lagen in der Luft. Unvermittelt trat Anna nach draußen. Die Tür fiel leise hinter ihr zu. Sie überquerte die Veranda. Unter dem Nachthemd fühlte sich ihre Haut klebrig und warm an. Anna hob den Stoff und sog erschrocken den Atem ein, als die Brise sie berührte. Rasch, bevor sie es sich anders überlegen konnte, streifte sie das Nachthemd über den Kopf und ließ es in den Sand gleiten. Dann lief sie die paar Meter zum Strand hinunter. Der Sand fühlte sich unter ihren bloßen Füßen kühl an, und auch die Brise war jetzt frischer. Die Wellen wichen vor Anna zurück, doch als die nächste Dünung nahte, ging sie langsam ins Wasser, so weit, bis es ihre Schultern bedeckte. Dann legte sie den Kopf in den Nacken und ließ die Einsamkeit, den Kummer und die Sehnsucht von den Wogen fortspülen.

Kapitel 30

Weit entfernt von Anna stand Prinz Chowfa in Bangkok im Halbdunkel des großzügigen Büros des Kralahome vor einer alten Karte von Siam und erläuterte dem Kralahome und General Alak stolz seine Theorie zu den militärischen Übergriffen Burmas.

»Wir haben die burmesischen Mörderbanden hier, hier und hier gesucht«, erklärte er, jeweils auf die betreffenden Stellen zeigend, »ausgehend von der Annahme, daß ihre Nachschubwege eigentlich nur durch Chiang Mai führen können. Aber dort hat sie seit Wochen niemand mehr gesehen.«

»Vielleicht marschieren sie nachts«, bemerkte der General nachdenklich.

»Oder«, fügte Prinz Chowfa hinzu, »sie wollen nichts weiter, als von dem eigentlichen Ort ihres Angriffs ablenken. Sagen wir, dem Drei-Pagoden-Paß.«

Dabei deutete er auf eine Bergkette südlich von Chiang Mai, auf demselben Breitengrad wie Bangkok. Der Kralahome und der General tauschten Blicke aus. Dann sahen sie zu den Dienern des Kralahome hinüber und wechselten aus Gründen der Geheimhaltung ins Englische.

»Dem Drei-Pagoden-Paß?« Der General zog eine Braue hoch. »Es würde Monate dauern, eine Armee dort hindurchmarschieren zu lassen.«

»Richtig«, konterte Prinz Chowfa, »und wie lange suchen wir schon oben im Norden?«

Es dauerte einen Augenblick, bis die Bedeutung seiner Worte ins Bewußtsein drang. Bestürzt wandte sich der Kralahome an den General. »Wäre das möglich?« fragte er ungläubig.
»Möglich? Nein ...« Der General rieb sich das Kinn. »Es wäre brillant.« Er sah Prinz Chowfa an. »Ziehen Sie sofort Ihr Regiment zusammen.«
Prinz Chowfa machte eine tiefe Verbeugung und verließ rückwärts gehend das Empfangszimmer. Der General rief ihm nach: »Euer Hoheit? Sie werden eines Tages einen ausgezeichneten General abgeben.«
Der Prinz strahlte über das Kompliment. »Sie haben selbst einmal gesagt, Taksin sei auf diesem Weg nach Burma einmarschiert«, erwiderte er und ging.

Als der König an jenem Morgen aufstand, griff er sofort nach seiner Brille. Sie lag nicht auf ihrem gewohnten Platz neben seinem Bett. Und selbst eine gründliche Suche mit Hilfe von Nikorn und Putoi vermochte sie nicht zutage zu fördern. Es war bereits nach dem Frühstück, als der König ein Rascheln draußen vor seinem Fenster vernahm. Verdutzt erhob er sich, schaute hinaus und sah, daß ihm ein Gesicht entgegenlinste, graubärtig und ernst: Es war ein Affe, der die königlichen Augengläser auf der Nase trug. Mongkut lachte zum ersten Mal seit dem Tod seiner Tochter. Er lachte und lachte, bis der Affe schließlich zurück in die Bäume floh.

Die Kinder des Königs schliefen in einem rustikalen, schlichten Haus am Strand, dessen Fenster über Nacht geöffnet waren. Eine der Türen war ebenfalls offengeblieben, und draußen im Sand sah man eine einzelne Fußspur, die sich bis zur Residenz des Königs zurückverfolgen ließ. Der Mann, der die Fußspur hinterlassen hatte, schlich lautlos durch den mondbeschienenen Schlafsaal, bahnte sich behutsam seinen Weg zwischen den Dutzenden von Futons und Unmengen von Moskitonetzen hindurch. Ab und zu bückte er sich, hob eine Puppe oder ein heruntergefallenes Spielzeug auf, um gleich darauf seinen Rundgang fortzusetzen, das Netz über dem Kopf eines Kindes zu richten, einem anderen beruhigend über die Stirn zu streichen und wieder einem anderen einen Kuß auf die Wange zu geben. Er hielt sich dort auf, bis der Nachthimmel zu Lavendel verblaßte und die ersten Vögel im Wald zu rufen begannen. Erst dann machte er sich auf den Rückweg am Strand entlang.

Anna hockte vor ihrem Sommerhaus am Rand des Wassers, das offene Haar schwer im Nacken, eine Laterne neben sich im Sand. Der warme tropische Wind trug die Wohlgerüche des nachts blühenden Jasmins und wilden Ingwers heran. Oben am Himmel leuchtete der Mond – eine weitere exotische Blüte. Soeben beugte sie sich vor, um zögernd die gekreuzten Schnürbänder ihres Nachthemdes zu lösen, als sich hinter ihr etwas bewegte.

»Diese Stunden sind eigentlich dem Schlaf vorbehalten, Mem.«

Anna wirbelte herum und raffte erschrocken ihr Nachthemd zusammen. Einige Meter entfernt saß der

König auf einem Felsen, von dem aus man den Strand überblickte, und rauchte eine Zigarre.
»Sie – Sie haben mich erschreckt.«
»Ich hielt es für klug.«
Ihre Blicke kreuzten sich kurz, dann holte sie der Schatten wieder ein, der nach ihrer letzten Unterhaltung zurückgeblieben war. »Dürfte ich fragen, warum Seine Majestät zu dieser Zeit auf den Beinen ist?«
Der König lächelte wehmütig, legte den Kopf schräg und blickte in den Himmel. »Ich betrachte den Mond.«
Anna ließ ihren Kopf nach hinten sinken und erfaßte mit einem Blick die Weite des wolkenlosen Himmels, dessen Schwärze vom Mondlicht zur Farbe einer Muschelschale ausgebleicht wurde. »Er ist wunderschön«, erwiderte sie leise.
Der König nickte. »Sobald die Sonne aufgeht, wird er sich der Nacht hingeben«, sagte er verträumt. »Trotzdem weicht er nie von ihrer Seite ... auch wenn sie ihn nicht sehen kann.«
Anna lauschte seinen Worten, wagte aber nicht, sich umzudrehen und ihn anzusehen. Nach einer Weile sagte sie: »Das muß ein großer Trost für sie sein.«
»Ja.«
Der König erhob sich, und Anna rutschte ein Stück, so daß er sich neben sie setzen konnte. »Dies hier ist aus Bangkok eingetroffen«, erklärte er und hielt ihr einen Brief hin. »Möglicherweise finden Sie es ganz interessant.«
Sie nahm den Brief und begann zu lesen. Schließlich hob sie überrascht den Kopf.

»Er stammt von –«
Der König nickte. »Ganz recht. Bitte lesen Sie ihn vor«, drängte er. »Die Affen haben nämlich die Brille des Königs gestohlen.«
Sie senkte den Blick und räusperte sich.
»›Euer Majestät‹«, las sie. »›Die Vereinigten Staaten von Amerika wissen Ihr großzügiges Angebot, bei der Beendigung dieses tragischen Konfliktes zu helfen, aufrichtig zu schätzen. Bedauerlicherweise reicht unser Land nicht bis in die Breitengrade vor, in denen Elefanten heimisch sind. Nichtsdestotrotz sind wir Ihnen für das Zeichen der Freundschaft überaus dankbar. Ihr ergebener Freund …‹«
Anna sah gerührt auf. »›Abraham Lincoln.‹«
Der König schaute hinaus auf den mondbeschienenen Ozean. Er zögerte, doch schließlich wandte er sich wieder zu Anna um. Das Sprechen bereitete ihm einige Mühe. »Ich habe diesen Mann stets bewundert für das, was er für sein Volk zu tun versucht. Es heißt, in der Schlacht am Antietam hätten sich an einem einzigen Tag siebzigtausend Mann gegenseitig umgebracht.«
Anna hörte voller Mitgefühl zu, als der König fortfuhr: »Jeder einzelne dieser Soldaten hatte einen Vater, der nun um ihn trauert … Ich bin der Vater von ganz Siam. Sie hatten nicht unrecht, als Sie meinten, das Leben müsse weitergehen.«
Anna sah ihm in die Augen. »Sie auch nicht, Euer Majestät.«
»Wenn wir in den Palast zurückkehren, ist es an der Zeit, daß die Lehrerin Chulalongkorn und die anderen

in allen Dingen unterrichtet, die Sie möchte – vorausgesetzt, der König erfährt zuerst davon, damit er sich auf die Folgen vorbereiten kann.«
»Ich werde mein Bestes tun, Euer Majestät.«
Er stand auf und ging langsam zum Sommerpalast zurück. Anna sah ihm nach und biß sich auf die Lippe. Unvermittelt blieb der König noch einmal stehen und drehte sich zu ihr um.
»Und ich hatte immer gedacht, Engländerinnen schlafen mit ihren Hüten auf dem Kopf«, rief er und hob die Hand zum Lebewohl.
Anna wurde rot. Der König verschwand in der Nacht.

Kapitel 31

Prinz Chowfas Soldaten benötigten drei Tage, um den Bergpaß zu erreichen. Sie hatten auf Elefanten und Pferden montierte Geschütze dabei, ritten die Nächte durch und machten nur halt, um karge Mahlzeiten zu sich zu nehmen. Am Morgen des vierten Tages kehrte einer ihrer Kundschafter im Galopp ins Lager zurück. Er zügelte sein Pferd und näherte sich Prinz Chowfa und dem General, die, umgeben von einem kleinen Verband aus berittenen Truppen und Infanterie, auf Elefanten saßen.
»Burmesen, General – gleich hinter dem Bergkamm«, rief der Kundschafter völlig außer Atem. »Ich konnte nicht feststellen, wie viele ...«

Der General nickte Prinz Chowfa zu. »Ich gratuliere Ihnen zu Ihrer Voraussicht. Sorgen wir jetzt dafür, daß sie Früchte trägt.«
Sie stiegen ab und riefen ihren Männern Befehle zu. Kurz darauf folgten sie den Truppen, die dem Feind entgegenzogen.
Das Basislager lag gut versteckt im Schatten des Bergkammes, mitten zwischen den Ruinen eines alten Tempels. Dennoch konnte Chowfa die Guerillatruppe deutlich erkennen: skrupellose, abstoßend aussehende Kämpfer. Sie waren damit beschäftigt, ihre Waffen zu reinigen, Essen über einem kleinen, rauchenden Lagerfeuer zu kochen und aus einem Faß Wein zu trinken. Andere Fässer lagen verstreut umher.
»Jetzt?« flüsterte der Prinz.
Der General nickte. »*Jetzt.*«
Gewehrschüsse knallten, als General Alaks Soldaten in Scharen über das Lager herfielen. Mehrere burmesische Kämpfer fielen, während die übrigen, von Panik ergriffen, sich schnappten, was sie eben zu fassen bekamen, und durch die Ruinen in den Wald flohen.
»Das war wirklich nicht schwer.« General Alak gab Prinz Chowfa ein Zeichen. Die beiden schlenderten auf die Lichtung und blieben vor dem Lagerfeuer stehen. Der General bückte sich, um eine Kelle aufzuheben, tauchte sie in den gußeisernen Kochtopf und schnupperte anerkennend daran. »Wollen wir hoffen, daß sie bessere Köche als Soldaten sind.« Er hob eine Hand und rief seinen Männern zu: »Wir bleiben heute nacht hier!«
Die Männer lachten und gingen daran, sich häuslich

niederzulassen. In Zweier- und Dreiergruppen kehrte der Rest des Regiments zurück und brachte Kunde vom schmählichen Rückzug der Rebellen. Prinz Chowfa schwelgte in Stolz. Als er wenig später bei den Männern saß und sich an der Beute gütlich tat, versuchte er sich das Gesicht seines Bruders vorzustellen, wenn er die Nachricht von ihrem Sieg erhielt. Seine Freude über den triumphalen Erfolg, die Fragen, die er später bei der Manöverkritik stellen würde ...
Prinz Chowfa runzelte die Stirn.
General Alak machte im Dunkeln noch einen Rundgang durch das Lager. Seine Offiziere folgten ihm, Flaschen mit Wein in der Hand, aus denen sie die Becher der Soldaten nachfüllten. Als sie bei Prinz Chowfa anlangten, bat der General mit ausgestreckter Hand um den Pokal des jüngeren Mannes.
»Sie sollten feiern«, sagte er lächelnd. »Ihr Land ist Ihnen zu Dank verpflichtet. Sie haben ausgezeichneten Instinkt bewiesen.«
Der Prinz sah ihn unsicher an. »Die Burmesen haben viel zu schnell die Flucht ergriffen.«
»Unsinn.« Alak scharrte im Unterholz herum, bis er einen leeren Becher fand, dann schenkte er sich etwas Wein ein.
»Auf Seine Majestät und die Größe von Siam«, verkündete er. Seine Offiziere hoben ihre Gläser und tranken. Der General wartete, daß Prinz Chowfa sich ihnen anschloß.
Doch der Prinz saß nur da und musterte den General aufmerksam.

Alaks Blick verengte sich. »Sie weigern sich, auf das Wohl Ihres eigenen Bruders zu trinken?«
»Sie sagten, ich besäße einen guten Instinkt.«
Der General legte seinen Kopf schräg. »Und was sagt der Ihnen?«
»Daß Sie sich ebenfalls weigern zu trinken.«
Wie auf ein Zeichen wurde es auf der Lichtung still. Dann ertönte ein entsetzliches Geräusch aus der Dunkelheit, anfangs leise, doch mit jeder Sekunde zunehmend lauter – das Geräusch eines Mannes, der sich übergibt. Kurz darauf bekam das Geräusch ein Echo, und dann noch eins, bis die gesamte Lichtung von gequältem Stöhnen und dem dumpfen Aufprall hinschlagender Körper widerhallte. Der Prinz sah General Alak erschrocken an, doch der Schreck schlug in Verzweiflung um, als ihm das ungeheuerliche Ausmaß des Verrats bewußt wurde. Die vier Offiziere starrten sich verwirrt an, bis einer von ihnen sich unvermittelt krümmte und Blut erbrach.
»Sir«, keuchte er. Auch die anderen sanken stöhnend auf die Knie. »Bitte …«
Prinz Chowfa ergriff die Flucht. Mit einem Aufschrei schnappte sich General Alak die Pistole eines der Sterbenden und rannte ihm nach. In Todesangst hetzte der Prinz an seinen sich windenden Soldaten vorbei und auf die verfallenen Treppen des Gebäudes zu. Er versuchte, eine Waffe zu fassen zu bekommen. Der General war nur wenige Meter hinter ihm, als er am Fuß der breiten Treppe anlangte. Prinz Chowfa rannte hinauf, bog ab, stürmte über heruntergefallene Mörtelbrocken

und wie von Sinnen durch einen langen, eingefallenen Säulengang. Der General kam rasch immer näher. Als er das Ende des Säulengangs erreicht hatte, explodierten Mörtelsplitter aus dem Türbogen über ihm. Der General hatte auf ihn gefeuert. An dieser Stelle gewährte ein Balkon Aussicht auf den darunter liegenden Wald. In seiner Verzweiflung sprang der Prinz hinunter, schlug auf den Boden, rollte sich ab und versuchte, sein Gleichgewicht wiederzuerlangen.

Doch dann entfuhr ihm ein lautes Stöhnen: sein Bein war durch den Sprung verletzt. Mit schmerzverzerrtem Gesicht humpelte er auf die Bäume zu, während hinter ihm die Schritte des Generals immer lauter zu vernehmen waren.

Irgend etwas türmte sich in der Dunkelheit vor ihm auf. Vergeblich versuchte Prinz Chowfa auszuweichen und stolperte statt dessen gegen einen riesigen Baum. Benommen wankte er zurück und fiel hin. In diesem Augenblick erreichte ihn General Alak.

»Meine Söldner brauchen Uniformen«, sagte er mit einem flüchtigen Blick zurück auf die Männer, von denen einige noch stöhnend von der Lichtung zu kriechen versuchten.

Prinz Chowfa stockte der Atem. »Sie haben ihr eigenes Regiment umgebracht?«

»Ja. Im Krieg sterben Unschuldige, aber nur ein Krieg kann dieses Volk von seinen Parasiten aus dem Westen befreien.«

Er hob seine Pistole und zielte damit auf den Kopf des Prinzen.

»Trösten Sie sich, Chowfa. Ihre Familie wird Ihnen bald Gesellschaft leisten ...«
Ein einzelner Pistolenschuß krachte, und sein Echo hallte im gesamten Wald wider. Doch nur der Mann, der triumphierend über dem blutverschmierten Körper des Prinzen stand, konnte es noch hören.

Kapitel 32

»Mem, draußen steht ein Bote des Königs mit einer Einladung für Sie.«
Anna sah von ihrem Frühstück auf: Früchte, die man von einer kleinen Baumreihe in der Nähe des Strandes gepflückt hatte, gedämpfter Reis und frisch gefangener Fisch. »Des Königs?«
Beebe zuckte mit den Achseln und deutete mit einem Lächeln auf die Tür. »Es ist wirklich ein wundervoller Morgen, Mem. Sogar ein König könnte sich womöglich davon aufrütteln lassen.«
Anna nickte. »Also gut. Ich werde diese köstliche Mahlzeit wohl kaum beenden können. Trotzdem vielen Dank, Beebe.«
Sie ging nach draußen, wo sich ein Diener vor ihr verbeugte und sagte: »Der König wünscht, daß Mem und ihr Sohn ihm und den Kindern des Königs auf See Gesellschaft leisten.«
Anna sah verwirrt drein. Der Diener runzelte die Stirn,

dann deutete er mit einer Handbewegung zum Strand.
»See …?«
»Du meinst am Strand?«
Der Diener lächelte.
Anna bedankte sich freundlich bei ihm und entließ ihn. Einen Augenblick lang verharrte sie noch vor der Tür, ließ sich die kühle Brise durchs Haar wehen und die Arme von der Sonne wärmen. Es war tatsächlich ein wundervoller Tag, mit einer Luft so klar wie Wasser. Nicht weit entfernt schwappten die Wellen bedächtig an den Strand. *Als ob jemand ein Bett macht*, dachte Anna und wurde rot. Dann lachte sie fröhlich auf, machte kehrt und lief ins Haus.
»Louis! Zieh dich an! Wir gehen aus!«
Eine Stunde später trafen sie sich mit dem König und seinem Gefolge am Strand. Bedienstete hielten Dutzende von Pferden fest. Die Tiere schnaubten und warfen freudig die Köpfe, während sie ungeduldig darauf warteten, daß es losging. König Mongkut saß auf seinem prachtvollen schwarzen Hengst, dessen Sattel nur so glänzte von goldenen und scharlachroten Troddeln. Neben ihm wartete ein kastanienbraunes Tier darauf, daß Anna aufsaß. Sie tat es atemlos – wie lange war sie nicht mehr geritten? Jahre, wie es schien – und sah zu, wie auch Prinz Chulalongkorn und die Kinder des Königs aufstiegen, die kleineren zu zweit oder dritt auf einem Pony, gefolgt von den Gemahlinnen und Konkubinen und weiteren Leibwächtern zu Pferd. Schließlich gab der König mit einem Aufschrei seinem Tier die Sporen. Der schwarze

Hengst bäumte sich auf und galoppierte dann in die Brandung. Unter freudigem Gejohle und Gekreische nahm die gesamte Begleitung die Verfolgung auf.
Eine Stunde lang ritten sie, den Windungen der Küste folgend, vorbei an Wäldern und Lagunen, Ruinen und Wasserfällen, bis sie schließlich Kap Clegg erreichten. Hier saßen sie ab. In der Ferne erhoben sich über dem Wald Berge, auf deren smaragdgrüne Hänge golden die Sonne fiel, ganz in der Nähe jedoch bot ein kleines Wäldchen Schatten. Schmetterlinge huschten umher, und in den höher gelegenen Zweigen hockte ein Hornvogel und klapperte zur Verteidigung mit seinem Schnabel.
»Es ist wundervoll«, hauchte Anna, und der König lächelte.
Diener beeilten sich, Tische für das Mittagessen aufzustellen. Die Kinder sprangen von ihren Pferden, und die älteren rannten Louis nach, um eine Partie Krocket zu organisieren. Andere liefen hinter zum Strand, um die kleinen rautenförmigen, *pukpao* genannten Drachen steigen zu lassen oder im Sand nach Muscheln zu suchen. Anna nahm dankbar ein Getränk entgegen, das ihr ein Diener reichte, dann ging sie hinüber zu der Stelle, wo das Krocketspiel jeden Augenblick beginnen würde.
»Mem! Spielen Sie in unserer Mannschaft!« rief Prinz Chulalongkorn.
»Und Vater – du in unserer!«
Anna verbeugte sich lachend vor dem Prinzen. »Ich nehme Ihre Einladung an, Euer Hoheit.«

»Und ich die deine«, erwiderte der König feierlich, verneigte sich vor einer seiner Töchter, packte sie und drückte sie an sich.
Das Spiel wurde immer wieder unterbrochen, die Kinder ließen sich von den roten Pilzen ringsum ablenken oder von einem Nest mit Glühwürmchenlarven. Schmetterlinge flatterten durch die fröhliche Gruppe, und einmal linste ein Makake von einem überhängenden Baum herab, um gleich darauf schnatternd Reißaus zu nehmen, als Prinz Chulalongkorn versuchte, ihm nachzuklettern. Anna und König Mongkut nippten an kühlen Obstsäften und befächelten sich mit Blättern.
»Ich betrachte die Kinder, Mem, und verspüre dabei soviel Hoffnung«, sagte der König. Er stützte sich auf seinen Krocketschläger und beobachtete lächelnd, wie der Prinz wieder von dem Baum herunterkam. »Woran mag es wohl liegen, daß man nur in Kindern das Potential erkennt, das der Menschheit innewohnt?«
Anna nickte. Es war keine Frage, die einer Antwort bedurfte. Einige Minuten lang standen sie schweigend beieinander, winkten, wenn eines der Kinder ihnen aufgeregt etwas zurief, und lachten auf, als Prinz Chulalongkorn grinsend ins Gras stürzte. Anna strich sich das Haar aus den Augen, dann wandte sie sich zum König. Ihre Stimme war leise, ihr Tonfall nachdenklich, beinahe ernst.
»Ich möchte Ihnen danken, daß Sie mich hierhergeholt haben, Euer Majestät. Nach Siam, meine ich …«
Mit einer Handbewegung deutete sie auf die Kinder,

dann auf die in der Ferne leuchtenden Berge. »Ich stelle mir nur äußerst ungern vor, wo Louis und ich uns jetzt befänden, wäre Ihr Brief nicht in jenem bestimmten Augenblick eingetroffen.«
»Waren Sie glücklich in Bombay?«
Anna mußte für einen Augenblick überlegen. »Ich war nie unglücklich«, antwortete sie zögernd. »Aber um Ihnen die Wahrheit zu sagen, ich glaube, ich habe nie wirklich dort hingepaßt.«
Der König sah sie überrascht an. »Eine Frau wie Sie? Wie ist das möglich?«
»Wahrscheinlich liegt es daran, daß ich mein Leben lang auf der Suche nach einem Ort war, wo ich wirklich hingehöre. Ich verließ England als Kind – später dann hat mich mein Mann in Bombay verlassen, und jetzt bin ich plötzlich hier bei Ihnen ... und frage mich, wo eigentlich mein wahrer Platz ist.«
Der König nickte nachdenklich. »Ihr Weg verläuft so, wie er soll.«
Anna errötete. »Ich habe während der letzten Tage in Gedanken mehrere Wege beschritten, Euer Majestät – die alle absolut nirgendwohin führen.« Sie lächelte traurig. »Was würde Buddha dazu sagen?«
»Daß Wege dazu da sind, um auf ihnen zu reisen, Mem, nicht um an ein Ziel zu gelangen.«
Ein Ball kam durch das Gras gekullert und blieb vor Annas Füßen liegen. Sie sah nach unten, nahm mit dem Schläger fachmännisch Maß und schoß ihre Kugel genau auf die des Königs zu. Anna verkniff sich ein Schmunzeln, blickte statt dessen zum König hin-

über und fragte: »Werden Ihre Frauen niemals eifersüchtig?«
König Mongkut runzelte die Stirn. »Ich verstehe die Bedeutung dieser Frage nicht.«
»Ich bin zu neugierig. Verzeihen Sie.«
Der König stützte sich auf seinen Schläger. »Nein, bitte ... Fahren Sie fort.«
»Fast überall in der Welt glaubt man, ein Mann und eine Frau sollten eine Beziehung haben, die ihnen heilig ist.«
»Jede meiner Gemahlinnen denkt ebenso über den König«, erwiderte der König nüchtern.
Anna zögerte. »Nicht jede kann Sie heiraten, Majestät«, sagte sie dann.
»Das ist auch gut so. Manchmal braucht der König seine Ruhe.«
Anna wurde rot. Der König lachte amüsiert, woraufhin sie sagte: »Es wäre für mich unvorstellbar, meinen Mann mit einer anderen zu teilen.«
»Warum?«
»Weil er ... mir gehört.«
»Ha! Genau wie ein Sklave.«
»Nein!« Lachend fügte sie hinzu: »Na ja, vielleicht, aber absolut aus freien Stücken.«
Der König schüttelte in gespielter Verzweiflung den Kopf. »Der Mann wird in Ihrer Kultur zum Sklaven seiner Frau, und dann heißt es, *mein* Land sei unzivilisiert.«
Grinsend drehte Anna sich um und versetzte dem Krocketball des Königs einen Schlag, woraufhin dieser kreiselnd aus ihrem Gesichtsfeld verschwand. Sein

Blick verengte sich, und er sagte vergnügt: »Die Gemahlinnen des Königs lassen ihn meist gewinnen.«
Anna mußte lachen. »Dann muß ich das ja nicht auch noch tun, oder?«

Kapitel 33

Das Picknick am Kap Clegg war in jenem Sommer ein Wendepunkt. Die königliche Familie war endlich wieder eine Familie. Und Anna empfand sich – wenn auch mit gewissen Vorbehalten – als Teil dieses riesigen und komplizierten Gefüges. Der Unterricht lief jeden Morgen ohne Widrigkeiten, wenn auch in leicht verkürzter Form weiter, und der Rest des Tages wurde mit Spielen oder Ausflügen in den Wald verbracht, wo man schillernde Käfer und Federn, reifen Ingwer oder Echsen sammelte, die ihre Häscher aus goldgesprenkelten Augen ansahen.

Die Diener waren nach wie vor mit der Suche nach des Königs Augengläsern beschäftigt. Anna hatte geglaubt, Seine Majestät scherze, als er behauptete, Affen hätten sie gestohlen. Mehr als einmal jedoch hatte sie den fraglichen Affen mit eigenen Augen gesehen, ein ziemlich eindrucksvolles Männchen, das die Brille oben auf dem Kopf trug und dem es seltsamerweise gelang, sie nicht zu verlieren. Jeden Morgen ganz früh, wenn der König vor seinem privaten Tempel kniete, um seine täglichen

Gebete zu sprechen, gingen zwei eigens für diese Aufgabe abgestellte Diener daran, den diebischen Affen von seinem Baum herunterzulocken. Als Lockmittel benutzten sie Bananen, die am Ende eines langen Strickes baumelten, doch jeden Tag mußten sich die Männer aufs neue ihre Niederlage eingestehen, während der Affe sie von seinem sicheren Platz aus schnatternd auslachte.
Dieser Morgen begann nicht anders. König Mongkut kniete an seinem gewohnten Platz, über sich den riesigen goldenen Buddha, der in der morgendlichen Dämmerung so prachtvoll strahlte wie die Sonne selbst. Der König zündete einen Räucherstab an und begann seine morgendlichen Gebete.
»*Phuot di chai chak nak 'n chai nak na* ...«
Sein Sprechgesang wurde lauter und vermischte sich mit den frustrierten Stimmen der Diener, die dem Affen von Baum zu Baum folgten.
Schließlich stellte sich einer der Männer so, daß er das schwere Bananenbüschel unmittelbar vor dem Gesicht des Affen hin- und herschwenken konnte. Das Tier verstummte und streckte eine langfingrige Hand nach den Früchten aus. Ein zweiter Diener schlich sich von hinten heran und griff nach der Brille. Im letzten Augenblick jedoch schnappte sich der Affe die Bananen, sprang unter schadenfrohem Gekreische davon und entschwand, sich von Ast zu Ast hangelnd, Richtung Strand.
Die Männer nahmen die Verfolgung auf und stolperten durch das Unterholz bis zum Strand. Plötzlich blieb einer von ihnen stehen.

»*Mai di* ...«
Mit zitternder Hand deutete er auf einen unter einem Berg aus Palmwedeln verborgenen Gegenstand – den Bug eines kleinen, mit reichen Schnitzereien im burmesischen Stil verzierten Kanus. Die beiden Männer sahen sich an. Ihre Verfolgungsjagd war vergessen, und sie rannten los.
Doch als sie beim König eintrafen, war dieser nicht mehr allein. In einigen Metern Entfernung stand sein Leibwächter, der noch zögerte, den König bei seinen Gebeten zu stören. Er wußte, daß der Friede seines Herrn zerstört werden sollte, vielleicht für immer.
»Euer Majestät.« Nikorn zögerte, dann fuhr er fort: »Der Kralahome ist endlich aus der Hauptstadt eingetroffen. Er bringt – er bringt Neuigkeiten.«
»Führe ihn sofort hierher.«
Der Kralahome brauchte kein einziges Wort zu sagen, sein gequälter Gesichtsausdruck genügte. Er kniete vor dem König nieder und hatte Mühe, seine Stimme zu beherrschen, während er von dem Massaker an Prinz Chowfa, General Alak und ihrem Regiment berichtete.
»... Die Dorfbewohner erzählen, sämtliche Toten seien ihrer Kleider beraubt und anschließend in der Sonne liegengelassen worden. Ich fürchte, Prinz Chowfa und Alak wurden zusammen mit den anderen verbrannt.«
Der König starrte in die Bäume. »Mögen ihre Seelen in Frieden ruhen«, murmelte er und bedeutete dem Kralahome, sich zu erheben. »Und möge mein Bruder mir verzeihen, daß ich an seinen Worten gezweifelt habe.«
Eine ganze Weile standen die Männer schweigend

draußen vor dem Tempel. Schließlich ergriff der Kralahome das Wort.
»Sie hätten den Tod Ihres Bruders nicht verhindern können, Euer Majestät.«
Der König erwiderte nichts, sondern stand einfach da, die Augen geschlossen, die Hände kraftlos herabhängend. Er schien zu meditieren. Nach einigen Minuten jedoch schlug er die Augen auf.
»Schicken Sie Armeen in jede Provinz entlang unserer Grenze mit Burma, und richten Sie den Gesandten aus, daß wir zum Krieg rüsten. Setzen Sie die Dienerschaft davon in Kenntnis, daß wir in die Hauptstadt zurückkehren. Und sagen Sie Mrs. Leonowens, daß ich sie zu sehen wünsche – sofort.«

Kapitel 34

Es dauerte eine Stunde, bis Anna, begleitet von Nikorn, eintraf. Sie war völlig außer Atem und barfuß und hielt ein Fischernetz voller Muscheln in der Hand.
»Tut mir schrecklich leid, Euer Majestät«, sagte sie. »Ich hatte keine Ahnung, daß Sie nach mir suchen. Ich bin ganz um die kleine Bucht herumgelaufen …«
Der König saß auf einem einfachen Stuhl am Fenster seines Arbeitszimmers, den Blick unverwandt auf die fernen Berge gerichtet. Eine Zeitlang antwortete er nicht. Schließlich drehte er sich zu ihr um.

»Ich habe lange nachgedacht, Mem. Wenn es an der Zeit ist, daß mein Sohn König wird, wird er dann wohl ein guter König werden?«

Die Worte des Königs und seine schwermütige Stimmung ließen Anna frösteln. »Warum? Was ist denn passiert?«

»Bitte ...« Der König machte eine beschwörende Handbewegung. Anna zögerte und legte die Muscheln ab, schließlich fuhr sie sich mit der Hand durchs Haar und trat auf ihn zu.

»Nun, er besitzt einen scharfen Verstand, hat ein gutmütiges Herz und eine einfühlende Seele – Eigenschaften, die, wie ich finde, einen großen König ausmachen. Aber er hat noch viel zu lernen – es gibt noch so viel, was er unbedingt lernen möchte.«

Der König starrte sie gedankenverloren an. Schließlich sagte er: »Wie würden Sie die Frage nach den Herrscherfähigkeiten des Prinzen beantworten, wenn er *jetzt* König werden müßte?«

»Er ist noch ein Junge!« Anna biß sich auf die Lippe, dann fragte sie besorgt: »Bitte erzählen Sie mir, was geschehen ist.«

Der König hielt ihrem Blick stand. Dann erhob er sich und ging quer durchs Zimmer zu einer kleinen Nische. Dort waren inmitten von hübschen Steinen und einer Schneckenmuschel, die ihm eines der Kinder mitgebracht hatte, Kerzen aufgestellt worden. Die Schatten hinter seinem Rücken wurden länger, als er sich daranmachte, die Kerzen anzuzünden.

»Heute morgen hat man am Strand ein burmesisches

Boot entdeckt. Der Kralahome persönlich kam her, um mich davon zu unterrichten, daß das von General Alak und meinem Bruder geführte Regiment in der Nähe der Grenze in einen Hinterhalt gelockt wurde. Es gibt keine Überlebenden.«

Anna erbleichte. Der König zündete die letzte Kerze an, drehte sich um und sah ihr ins Gesicht. Es dauerte einen Augenblick, bevor sie ein Wort hervorbrachte.

»Ich – wie können Sie da so ruhig sein?« fragte sie verstört.

»Aus diesem Grund«, fuhr der König fort, »muß ich über meinen Sohn Bescheid wissen, damit er den Thron besteigen kann, wann immer meine Zeit gekommen ist.«

Anna schluckte. »Ihr – Ihr Sohn wird einen ausgezeichneten König abgeben, Euer Majestät.«

Der König schwieg. Schließlich nickte er, so als wäre dies die Antwort gewesen, auf die er gehofft hatte. »Dann muß er sich jetzt auf seine Aufnahmezeremonie als Novize vorbereiten. Damit er begreift, daß er bedeutend ist, weil er ein Teil des Unendlichen ist, aber bedeutend allein in dieser einen Hinsicht.«

»Wie soll ein zwölfjähriger Junge das schaffen?« Anna versagte die Stimme, trotzdem weigerte sie sich fortzusehen. Der König erwiderte ihren Blick, während die Kerzen den Raum schwach erleuchteten. So verharrten sie lange Zeit schweigend, zwei Menschen, deren Herzen und Verstand beherrscht waren von der Frage, die sie miteinander verband und auf die es keine Antwort gab.

Nie hatte Anna einem ähnlich eindrucksvollen oder feierlichen Ereignis beigewohnt wie der Aufnahmezeremonie von Prinz Chulalongkorn. Für die Zeremonie hatte man den Tempel des Smaragd-Buddhas geöffnet, den Hunderte von Mönchen mit ihrem Sprechgesang füllten. Der Junge hielt den Kopf gesenkt und die Augen geschlossen, als sein Vater ihn mit dem geweihten Wasser aus einer Muschelschale salbte. Kopf und Augenbrauen hatte man ihm geschoren, den verschwenderischen Putz eines Kronprinzen gegen das schlichte weiße Gewand eines Novizen ausgetauscht. Genau wie Jahrzehnte zuvor sein Vater, so trat auch Chulalongkorn in die Bruderschaft der buddhistischen Mönche ein. Von nun an würde er sein Essen erhalten, indem er mit einer hölzernen Schale betteln ging. Von nun an würde er nichts besitzen außer dieser Schale, seinem Gewand und einem Paar Sandalen – bis zu jenem Tag, da er selbst im Tempel des Smaragd-Buddhas stehen und man ihm die Bürde des Königsthrons von Siam auferlegen würde.

»*Du, der du aus reinen Wassern stammst, möge dein Unrecht fortgewaschen werden, trage in deiner Brust die Helligkeit des Lichts, das dich jetzt und für immer leiten wird …*«

Der König drehte sich um und übergab dem Abt die Opferschale, der daraufhin die an der Schale befestigte Schlaufe um den Kopf des Prinzen legte.

»*Phuto di chai nak 'n! chai nak na!*« psalmodierten die Mönche. *Gnädiger Buddha, wir sind erfüllt von Freude …*

Chulalongkorn stand neben seinem Vater. Gemeinsam hoben sie die Gesichter zum ruhigen Antlitz des Smaragd-Buddhas und lächelten.

Als die Zeremonie vorüber war, brachen der König und sein Gefolge auf, gefolgt von dem Abt und den anderen Mönchen, unter ihnen der frischgebackene Novize. Draußen schwenkte der König nach rechts, zurück zum Großen Palast. Chulalongkorn aber und die anderen bogen links ab zu ihrem spartanischen Zuhause in einem angrenzenden Tempel. Eine einzelne Gestalt blieb etwas zurück. Sie war wie die anderen mit safranfarbenem Gewand und hölzernen Sandalen bekleidet und hielt das geschorene Haupt gesenkt. Balat blieb erst stehen, als er das zum Palast führende Tor passierte. Dort wartete er, solange er es wagte, und sah sich voller Hoffnung nach einem Anzeichen von Tuptim um. Doch sie war nirgendwo zu sehen.

Kapitel 35

Anna mußte feststellen, daß die sonntäglichen Gottesdienste der anglikanischen Kirche Bangkoks etwas weniger eindrucksvoll waren als Chulalongkorns Aufnahmezeremonie. Schweißgebadet saß sie in der hintersten Bank, während ihr die Worte im Gesangbuch vor den Augen verschwammen und sie zusammen mit der üb-

rigen Gemeinde »Onward, Christian Soldiers« anstimmte. Als der Gottesdienst endlich vorüber war, hatte sie es eilig, nach draußen zu gelangen, während die anderen Mitglieder der englischen Kolonie der Stadt am Pfarrer vorbeidefilierten und ihm die Hand schüttelten. Erst kurz darauf bemerkten alle mit einiger Sorge die siamesischen Streitkräfte, die, angeführt von fünf prächtig uniformierten Adligen, auf der Straße vorbeimarschierten.
»Lord Bradley!« Anna schob sich winkend durch die Menge. »Lady Bradley, Mr. Kincaid …«
Lord Bradley hielt sich ein Meßbuch zum Schutz über die Augen und lächelte Anna zu. »Madam Leonowens! Welche Freude, Ihnen hier draußen in der wahren Welt zu begegnen! Meine Frau und ich sprachen gerade von Ihnen – werden Sie uns zum Tee Gesellschaft leisten?«
»Aber ja. Sehr gern.«
Sie begleitete die beiden plaudernd bis zu ihrer Kutsche und mußte sich beherrschen, Lord Bradley nicht mit ihren Fragen zu bestürmen. Bei den Bradleys erschienen noch einige weitere Gäste, sämtlich Mitglieder der englischen Gemeinde der Stadt, und Anna gesellte sich auf der Veranda zu ihnen. Von dort aus verfolgten sie bis tief in den Nachmittag den noch immer andauernden Vorbeimarsch siamesischer Soldaten. Im gesamten Haus war das Personal mit Packen beschäftigt, Kartons und Koffer wurden hin und her geschleppt, während die Herrschaften sich besorgt über das Massaker an der Grenze unterhielten. Tee war serviert, Tratsch ausgetauscht worden, und die ersten Be-

sucher machten Anstalten aufzubrechen, als Anna sich schließlich an ihre Gastgeber wandte.

»Lord Bradley, Lady Bradley, Mr. Kincaid …« Sie bedachte alle drei mit einem respektvollen Nicken. »Wenn ich noch um einen Augenblick Ihrer Zeit bitten dürfte …«

Lord Bradley nickte. »Ich fürchte, Mrs. Leonowens, mehr als einen Augenblick können wir auch nicht mehr erübrigen.«

»Wir verlassen mit dem nächsten Schiff das Land, meine Liebe«, fügte Lady Bradley hinzu. »Und das sollten Sie auch tun.«

»Ich lebe hier, Lady Bradley.«

Kincaid schüttelte den Kopf. »Üble Sache, dieses ganze Säbelrasseln. Nicht gut fürs Geschäft, das kann ich Ihnen versichern.«

»Der Bruder des Königs ist tot, Mr. Kincaid, und sein General ebenfalls.« Annas Augen blitzten auf, als sie sich dem rotgesichtigen Geschäftsmann zuwandte. »Ich würde diesen Einsatz des Militärs kaum als Säbelrasseln bezeichnen.«

Lord Bradley trat zwischen die beiden. »Was kann ich für Sie tun, Mrs. Leonowens?« erkundigte er sich in besänftigendem Ton.

»Beantworten Sie mir bitte eine Frage. Stecken die Briten hinter diesen Angriffen auf Siam?«

Kincaid sagte kichernd: »Bleiben Sie beim Unterrichten, Mrs. Leonowens. Von Politik verstehen Sie ganz offenkundig nichts.«

Anna ließ sich nicht beirren. »Burma würde es nicht

wagen, auch nur einen Schritt ohne den Segen Englands zu unternehmen.«

»Sehr richtig.« Lord Bradley drehte sich um und blickte auf die Straße hinunter, wo soeben ein weiteres Bataillon prunkvoll uniformierter Siamesen vorbeimarschierte. »Und wenn diese Krise nicht bald beigelegt ist und ein unter unserem Schutz stehendes Land bedroht wird, werden wir keine andere Wahl haben, als unsere Interessen zu verteidigen.«

»*Unser* Schutz«, wiederholte Anna zornig. »*Unsere* Interessen‹.«

»Was in England Brauch ist, ist in der ganzen Welt Brauch, meine Liebe«, erwiderte Lady Bradley.

»Es sind die Gepflogenheiten einer Welt, Lady Bradley, die ich mich schäme, als die meine zu bezeichnen.«

Lord Bradley betrachtete sie kühl von Kopf bis Fuß. »Sie vergessen sich, Madam. Wenn Sie uns jetzt entschuldigen würden ...«

Er wandte sich zu seiner Frau. Sie hakte sich bei ihm ein, und sie machten sich auf den Weg zur Treppe.

»Nein, Sir, das werde ich nicht!« Die anderen Gäste drehten sich um, als Annas erzürnte Stimme über die Terrasse hallte. »Sie haben auf sein Wohl getrunken, Sie haben ihn zu seiner visionären Kraft beglückwünscht, dabei haben Sie die ganze Zeit nur darauf gewartet, ihm sein Land wegnehmen zu können!«

Lord Bradley blieb stehen und starrte Anna voller Hochmut an. »Wie das Empire seine Geschäfte betreibt, braucht Sie nun wirklich nicht zu interessieren.«

»Als ich das letzte Mal nachgesehen habe, Lord Bradley, war ich immerhin noch britische Bürgerin.«
»Sie täten gut daran, sich dieses Umstands zu erinnern, Madam, wenn Sie das nächste Mal auf Tuchfühlung mit dem König gehen.«
Damit rauschten die Bradleys die Stufen hinunter und ließen Anna mit hochrotem Gesicht und zornentbrannt unter den wenigen noch verbliebenen Gästen zurück.

Kapitel 36

Als sie wieder zu Hause eintraf, hatte die Erschöpfung Zorn und Verlegenheit verfliegen lassen. Die Aufregung schien alle sehr mitgenommen zu haben. Louis war bereits schlafen gegangen, daher bereitete sich auch Anna darauf vor, zeitig zu Bett zu gehen, und stellte die Flamme einer Öllampe so, daß sie im Zimmer einen warmen Glanz verbreitete. Sie wollte es sich gerade gemütlich machen, als sie hörte, daß sich im Zimmer etwas bewegte.
»Wer ist da?« rief sie erschrocken.
Auf der gegenüberliegenden Seite ihres Schlafzimmers erschien eine junge Frau im Kreis des goldenen Lampenscheins. Sie hatte die Hände gehoben, und in ihrem Gürtel steckte ein Dolch. Als Anna jedoch den Mund aufmachte, um nach Hilfe zu rufen, verbeugte das

Mädchen sich mit einem tiefen *wai* und sank auf die Knie.
»Bitte«, flehte sie leise. »Niemand darf mich sehen! Ich bin Phim. Meine Lady Tuptim braucht Sie.«
Wortlos ergriff Anna einen Batikschal, wickelte ihn um ihren Kopf und deutete zur Hintertür. »Dann lauf«, befahl sie mit leiser Stimme. »Bring mich zu ihr.«
Das Mädchen führte sie einen schmalen Pfad entlang am Fluß vorbei in einen Teil der Stadt, den Anna noch nie zuvor betreten hatte. Der Geruch nach verfaulendem Fisch war so stark, daß Anna sich den Schal über Mund und Nase zog. Trotzdem eilte sie Phim, so schnell sie konnte, nach. Sie überquerten einen menschenleeren Platz hinter dem chinesischen Tempel. Phim sah sich verstohlen um, dann verschwand sie in einer schmalen Gasse. Anna zögerte. Sie konnte Phim, umgeben von Schatten, ein paar Schritte weiter vorn nur mühsam erkennen. Sie war stehengeblieben und hatte eine Hand an den Dolch gelegt.
»Was ist denn?« flüsterte Anna, bereit, jeden Augenblick die Flucht zu ergreifen.
Phim drückte sich an die Mauer. Aus der Dunkelheit hinter ihr tauchte eine weitere Gestalt auf, ging an dem Mädchen vorbei und trat aus der Gasse auf Anna zu. Eine schlanke Gestalt mit geschorenem Schädel und Brauen im safrangelben Gewand eines buddhistischen Mönchs.
Tuptim.
Anna stockte der Atem. »Meine Güte, Mädchen, was hast du nur getan?«

Tuptim kam mit ausgestreckter Hand auf sie zu. Darin hielt sie Annas Exemplar von *Onkel Toms Hütte*. »Was ich getan habe, ist nicht die Schuld des Königs, auch wollte ich niemanden entehren. Doch das Herz einer Konkubine zählt nicht für einen Mann, der von den Dingen des gesamten Universums in Anspruch genommen wird.«
Anna nahm das Buch entgegen und schüttelte entsetzt den Kopf. »*Warum* nur, Tuptim? Warum bist du nicht zu mir gekommen? Das hätte der König vielleicht verstanden. Wie konntest du ihm das antun?«
»Wer würde diese unermeßlichen Qualen auf sich nehmen, wenn er sich statt dessen für die Liebe entscheiden könnte? Ich muß wissen, daß Seine Majestät das begreift, vorausgesetzt, Mem wird dadurch nicht bloßgestellt.«
Anna schüttelte den Kopf, sie wußte nicht, wie ihr geschah. »Ich werde dem König ausrichten, was immer du willst, aber –«
Tuptim lächelte. »Ich danke Buddha für seinen Rat, und jetzt, da Mem vor mir steht, auch dafür, daß er mir eine echte Freundin geschenkt hat.«
Plötzlich wurde es hell auf dem Platz, und man hörte das Geräusch von Schritten.
»Man ist uns gefolgt!« rief Phim.
Auf der anderen Seite des Platzes vor der Gasse erschienen Wachposten, Laternen in die Höhe haltend. Beim Anblick der drei Frauen stießen sie aufgeregte Rufe aus und kamen auf sie zugerannt. Anna starrte ihnen wie gelähmt entgegen, dann fiel ihr Blick auf das

Buch in ihrer Hand. Sie warf es fort, machte kehrt und lief Tuptim und Phim nach.
Anna entkam – oder besser, sie wurde festgenommen und gleich darauf wieder freigelassen. Tuptim und Phim jedoch hatten nicht dieses Glück.

Zwei Tage vergingen. Jeden Morgen wurde Anna vor dem Kralahome vorstellig, und jeden Morgen weigerte er sich, zu erscheinen. Erst am dritten Tag erschien der Premierminister in Begleitung mehrerer anderer Männer. Bedrückt wirkende Adelige lehnten am Geländer vor seiner Tür und unterhielten sich mit gesenkter, eindringlicher Stimme.
»Euer Exzellenz.«
Anna lief ihm entgegen. Der Kralahome ignorierte sie und ging weiter bis zur Treppe. Als Anna ihm zu folgen versuchte, fuhr er sie an: »Der König kann Sie zur Zeit nicht empfangen.«
»In Anbetracht der Lage ist das nicht akzeptabel.«
»In Anbetracht der sehr viel kritischeren Lage, Sir, ist alles genau so, wie es sein soll.«
»Wo ist Tuptim?« flehte Anna. »Welches Verbrechen wirft man ihr vor?«
Der Kralahome blieb auf der untersten Stufe stehen, drehte sich um und betrachtete sie verdrießlich. »Ihr Schicksal geht Sie nichts an.«

Kapitel 37

Im Grunde war es ein leichtes, Tuptim ausfindig zu machen. Sie wurde innerhalb des königlichen Palastgeländes gefangengehalten. Ihre Verhandlung sollte in Kürze beginnen. Anna blieb kaum genug Zeit, nach Hause zu gehen und Moonshee abzuholen, die sie zur moralischen Unterstützung begleiten sollte. Sie betrat das Gericht mit einem bangen Gefühl. Ihre Besorgtheit schlug jedoch augenblicklich in nackte Angst um, denn der Sitzungssaal hatte nichts von der Behaglichkeit und Schönheit, an die sie mittlerweile von anderen Gebäuden gewöhnt war. Es handelte sich um einen sehr großen, karg möblierten Raum, in dem sich Mitglieder des königlichen Hofstaats drängten. Auf einer Seite saß ein Tribunal aus Richtern sowohl männlichen als auch weiblichen Geschlechts. Der Friedensrichter, ein hartgesichtiger Mann in den Fünfzigern, hielt sich in der Mitte einer Plattform auf, von der aus man den gesamten Sitzungssaal überblickte. Auf der Empore drängten sich Schaulustige, viele von ihnen hochmütige ältere Damen, und Anna verließ aller Mut, als sie die unbarmherzigen Gesichtszüge von Lady Jao Jom Manda Ung in der ersten Reihe erblickte.

»Achten Sie gar nicht darauf, Memsahib«, flüsterte Moonshee, als Lady Jao Jom Anna einen vernichtenden Blick zuwarf. »Kommen Sie, wir müssen uns setzen.«

Sie fanden Plätze im hinteren Teil des Saales und hatten sich gerade hingesetzt, als ein Gong ertönte. Es wurde still. Als eine Seitentür aufging, schloß sich Moonshees Hand fester um Annas.
Anna stöhnte erschrocken auf, genau wie alle anderen. Vier brutal aussehende Wachen führten eine schmächtige Gestalt vor den Friedensrichter – das Gesicht verhärmt, einem Totenschädel gleich, und mit tiefliegenden, starren Augen. Hände und Füße waren mit Ketten gefesselt. Die Wachen schleppten sie zur Anklagebank, versetzten ihr dort einen Stoß und drückten sie auf die Knie. Tuptims Kopf sackte nach unten, doch dann hob sie ihn wieder und sah sich im Saal um, bis sie Annas Augen begegnete. Die beiden Frauen blickten sich lange an, bis eine der Wachen an der Kette der Gefangenen riß und einen Befehl auf siamesisch brüllte. Tuptim warf sich flach auf den Boden. Anna bemerkte, daß der letzte Wärter verschiedene Gegenstände vor dem Friedensrichter ausbreitete – ein mit einer Kapuze versehenes Gewand, die als *nens* bekannte Novizenkleidung, sowie ein gelbes seidenes Kuvert.
Ein weiterer Gong erklang. Der Friedensrichter hob den Kopf und verkündete mit dröhnender Stimme: »Khun Jao Tuptim, du wirst des Verrats an Seiner Majestät König Mongkut beschuldigt, ein Vergehen, das mit dem Tode bestraft werden kann.«
Tuptim erhob sich scheinbar furchtlos. Anna drückte Moonshees Hand, und Lady Jao Jom Manda Ung verzog die Lippen zu einem schmalen Lächeln. Die ande-

ren älteren Damen nickten beifällig. Als der Friedensrichter ihnen einen stechenden Blick zuwarf, senkten sie rasch die Köpfe.
»Beschreibe dem Gericht die Ereignisse, wie sie sich zugetragen haben«, forderte er Tuptim auf.
Tuptim sah den Mann an. Ihr Blick war zwar respektvoll, aber ohne Angst. »Warum sollte ich etwas sagen, wenn mir ohnehin keine Gerechtigkeit widerfahren wird?«
Der Richter versteifte sich angesichts der Bemerkung. Der Vorsitzende Phya Phrom musterte Tuptim, dann gab er dem Gerichtsdiener ein Zeichen, woraufhin dieser kehrtmachte, rasch in den hinteren Teil des Saales ging und eine Tür öffnete. Zwei Wärter kamen mit einer Bahre herein. Alle brachen in erschrockenes Stöhnen und leise Rufe aus, als sie die nackte Gestalt eines jungen Priesters erkannten, dessen gekrümmter Oberkörper blutverschmiert und von Folter gezeichnet war. Tuptim wankte. Sie zitterte am ganzen Körper, als ihr Blick auf ihren Geliebten fiel. Anna schloß die Augen, zwang sich aber, sie wieder zu öffnen, als die Stimme des Richters dröhnend erklang.
»Ist dies nicht der Priester, dessen Brief man in deinem Zimmer fand, verfaßt auf englisch, zweifellos um seinen lüsternen Inhalt zu verbergen?«
Der Gerichtsdiener nahm das gelbe seidene Kuvert in die Hand, öffnete es und reichte dem Richter ein Stück Papier. Er las den dort stehenden Namen.
»Khun Phra Balat?«
Er gab es dem Gerichtsdiener zurück, der es an die an-

deren Richter weiterreichte. Sie untersuchten es tuschelnd. Tuptims Augen blieben auf Balats gekrümmten Körper geheftet. Anna beugte sich vor und hielt den Atem an, um die schwache Stimme des jungen Mannes zu verstehen, der etwas auf englisch sagte.
»Keine Angst, Tuptim ... das gesamte Leben ist nichts als Leiden ...«
Richter Phya Phrom sah auf und deutete mit der Hand einen Hieb an. Ein Wärter versetzte dem Priester einen Schlag mit dem Handrücken. Tränen liefen Tuptim über das Gesicht, als der Richter befahl: »Sprich endlich, Frau, oder du wirst augenblicklich den Rohrstock zu spüren bekommen.«
Anna beobachtete, daß Tuptim nur stockend atmete. Ohne ihre Augen von Balat abzuwenden, begann sie mit zitternder Stimme zu sprechen.
»Verehrtes Gericht, Khun Phra Balat ist der einzige Mann, den ich je geliebt habe, und von ihm fortgerissen zu werden war, als hätte man meinen Lungen die Luft zum Atmen versagt. Der König *braucht* mich nicht« – dabei zeigte sie auf Balat – »aber ich brauche *ihn*! Und zwar so sehr, daß ich der Überzeugung bin, es war Buddha, der mein Tun geleitet hat.«
Gedämpftes Tuscheln wurde laut. Einer der Richter rief: »Buddha würde dir niemals eine solche Schlechtigkeit in den Kopf setzen!«
Tuptim hob den Kopf und fuhr fort: »Er schrieb mir, um sich von mir zu verabschieden, denn er glaubte, ich sei jetzt eine *nang ham*, eine verbotene Frau, die für immer im *Khang nai* verloren sei. Er schrieb, er werde

niemals eine andere Frau heiraten, und überantwortete sein Leben dem Kloster ...«

Das Blut pochte Anna in den Ohren, als sie sich an das Kuvert erinnerte, das sie dem Mädchen mitgegeben hatte. *Ach, Tuptim! Wie konnte ich nur ...?*

Ein anderer Richter beugte sich vor, nahm das gelbe Mönchsgewand in die Hand und fragte gebieterisch: »Also hat er dich als das heiligste menschliche Wesen verkleidet, damit du das vollziehen konntest, was – was –«

»Nein! Nein, er hat überhaupt nichts getan!« rief Tuptim. »Ich habe mich selbst verkleidet. Als ich mir sicher war, daß er mich nicht erkennen würde – schloß ich mich einer Prozession an, die den Palast verließ, und wurde einer seiner Brüder.«

Man hörte entsetztes Aufstöhnen und empörte, fassungslose Rufe von den alten Damen, während Richter Phya Phrom und seine Kollegen Tuptim ungläubig und belustigt musterten.

»Ich sage die Wahrheit!« rief sie verzweifelt. Sie drehte sich um, blickte Anna an und zeigte auf sie. »Mem Anna ist hier, sie wird es Ihnen bestätigen.«

Anna zögerte. Sie war sich des Protokolls bei Gericht nicht sicher, doch schließlich schickte sie sich an, sich zu erheben. Bevor sie jedoch dazu kam, ereiferte sich Richter Phya Phrom: »Mem Leonowens hat hier kein Rederecht.«

Anna sank auf ihren Platz zurück. Lady Jao Jom setzte ein triumphierendes Lächeln auf. Der Richter wandte sich wieder Tuptim zu.

»Du hast König Mongkut und Gott Buddha verunglimpft. Du hast ein Kloster durch deine Anwesenheit geschändet, und du hast das Zölibatsgelübde eines Mönches zerstört.«
»Er hat doch nie erfahren, daß ich es bin!«
»Er hat dir das Gewand verschafft, und du bist zu ihm ins Bett gestiegen!«
»Das ist nicht wahr, und ich verfluche euch für eure schmutzigen Gedanken und grausamen Herzen!«
Ihre tapfere Entgegnung hallte wie ein Donnerschlag durch den Gerichtssaal. Als sein Echo verklungen war, hörte man nur noch das Kratzen des Gerichtsschreibers, der die Verhandlung protokollierte. Schließlich schüttelte Richter Phya Phrom den Kopf.
»Khun Jao Tuptim, durch deine Weigerung, ein Geständnis abzulegen, lädst du viele Qualen auf dich, die dich vor deinem Tod ereilen werden.«
Tuptim stand schweigend in der Anklagebank. Sie hob ihre mit Ketten gefesselten Hände und kreuzte sie über der Brust, ohne die Augen auch nur einen Moment von Balat abzuwenden.
Richter Phya Phrom drehte sich um und gab den Wärtern ein Zeichen. »Fangt an.«
Machtlos und mit dem Gefühl, sich in einem Alptraum zu befinden, mußte Anna mit ansehen, wie die Wärter vortraten. Wortlos rissen sie der Gefangenen die Kleider vom Leib, bis sie von der Hüfte an aufwärts nackt war. Dann packten sie sie und warfen sie neben Balat auf die Bahre. Lady Jao Jom und die anderen alten Damen erhoben sich erwartungsvoll von ihren Plätzen, als

die Wärter mit ihren Stöcken ausholten und sie auf die entblößten Schultern des Mädchens niedersausen ließen.

Tuptim schrie auf, ein einziges Mal, dann krümmte sie sich unter der Anstrengung, ihre Schreie zu unterdrücken. Lange rote Striemen erschienen auf ihrem gesamten Rücken und platzten auf, als die Stöcke immer wieder auf sie niederprasselten. Blut tropfte auf den Boden.

»*Aufhören*!«

Alle Köpfe wandten sich herum. Anna war von ihrem Platz aufgesprungen und schrie so laut, daß ihr die Kehle schmerzte. »Habt ihr verstanden? Wagt es nicht, ihr noch ein einziges Haar zu krümmen!«

Moonshee sah sie sprachlos an, während Anna sich über die Empore zu Tuptim drängte, vorbei an der wutschnaubenden Lady Jao Jom und den anderen Damen. Doch bevor sie Tuptim erreichte, wurde sie von den Wärtern gepackt. Anna sträubte sich gegen ihren Griff, wand sich um und schrie Richter Phya Phrom an: »Sie hat nichts verbrochen, sie hat lediglich versucht, ihr Glück zu finden!« Wie von Sinnen trat sie nach dem Wärter, dann setzte sie keuchend hinzu: »Ich gehe zum König! Er wird dieser Barbarei ein Ende machen!«

Und der Wärter ließ sie unter den erstaunten Blicken der Anwesenden los.

Mit einem letzten Blick auf Tuptim machte Anna kehrt und verließ fluchtartig den Sitzungssaal, hastig gefolgt von Moonshee.

Kapitel 38

Der König erwartete sie düsterer Stimmung im menschenleeren Audienzsaal. Es war das erste Mal, daß sie ihm hier allein begegnete. Einen Augenblick lang schien ihr Unbehagen Oberhand über ihre Empörung zu gewinnen, dann jedoch atmete Anna tief durch und näherte sich dem Podium mit laut klappernden Absätzen.

»Vielen Dank, daß Sie mich empfangen, Euer Majestät«, sagte sie und machte einen Knicks. »Der Premierminister erklärte mir zwar, die Sache ginge mich nichts an –«

»Sie geht Mem auch nichts an«, unterbrach der König sie, »und der König empfängt Sie jetzt nur, um Ihnen ganz genau dasselbe zu sagen.«

»Verzeihen Sie, Euer Majestät, aber –«

»Ich wünsche, daß Sie nicht weiter darüber sprechen, Mem. Weder mit dem König noch mit sonst jemandem.«

»Ich versuche doch nur –«

»Tuptim hat das Gesetz gebrochen, Madam! Jetzt tun Sie, was ich sage, und *gehen* Sie!«

Anna stand wie erstarrt da und sah ihn ungläubig an, während er ihren Blick aus kalten Augen erwiderte.

»Warum verhalten Sie sich so?« fragte sie mit leiser Stimme. »Ich weiß, daß Angelegenheiten von ungeheurer Wichtigkeit auf Ihnen lasten, aber Sie sind doch ein Ehrenmann, ein Mann mit Mitgefühl.«

»Sie hat das Gesetz gebrochen.«
»Weil sie jemanden liebt?« Annas Stimme wurde lauter, obwohl sie besonnen und ruhig weitersprach. »Opfere dein Leben der Wahrheit. Verfolge niemanden. Zügele dich in Gedanken, Wort und Tat. Sind das nicht die Lehren Buddhas?«
Der König stieß ungeduldig mit der Hand gegen einen Tisch. Ein Betelnußtablett fiel mit lautem Scheppern zu Boden, und überall zersplitterte Porzellan. Augenblicklich erschienen seine Leibwächter in der Tür, zogen sich jedoch wieder zurück, als sie das Gesicht des Königs sahen.
»Sie baten mich, Ihnen stets zu sagen, was ich denke.« Er sah Anna hart in die Augen, doch seine Stimme bebte vor Gefühl, als er sprach. »Was man denkt und was man tut, und wie und wann man es tut, ist nicht dasselbe. Sie scheinen zu glauben, daß ich diese junge Frau hinrichten lassen will – und dann haben Sie vor Gericht gesagt, ›Mem kann dem König vorschreiben, was er zu tun hat‹. Nur deswegen kann ich jetzt nicht eingreifen wie geplant!«
»Eingreifen?« unterbrach ihn Anna. »*Nachdem* sie gefoltert wurden?«
»Ja!« rief der König. »*Sie* dagegen – eine Frau und Ausländerin – haben den Eindruck entstehen lassen, der König handele auf *Ihr* Geheiß! Sie haben mich schwach aussehen lassen, und nun ist es mir unmöglich einzuschreiten, ohne mein Gesicht zu verlieren!«
Die Luft zwischen ihnen schien zu vibrieren. Es dauerte einen Augenblick, bevor Anna bewußt wurde, was

sie angerichtet hatte. Sie hatte sie durch ihr Einmischen umgebracht. Unwissentlich hatte sie das Todesurteil über Tuptim gesprochen.

»Aber – aber Sie sind doch der König«, sagte sie leise.

»Und damit ich es bleibe, darf ich mein Recht, Ergebenheit zu fordern, nicht untergraben – darauf bin ich der Sicherheit meines Landes zuliebe angewiesen!«

Anna blickte verzweifelt zu ihm hoch. »Aber Sie haben die Macht, Ihr Volk zu führen, wohin es Ihnen beliebt! Das habe ich mit eigenen Augen gesehen!«

König Mongkut schüttelte den Kopf. »Jetzt ist nicht der richtige Augenblick, um die Art und Weise, wie man Dinge tut, zu ändern!«

Anna richtete sich auf. Sie blickte ihm starr in die Augen und sagte: »Nach meiner eigenen Erfahrung hätte ich etwas anderes angenommen.«

»Ihre eigene Erfahrung, Mem, hätte Ihnen größere Umsicht gewähren sollen, dann wären Sie nicht solch eine Enttäuschung für mich geworden.«

Anna errötete. Sie sah aus, als hätte jemand ihr ins Gesicht geschlagen. Einige Sekunden lang standen sie sich Aug in Auge gegenüber, und Annas Gesichtsausdruck war deutlicher als alle Worte, die sie ihm hätte entgegenschleudern können.

Schließlich schüttelte sie den Kopf. Ohne Knicks machte sie auf dem Absatz kehrt und ging entschlossenen Schritts durch den Großen Saal zurück. Der Blick des Königs brannte sich in ihren Rücken.

Kapitel 39

Die Hinrichtung wurde für den nächsten Vormittag angesetzt. Mittels eines königlichen Erlasses gab man bekannt, daß ein *parachik* – ein unreiner Mönch – sowie eine *nang ham* in der fünften Stunde nach Sonnenaufgang sterben sollten. Der Erlaß war vom König unterzeichnet.

Auf einem Ochsenkarren wurden Tuptim und Balat durch die johlende Menge gezogen, die sie vom Rande des Hinrichtungsfeldes aus mit Schmähungen beschimpfte. Tuptim hielt den zerschundenen Körper ihres Geliebten in den Armen. Zärtlich strich sie ihm über das blutverkrustete Haar, während ihre Augen die Menge vergeblich nach Anna Leonowens absuchten.

Wachen räumten einen Weg für den Karren frei. Er passierte die Kutschen von Lady Jao Jom Manda Ung und ihren Begleiterinnen, die die Szene mit selbstzufriedenen Mienen beobachteten. Als der Karren die Mitte des Feldes erreicht hatte, blieb er stehen. Dort war eine breite Plattform aus Bambus errichtet worden. Auf einem kleineren Podest stand Richter Phya Phrom. Die Wachen schleppten die Gefangenen herbei, und Tuptim hob den Kopf und sah dem Friedensrichter in die Augen.

»Noch ist es Zeit für ein Geständnis, Lady Tuptim«, sagte er, den Kopf in ihre Richtung neigend. Hinter ihm stand ein rotgekleideter Scharfrichter. In der einen Hand hielt er ein langes gebogenes Schwert, in der anderen eine Handvoll weißer Blüten.

Tuptims klare Stimme übertönte das Gejohle der Menge. »Was ist der Tod verglichen mit der Wahrheit?«
Der Richter musterte die zitternde junge Frau – deren Würde ihre Angst verbarg. Er sagte: »So soll es denn geschehen.«
Dann wandte er sich ab und las aus dem Erlaß. »Für ihre Verbrechen gegen den Staat und den heiligen Buddha selbst sollen Lady Khun Jao Tuptim und der Priester Khun Phra Balat hier und jetzt hingerichtet werden – allen zur Mahnung, daß derartiges Tun nicht geduldet wird.«
Mit einem Nicken in Richtung des Scharfrichters stieg er anschließend von dem Podest herunter. Der Scharfrichter kletterte die Stufen zu der breiteren Plattform hinauf, wo Tuptim und Balat Seite an Seite warteten. Die Wachen traten vor, packten die Gefangenen und schoben sie gemeinsam in eine Art Pranger. Die Menge johlte, als man ihnen Hände und Füße ankettete. Schließlich verbeugten sich die Wachen und kletterten von dem Podest herunter.
Mit einem tiefen *wai* bat der Scharfrichter die Gefangenen um Verzeihung. Anschließend richtete er sich auf, legte ihnen die weißen Blüten in die Hände und kehrte ihnen dann den Rücken zu. Trommeln setzten ein und wurden zunehmend lauter, während der Scharfrichter wankend und immer wieder einen Satz nach vorn machend einen rituellen Tanz aufführte, der ebenso hypnotisierend war wie der gleichbleibende Rhythmus der Trommeln. Tausende vor Erwartung glänzende Augen verfolgten das Geschehen. Einige

Zuschauer, wie Tuptims Dienerin Phim, warfen sich aus Ehrfurcht vor der Treue der jungen Frau zu Boden.
Die Trommeln wurden schneller, der Scharfrichter wirbelte immer heftiger umher. Balat sprach murmelnd ein Gebet, schließlich wandte er sich mit Augen voller Liebe zu Tuptim und lächelte.
»*Pai sawan na, Tuptim*«, sagte er leise. *Fahr jetzt gen Himmel, Tuptim*.
Als sie ihn ansah, nahm ihr Gesicht einen klaren und furchtlosen Ausdruck an. Die beiden sahen sich fest in die Augen, während um sie herum die Trommeln schlugen und die Sonne sich in der kreisenden Schwertklinge des Scharfrichters spiegelte.
Dann war Balats Lächeln plötzlich verschwunden. Ein entsetzlicher Aufschrei wurde laut, während weiße Blüten auf die Bambusplattform hinabregneten.
Tuptim jedoch blieb ruhig. »*Pai sawan na, Balat*«, sagte sie leise. Dann wandte sie den Kopf herum, blickte heiter in die Menge und schloß die Augen.

In Annas Haus klangen die Trommeln wie gedämpftes Donnern. Als sie unvermittelt verstummten, verharrte sie in einer Ecke ihres Schlafzimmers, die Arme fest vor dem Körper verschränkt. Ihr Atem war ein heiseres Keuchen. In der unheimlichen Stille schien das Haus um sie herum dunkel zu werden.
Schließlich begann sie, gedankenlos auf und ab zu gehen. Ihr Gesicht sah aus, als ob sie eine jener Geisterpuppen wäre, die einen furchterregenden *phi* in einem

Schattenspiel darstellen. Auf und ab, auf und ab. Mit jedem Schritt ging ihr Atem lauter und unregelmäßiger, und ihre Augen weiteten sich, als blicke sie in einen bodenlosen Abgrund. Sie ertappte sich dabei, wie sie das Bücherregal anstarrte, dessen Titel vor ihren Augen verschwammen.
Vivarium Life
Oliver Twist
Onkel Toms Hütte
Mit einem unterdrückten Aufschrei schlug sie danach, riß an den Seiten. Die Bücher segelten durch das ganze Zimmer. Glas zerbrach, Holz splitterte. Der letzte Band flog krachend durch die Fensterläden und landete draußen im Garten.
»*Mama!*«
Louis kam ins Zimmer gerannt. Moonshee und Beebe versuchten ihn zurückzuhalten, doch er war zu kräftig. Als er seine Mutter inmitten des Durcheinanders aus Papierfetzen und Bucheinbänden auf der Erde hocken sah, das Haar wild zerzaust, der Atem stoßweise und abgehackt, blieb er schlagartig stehen.
»Mama?«
Sie sah ihn nicht. Louis' Augen weiteten sich vor Angst. Beebe trat leise neben ihn und nahm ihn in die Arme. Er drehte sich um, verbarg sein Gesicht in ihrem Rock und begann zu weinen. Wortlos zogen Moonshee und Beebe ihn fort und schlossen die Tür hinter sich.

An jenem Abend stand eine kleine Gruppe von Männern noch spät am Rande des Hinrichtungsplatzes. Wo

sich die Bambusplattform befunden hatte, verharrte König Mongkut, allein, den Blick niedergeschlagen zu Boden gerichtet. Am Himmel schien leuchtend hell der Mond, und man hörte von ferne Sprechgesang.
»*Dek nak*«, sagte der König leise. *Sie war noch so jung ...* Er machte Anstalten, zu seinen Männern zurückzugehen. Dann bückte er sich und hob einen zertretenen Strauß weißer Orchideen auf. Er drehte ihn in den Händen, legte ihn schließlich auf die zurückgelassenen Bambusstöcke und ging schweigend fort.

Kapitel 40

Am nächsten Tag saß Louis Leonowens allein auf dem Landungssteg vor ihrem Haus und schlug mit seinem Kricketschläger auf Leechees ein. Drinnen nahm Moonshee das Porträt von Königin Viktoria von seinem Ehrenplatz an der Wand. Auf dem Weg nach unten kam er an Beebe und Anna vorbei, die schweigend den Hausrat zusammenpackten. Er wechselte einen kummervollen Blick mit seiner Frau.

Gegen Mittag blickte der Kralahome von seinem Schreibtisch auf und sah, wie Mycroft Kincaid ins Zimmer geleitet wurde. Der Engländer nickte ihm zu, wobei er sich mit einem Taschentuch die Stirn abwischte, das ebenso tiefrot war wie sein Gesicht.

»Es ist mir ein völliges Rätsel, wie ihr es schafft, in dieser Hitze zu überleben.«
»Fünf Minuten, Mr. Kincaid«, erwiderte der Kralahome kühl. »Ich schlage vor, sie nicht zu vergeuden.«
Kincaid war von seinen Worten keineswegs abgeschreckt und steckte das Tuch wieder ein. »Ich nehme nicht an, daß ich ein Glas Wasser bekommen kann?« Auf den frostigen Blick des Kralahome hin fuhr er fort: »Na schön. Komme ich also gleich zur Sache. Ich treibe eine Menge Handel mit Siamesen, von denen etliche in den letzten Monaten plötzlich verstorben sind. Zudem bin ich dahintergekommen, daß das Ganze Teil eines ausgeklügelten Schwindels ist, der Sie zu der Annahme verleiten soll, daß wir Briten die Schurken sind. Zufälligerweise jedoch weiß ich, daß dem nicht so ist. Die Art und Weise, wie ich an diese Information gelangt bin, hat mich ein kleines Vermögen gekostet, ich könnte mir allerdings vorstellen ... daß ich auf dem Wege bin, Ihr bester Freund zu werden.«
Der Kralahome drehte sich um und befahl barsch einem Diener: »Hol dem Mann etwas zu trinken!«

Eine Stunde darauf – Kincaid war soeben gegangen – schlenderte der Kralahome neben dem König durch die Große Halle des Palastes. An den Wänden hing eine Reihe von Gemälden westlichen Stils. Sie waren von Khura In Khong, dem persönlichen Freund des Königs, und zeigten aufmarschierende Armeen und schwarze, sich türmende Wolken über einem sturmgepeitschten Meer.

»… daher werden Alaks Söldner als Palastwachen verkleidet sein.«

Der König blieb stehen und starrte traurig auf die Wand. »Ein trojanisches Pferd.«

Der Kralahome nickte. »So ist es. Hat er den Palast erst einmal eingenommen, wird er den Handstreich Burma in die Schuhe schieben und unter Zuhilfenahme jenes Teils Ihrer Truppen, die bereits jetzt die Grenze sichern, eine großangelegte Offensive starten.«

»Er will vollenden, wovon Taksin nur träumte.«

»Taksin war verrückt.«

»Nein, Taksin wurde verraten. So wie wir jetzt. So wie mein Bruder verraten wurde …«

Der Kralahome wartete vergeblich darauf, daß der König weitersprach, dann sagte er gequält: »Euer Majestät, er wird nicht ruhen, bis all Ihre Kinder in samtenen Särgen liegen.«

»So viel Haß, so nah an meinem Herzen …« Der König wandte sich zu seinem Premierminister um. »Wann wird er die Stadt erreichen?«

»Kincaid meinte, in einer Woche, womöglich eher.«

Hilflos sah der Premierminister zu, wie sein König kehrtmachte und den Korridor entlangschritt. Mongkuts Augen suchten die dort hängenden Leinwände verzweifelt nach einer Antwort ab. Ein Mann des Friedens, ein Mann, der sein ganzes Leben lang um eine gemeinsame Grundlage für sein eigenes Land und die sich überall breitmachenden westlichen Mächte bemüht war, ein Mann, dessen Gespür für Gerechtigkeit erschüttert, nie aber ernsthaft gefährdet werden konnte. Schließlich

blieb er vor einer gerahmten Schriftrolle mit einer Inschrift aus dem vorigen Jahrhundert stehen.
»Und meine Streitkräfte?«
»Sie werden den Palast auf keinen Fall rechtzeitig erreichen.«
»Dann hat er bereits gewonnen.«
Der König ging noch ein paar Schritte weiter, hielt dann inne und blickte unverwandt auf das nächste, noch ältere Wandgemälde – ein auf Seide gemaltes Bild, das die fröhlichen Feierlichkeiten anläßlich der Sichtung eines heiligen weißen Elefanten in den nördlichen Wäldern nahe Omkoi darstellte. Plötzlich drehte er sich um.
»Nein.« Der Kralahome machte ein erstauntes Gesicht, weil die Miene des Königs sich aufhellte. »Rufen Sie die Armee zurück. Schicken Sie meine schnellsten Pferde! Anschließend lassen Sie im Volk verbreiten, uns hätte soeben eine frohe Kunde erreicht.«
Der Kralahome schüttelte völlig verwirrt den Kopf. »Eine frohe Kunde, Euer Majestät?«
»Ja!« rief der König. Lachend deutete er mit den Händen auf die Seidenmalerei an der Wand. »*See kao chang* – der heilige weiße Elefant! Fürwahr ein gutes Omen …«
Dann eilte er unter den verblüfften Blicken des Kralahome den Flur entlang zu seinem Arbeitszimmer.

Annas Karawane – mit Koffern, geflochtenen Körben und Kisten, Töpfen, Pfannen und Messinglampen hoch beladene Wagen und Kutschen – bahnte sich ihren Weg

hinunter zum Hafen. Seltsamerweise machte eine ausgelassene Menschenmenge – Scharen von Becken schlagenden, Trompete und Tambourin spielenden Männern und Frauen, dazu die volltönende Musik des *ranad ek* und Hunderter Bambusflöten – ein schnelles Vorankommen unmöglich. Als sie endlich den unmittelbar am Wasser gelegenen Bezirk erreichten, war Anna völlig erschöpft. Louis dicht an sich gedrückt, kletterte sie aus ihrer Kutsche und hielt auf den Anbau zu, wo der Zahlmeister der *Newcastle* sie wie verabredet erwartete. Hinter ihnen kämpften sich Moonshee und Beebe, in den Armen soviel Gepäck, wie sie tragen konnten, durch die Menge.
Im Hafen ging es zu wie in einem völlig außer Rand und Band geratenen, aber unbestreitbar fröhlichen Irrenhaus. Herr und Sklave, alt und jung, reiche Kaufleute und Bettler ohne einen Heller, sie alle sangen, jubelten und krakeelten mit heiseren Stimmen.
»Das verstehe ich nicht«, sagte Anna verwirrt. Sie schüttelte den Kopf und sah mißbilligend drein. Schließlich fuhr sie sich mit der Hand über ihre schweißgebadete Stirn. »Für ein weiteres Erntedankfest ist es doch viel zu spät im Jahr …«
»Mama, bedeutet *see kao chang* nicht ›weißer Elefant‹?« Louis versuchte auf Zehenspitzen stehend über die feiernde Menschenmenge hinwegzublicken. »Meinst du, sie haben vielleicht einen gefunden?«
»Ja!« Ein siamesischer Händler drehte sich strahlend von einer niedrigen Bank um, wo er mit dem Auslegen seiner Waren beschäftigt war. »Ein weißer Elefant in

Prachin Buri! Das ganze Dorf hat ihn gesehen! Der erste seit zwanzig Jahren!«
Anna wühlte in ihren Sachen, bis sie ihre Geldbörse gefunden hatte, dann drückte sie Louis' Hand fest in die von Moonshee. »Paß auf ihn auf, Moonshee. Ich werde mich um unsere Passagen kümmern.«
Louis machte ein Gesicht, als wollte er jeden Augenblick losheulen. »Ich will nicht fort, Mama. Ich will meine Freunde nicht verlassen.«
Moonshee streichelte ihm sanft über den Kopf. »Deine Mutter hat sehr viel auf dem Herzen, junger Mann.«
»Der König hat auch viel *Gutes* getan!« protestierte Louis. »Das weißt du auch –«
»Der Grund, weshalb wir abreisen, Louis, hat mit unvereinbaren Einstellungen zu tun.« Anna drehte sich um und sprach ruhig, aber entschlossen auf ihren Sohn ein. »Damit, wie Menschen denken. Wer sie sind.«
Louis schüttelte den Kopf. »Du hast immer gesagt, die Siamesen sind Menschen genau wie wir. Was ist mit Chulalongkorn? Zählt er denn überhaupt nicht mehr?«
Anna fuhr zusammen, als sie hörte, wie ihr ihre eigenen Worte vorgehalten wurden. »Glaub mir, mein Schatz«, sagte sie, um eine Fassung bemüht. »Ich weiß, wie schwer das für dich ist.«
Sie drehte sich um und bahnte sich einen Weg durch eine lange Schlange von Schaulustigen. Plötzlich teilte sich die Menge um sie. In dem freigewordenen Platz blieb Anna stehen, um Luft zu schöpfen. Ein Schatten fiel auf den Boden zu ihren Füßen. Sie blickte hoch und sah sich dem Kralahome gegenüber.

Er war allein – zum ersten Mal begegnete sie ihm ganz ohne sein Gefolge. Anna richtete sich auf und sagte: »Sie haben mich schon einmal zurückgehalten. Das wird Ihnen nicht abermals gelingen.«
Sie schickte sich gerade an, an ihm vorbeizugehen, als sie bemerkte, daß seine Hände zitterten.
»Sir.« Der Kralahome starrte sie mit glänzenden Augen an. »Sie ganz besonders sollten sich darüber im klaren sein, daß es Grenzen gibt, die der Kralahome auf keinen Fall überschreiten darf. Eine davon ist, dem König zu widersprechen.«
»Sehr richtig, und möge Gott ihm helfen«, erwiderte Anna wütend. »Wenn Sie mich jetzt entschuldigen würden ...«
Aber der Kralahome stellte sich ihr in den Weg. Er vergewisserte sich, daß niemand auf ihre Worte achtete, dann senkte er die Stimme und sagte unter großen Mühen: »Es existiert kein weißer Elefant, Sir.«
Anna blickte ihn verständnislos an. Die Menge rempelte und schob, während er fortfuhr: »Der König hat die Sichtung erfunden, um die königliche Familie, wie es Brauch ist, zur Begrüßung des Fabelwesens begleiten zu können.«
Er atmete tief durch. Anna machte ein verwirrtes Gesicht. »Ich verstehe nicht.«
»Ein Verräter marschiert gegen den Palast, Sir. Der einzige Zweck des Täuschungsmanövers besteht darin, die königlichen Kinder im Kloster bei Nong Khai zu verstecken. Ich war Ihnen gegenüber äußerst mißtrauisch, mein König jedoch hält Sie für klug ... Selbst wenn die

Täuschung Erfolg haben sollte, könnte die ganze Sache einen tödlichen Ausgang nehmen. Ich bitte Sie, Mem – Sie sind die einzige, die ihn überreden kann, bei seinen Kindern zu bleiben, bis die Armee zurückkehrt und der Palast wieder sicher ist.«

Rings um die beiden kam es zu einem erneuten Heiterkeitsausbruch. Anna hingegen stand schweigend da. Schließlich nickte sie und machte kehrt. »Moonshee, Beebe – sagt den Leuten bitte, sie sollen unser Gepäck zurückhalten.«

»Mama?« Louis kam zu ihr hingelaufen. »Was ist denn? Heißt das –?«

»Unsere Pläne haben sich geändert«, antwortete Anna mit ausdrucksloser Stimme. Sie sah den Kralahome an. »Führen Sie uns bitte zu ihm, Exzellenz.«

Kapitel 41

Über der Anlegestelle vor dem Großen Palast flatterte ein rotes Banner mit einem weißen Elefanten in der Brise. Hunderte von anderen wehten auf den Spitzdächern und Festungswällen sowie auf dem königlichen Dampfschiff, das festgemacht hatte, um für den Ausflug beladen zu werden. Sein Bug war in der Form eines riesigen Garuda geschnitzt, dessen Augen mit smaragdgrünem Glas eingefaßt waren und dessen lackierte Schuppen golden und purpurrot glänzten.

Tausende von Menschen drängten sich am Flußufer, um dem König und seinem Gefolge Glück zu wünschen. Die Luft war erfüllt von Musik, traditionelle und Blechblasinstrumente wurden gespielt, und alle einte die Freude über die Entdeckung des heiligen Elefanten.

König Mongkut trat hinaus auf den Palastkai, in seiner weißen Uniform prachtvoll anzuschauen. Seine Kinder folgten ihm, angeführt von Prinz Chulalongkorn, der seltsam erwachsen wirkte. Der Junge trug sein orangefarbenes Mönchsgewand. Er hatte, wie auch sein Vater, Leibwächter an seiner Seite. Unter dem ohrenbetäubenden Jubel der Menge wandelte die königliche Familie den Pier entlang, bereit, sich der auf dem Fluß wartenden Prozession anzuschließen.

»Alles in Ordnung?« erkundigte sich der König bei seinen Leibwächtern.

»Es gibt ein Feuerwerk, um die Sichtung zu verkünden, sowie Musikanten für unterwegs«, erwiderte Nikorn. »Dazu Geschenke für den Gouverneur von Prachin Buri.«

Der König nickte. »Hoffen wir, daß seine Spione sich überzeugen lassen.«

Eine Gruppe von königlichen Astrologen lief im Gänsemarsch am Ufer entlang und segnete die Prozession. Dabei kam es zu einer beeindruckenden Vorstellung – Hunderte von Siamesen warfen sich zu Ehren ihres Königs nieder. Der König setzte seinen Weg zu dem königlichen Dampfschiff fort, dann blieb er unvermittelt stehen.

Jenseits der Menge der Andächtigen wartete eine zierliche Gestalt auf dem Hafenkai.
Anna ...
Der König hätte nicht zu sagen vermocht, ob er ihren Namen laut ausgesprochen hatte. Einen beklemmend langen Augenblick standen sie da und sahen sich über die stummen Andächtigen hinweg an. Dann schloß Anna die Augen, atmete tief durch und machte einen Knicks. Der König ging mit schnellen Schritten auf sie zu. Seine Kinder warteten artig auf das Kommando, ihm zu folgen.
»Euer Majestät, man hat mich soeben vom Zweck Ihrer Unternehmung unterrichtet.«
Der König blieb mit zurückhaltender Miene stehen, als er Louis, Moonshee und Beebe etwas abseits und den Kralahome auf dem Boden liegen sah.
»Außerdem«, fuhr Anna fort, ihre Worte mit Bedacht wählend, »würde ich Ihnen gern ein paar Fragen über die damit verbundenen Gefahren stellen, denn wie ich gehört habe, soll es manchmal unmöglich sein, mit weißen Elefanten vernünftig zu reden.«
Der Blick des Königs zuckte von Anna zu seinem Premierminister. »Es überrascht mich, daß der Kralahome sich die Zeit nimmt, so viel Neugier zu wecken, statt dafür Sorge zu tragen, daß Mem ihr Schiff nicht versäumt.«
Er wandte sich ab und gab das Zeichen, sich zu erheben. Während die Menschen langsam aufstanden, ging er an Anna und dem tapferen Kralahome vorbei mit großen Schritten zur Gangway.

»Das *habe* ich bereits versäumt, Euer Majestät,« rief sie ihm mit sanfter Stimme nach. »Weil ich mit Ihnen sprechen möchte.«

Der König blieb stehen. Er wandte sich zu ihr um, sein Blick verengte sich, dann machte er kehrt und betrachtete die Menschen, die erwartungsvoll an den Ufern des Flusses ausharrten – die Astrologen und königlichen Musikanten, die Diener und Edelleute, die Konkubinen und Gemahlinnen des Königs und zu guter Letzt die lange, geduldige Reihe der königlichen Kinder.

»Der König darf sein Schiff nicht verpassen«, sagte er. Schließlich, nach einem Seitenblick auf den Premierminister, machte er Anstalten, an Bord des Dampfschiffes zu gehen.

Anna nickte, gerührt von seinem Pflichtgefühl. »Ja, ich weiß.« Irgend etwas in ihrem Tonfall bewog ihn, sich noch einmal umzudrehen. »Und aus diesem Grund«, fuhr sie fort, »würden wir Sie, wenn es nicht zu viele Umstände macht, auch gern begleiten.« Sie sah zu Louis hinüber, dann wandte sie sich wieder dem König zu.

Der Kralahome sah sie überrascht an. König Mongkuts Gesichtsausdruck aber schlug in völlige Verblüffung um. »Der Dschungel ist nicht der passende Ort für eine anständige englische Lehrerin, Mem.«

Die kaum merkliche Andeutung eines Lächelns spielte um ihre Mundwinkel. »Nein, Euer Majestät, gewiß nicht. Aber die Gegenwart einer solchen könnte zum Gelingen Ihres Vorhabens beitragen. Und ich kann versichern, daß mir daran aus vielerlei Gründen sehr gelegen wäre.«

Nach diesen Worten gab sie Louis, Moonshee und Beebe ein Zeichen und marschierte an Bord des königlichen Dampfschiffes. Fassungslos blickte ihr der König nach, bis seine Empfindungen schließlich die Oberhand über seine Zurückhaltung gewannen.
»Sie sind ein Rätsel«, sagte er und ging ebenfalls an Bord.
Es dauerte fast eine Stunde, bis die Mitglieder der königlichen Familie sich häuslich eingerichtet und ihre Plätze auf den langen Bänken und gepolsterten Sesseln und unter den leuchtend bunten Sonnenzelten eingenommen hatten. Sie waren mit Gebinden aus Orchideen und Jasmin, Hibiskus und Ingwer noch farbenfroher gestaltet worden. Dann endlich war der Dampfer abfahrbereit. Sein Signalhorn gab ein ohrenbetäubendes Tuten von sich, und die Menge an Land brach in Jubel aus. Zu einer Fanfare von Trompeten und Hörnern legte das Boot vom Pier ab. Eine Armada kleinerer, mit Blumen übersäter Boote folgte ihm. König Mongkut stand hoch oben auf einer mit einem Baldachin versehenen Plattform und blickte über die versammelte Menge – sein Volk, seine Familie. Sie standen am Ufer des Flusses, auf sämtlichen Stufen und Terrassen des Königlichen Palastes, schlugen Trommeln und Tambourins und schwenkten Fähnchen in allen Farben des Regenbogens mit dem heiligen weißen Elefanten darauf.
Auf dem Deck darunter, unmittelbar unter der Stelle, wo der König stand, hockte Louis auf einer erhöhten Bank und blies zur Antwort in sein Jagdhorn – zum

Zwischen Anna und dem König entwickelt sich ein tiefes Vertrauensverhältnis, ganz egal, ob sie allein sind oder sich in der Öffentlichkeit zeigen.

großen Entzücken der Hofmusikanten, die seine Fanfare erwiderten.
»So, das reicht, junger Mann«, schimpfte Moonshee. Als Louis daraufhin die Stirn runzelte, konfiszierte Moonshee das Jagdhorn und stopfte es in die Außentasche eines ihrer Gepäckstücke.

Kapitel 42

Am späten Nachmittag erreichten sie den Langkawi Meeresarm. Berge hoben sich violett und grün gegen den Himmel ab, als das königliche Dampfschiff vorüberglitt und der Garuda gierig auf die glatte, dunkle Oberfläche des Flusses und die sich darüber erhebenden Kalksteinklippen blickte. Auch Anna starrte ins Wasser. Allerdings war ihr Gesichtsausdruck weniger blutdürstig als der des Garuda. Auf der anderen Seite des Decks saß König Mongkut allein und beobachtete sie.
»Wenn eine Frau, die viel zu erzählen hat, nichts sagt, kann ihr Schweigen ohrenbetäubend sein.« Er lächelte freundlich, doch Anna sah fort. »Ich möchte mich bei Ihnen für Ihren Mut bedanken, Mem.«
Anna schaute hinüber zu den Kalksteinklippen. »Ich war der festen Überzeugung, Sie nie wiedersehen zu wollen.«
»Vergangene Nacht hatte ich eine Vision von Tuptim

und ihrem Priester«, sagte der König leise. »Ich glaube, dadurch, daß sie uns alle gerührt haben, haben sie ihr Schicksal erfüllt und den ewigen Frieden gefunden.« Er zögerte, dann setzte er hinzu: »Wir Buddhisten hoffen, durch Geburt und Wiedergeburt aus unseren Fehlern lernen zu können.«
Trotz seines Lächelns hatte er einen gequälten, geradezu trostlosen Zug um die Augen. Anna sah ihn an und schüttelte den Kopf. »Sie sagten, ich hätte den Verlust meines Mannes niemals akzeptiert.«
»Dazu hatte ich kein Recht.«
»Aber es war die Wahrheit.« Nur mit Mühe brachte Anna ein ermutigendes Lächeln zustande. »Jetzt wird mir langsam klar, daß es nicht genügt, einfach nur weiterzuleben. Dafür ist das Leben viel zu kostbar. Vor allem, wenn man Christ ist und nur eines zuerkannt bekommt.«
»Warum sind Sie zurückgekommen?«
»Weil ich mir ein Siam ohne Sie nicht vorstellen kann.«
Sie hielt seinem Blick stand, und der König fühlte sich plötzlich außerstande, seine Gefühle vor ihr zu verbergen. Als sie weitersprach, sah er verwirrt fort.
»Wäre Ihrem Schicksal nicht mehr gedient, wenn Sie in der Sicherheit des Klosters bei Ihren Kindern blieben?«
»Der König darf sich nicht vor seinen Feinden verstecken.«
»Aber diesen Feinden sollte er auch nicht ohne seine Armeen gegenübertreten.«
»Alak glaubt, ich sei unterwegs nach Prachin Buri. Wenn er herausfindet, daß dies nicht zutrifft, werden

meine Armeen sich mir längst wieder zur Verteidigung des Palastes angeschlossen haben.«

Er streckte die Hand aus und berührte ihre, nur für einen winzigen Augenblick, doch es genügte. Anna nickte, und ein paar Minuten lang stand keine Sprache, Klasse oder Abstammung zwischen ihnen, gab es keine Distanziertheit, sondern nur die Stille, das sanfte Schaukeln des Dampfers und ein stummes Verständnis, das sehr, sehr viel mehr sagte als alle Worte.

Die Kalksteinklippen waren von Höhlen durchzogen, und in einer von ihnen kamen an jenem Abend General Alak, der narbengesichtige Anführer seiner Truppen und ihre ranghöchsten Offiziere zusammen. Die Söldner trugen die Uniformen der königlichen Armee und nicht die burmesischen. Auf dem Tisch vor ihnen lag eine große Karte von Bangkok. Der General deutete mit ausgestrecktem Finger darauf, während ein Kundschafter der Söldnertruppen gerade mit seinem Bericht zum Ende kam.

»Sie haben den königlichen Dampfer bei Lopburi verlassen. Der König reist zu Fuß weiter nach Osten, fort von Prachin Buri.«

Der narbengesichtige Truppenführer wirkte beunruhigt. »Wenn der Elefant erfunden war, was mag er dann noch im Schilde führen?«

General Alaks Gesichtszüge wurden zunehmend angespannt, je länger er zuhörte. »Hat er die Kinder bei sich?«

Der Kundschafter nickte. »Ja.«

»Wohin könnte er sie bringen?« wollte der Anführer wissen.
General Alak ging zum Eingang der Höhle. Dort blieb er für eine Weile stehen, ließ den Blick über die Landschaft schweifen und versuchte zu ergründen, welche Taktik sich sein König ausgedacht haben mochte. Schließlich wandte er sich wieder zu den anderen um.
»In Non Khai gibt es ein Kloster. Mongkut hat sein halbes Leben dort verbracht.«
»Seine Zufluchtsstätte.«
»Genau.« Energisch ging General Alak daran, die Karte einzurollen. »Die gesamte Chakri-Dynastie befindet sich auf dem Weg zu uns. Wir dürfen sie auf keinen Fall warten lassen.«

Kapitel 43

Louis stand im Mondschein und verfütterte mit finsterer Miene Heu an einen der königlichen Lastenelefanten. Neben ihm reichte Anna ihr Gepäck zu Moonshee und Beebe hinauf, die ein wenig unsicher in der überladenen Sänfte standen.
»Aber ich will den weißen Elefanten sehen«, wiederholte Louis zum einhundertsten Mal.
»Das ist nur eine erfundene Geschichte, Louis.« Ächzend griff sie nach dem letzten Reisekoffer. »Tut mir leid.«

»Aber *wieso* müssen wir denn zu diesem Kloster?«
Anna legte ihm eine Hand auf den Arm. »Komm jetzt, Louis. Es wird Zeit.«
Nicht weit entfernt kniete der König vor den Trümmern eines gigantischen steinernen Buddhas, dessen unerschütterliche Gestalt wie grauer Rauch aus dem Grün des Waldes aufstieg. Er war umgeben von seinen Kindern, die wie ihr Vater mit dem Gesicht zum Boden um Unterweisung beteten. Hin- und hergerissen zwischen tiefstem Leid und Ärger, sah Anna zu ihnen hinüber. Ihr Gesichtsausdruck änderte sich, als sie plötzlich Nikorn, des Königs Leibwächter, aus dem Dschungel treten sah. Das Protokoll mißachtend ging er durch die am Boden liegenden Körper bis zum König. Die Kinder hoben die Köpfe und wunderten sich, wer es wagte, ihren Vater bei seinen Gebeten zu stören – und aus welchem Grund.
Nikorn beugte sich zum König hinab und flüsterte ihm gestikulierend etwas ins Ohr. Anna drehte sich um, weil sie wissen wollte, worauf er zeigte: auf die beiden anderen Leibwächter, Noi und Pitak, die durch das Fernrohr ins Tal spähten, das auf einem Felsvorsprung aufgebaut worden war. Wortlos sprang der König auf und ging rasch hinüber zu seinen Leibwächtern. Anna folgte ihm und beobachtete, wie Pitak von der Linse zurücktrat und der König sich hinter sein Instrument begab. Er schaute hindurch, stellte die Brennweite nach und richtete sich schließlich auf. Sein Gesicht war aschfahl geworden.
»Was ist?« erkundigte sich Anna leise.

Mongkut deutete auf das Fernrohr. Sie bückte sich, um hindurchschauen zu können, und entdeckte, wie eintausend schwankende Flammen sich aus den Hügeln langsam ins Tal hinunterschoben, unerbittlich wie ein Lavastrom: General Alaks Söldnerheer.
»Sie werden die Brücke bereits bei Dämmerung erreichen«, sagte Noi ausdruckslos. »Durch Flucht können wir ihnen nicht entkommen, Euer Majestät.«
Pitak schüttelte den Kopf. »Und es gibt noch immer kein Zeichen von unseren Truppen, Euer Majestät.«
»Laßt sie unsere Angst nicht sehen, meine Herren«, erwiderte der König. Er ging daran, den drei Männern Anweisungen zu erteilen, die augenblicklich kehrtmachten und den Palastwachen und Sklaven zuriefen, das Lager abzubrechen.
»Was hat das zu bedeuten?« rief Anna.
»Sie und die Kinder müssen ohne mich nach Nong Khai reiten. Ich werde dort zu Ihnen stoßen.«
»Kommt nicht in Frage! Ich sehe es Ihren Augen an – hier geschieht gerade etwas Fürchterliches.«
»So war es nicht geplant, Mem.« Der König starrte teilnahmslos auf das Fernrohr. »Alaks Armee hat uns gefunden. Wenn er die Brücke überquert, werden all jene sterben müssen, die ich liebe.«
Anna wurde blaß. »Aber es sind doch noch Kinder ...«
»Ja, und jedes einzelne von ihnen ein Erbe des Chakri-Throns. Und jetzt müssen Sie sich beeilen.«
Anna sah zu den Leibwächtern hinüber, die den Wagen des Waffenmeisters umstanden und hastig Steinschloßgewehre, Taurollen und Zwirn zusammen-

suchten. Andere Männer gingen daran, schnell und geräuschlos Dutzende Fässer von Karren und Elefantensänften abzuladen. Als zwei Fässer aneinanderstießen, rieselte ein feines Rinnsal schwarzen Pulvers heraus.
»Was werden Sie tun?« fragte Anna leise.
»Die Brücke in die Luft sprengen.«
»Wird ihn das aufhalten?«
»Das wird es, sofern er sich darauf befindet.«
Anna versuchte, ihre Tränen zurückzuhalten. »Versprechen Sie mir – versprechen Sie mir, daß ich Sie wiedersehen werde.«
Langsam hob er die Hand zu ihrem Gesicht und strich ihr, als wäre sie eines seiner schlafenden Kinder, mit den Fingerspitzen über die Wange. Anna schmiegte ihr Gesicht in seine Hand, bis ihr Mund sie sachte streifte.
Hinter ihnen war das Knacken und Rascheln von Laub und Unterholz zu hören: Die Leibwächter des Königs waren zurückgekehrt. Anna senkte rasch den Kopf und wandte sich ab. Prinz Chulalongkorn, die Kinder des Königs und ihre Mütter umringten sie. Ihnen folgten eine Reihe Wagen und Elefanten, die auf den Aufbruch warteten.
»Aber Vater!« Einen Augenblick lang sah Prinz Chulalongkorn weder erwachsen aus noch wie ein Mönch, sondern nur entsetzlich enttäuscht. »Die Kinder aus dem Palast wurden noch nie von einer solchen Reise ausgeschlossen!«
König Mongkut blickte auf ihn hinab. Traurig lächelnd

sagte er: »Mein Sohn, vieles wirst du erst mit der Zeit begreifen, wenn du älter bist.«
»Warum kann ich nicht bei dir bleiben?«
»Weil ich dich brauche, damit du diese Menschen zum Kloster führst.«
Prinz Chulalongkorn funkelte ihn trotzig an. Doch schließlich entdeckte er etwas im Gesicht seines Vaters, das er noch nie gesehen hatte, und der Trotz schlug in Verwirrung um. »Vater ...«
Die Stimme des Jungen senkte sich zu einem Flüstern. »Es gibt gar keinen weißen Elefanten, nicht wahr?«
König Mongkut schloß seinen Sohn in die Arme, zog ihn an sich, seine Wange an die des Jungen gedrückt, und sprach leise in sein Ohr.
»Nein, mein tapferer Liebling. Es gibt keinen.« Mit Tränen in den Augen sah der König seinem ältesten Sohn fest ins Gesicht. »Gib gut auf deine Brüder und Schwestern acht.«
Chulalongkorn starrte ihn verstört an. Schließlich, als ihn die Erkenntnis seiner neuen Verantwortung überkam, erwiderte er die Umarmung.
»Ja, Euer Majestät.«
König Mongkut lächelte. »Ich war noch nie stolzer auf dich, mein Sohn.« Damit drehte er sich um und hoffte, daß seine Kinder nur sein Lächeln sahen und nicht den Herzenskummer dahinter. Und er fragte sich, ob er sie jemals wiedersehen würde.
»Gut. Und jetzt ...« Er breitete die Arme aus. »Kommt, kommt her zu mir, kommt ...«
Sie fielen über ihn her, klammerten sich lachend an sei-

ne Arme und Beine und kletterten an ihm hoch, als wäre er ein Berg, ein Tempel – ein Ort der Zuflucht. Und für einen kurzen Augenblick war er es auch.

Nachdem die Kinder aufgebrochen waren, ging der König hinüber zu der Stelle, wo Nikorn, Pitak und Noi neben einer Öllampe auf ihn warteten. Er schob eine Hand in die Tasche seiner Uniform und zog drei Strohhalme hervor.
»Die größte Ehre geht an denjenigen, der den kürzesten Strohhalm zieht«, erklärte er.
Pitak zog als erster – einen langen Strohhalm. Dann war Noi an der Reihe – mit demselben Ergebnis. Und schließlich Nikorn. Seine tapfere Miene fiel in sich zusammen, als er auf den fingerlangen Strohhalm in seiner Hand starrte. »Hoffen wir, daß es nicht so weit kommt«, sagte der König freundlich.

Kapitel 44

Langsam bahnte sich die Karawane einen Weg durch den Wald. Im Licht der untergehenden Sonne sprangen die Schatten zwischen den Bäumen umher, und wohin Anna auch schaute, sie bildete sich ein, nur schauerliche Dinge zu sehen.
Ich verstehe gut, daß die phi hier leben, dachte sie düster. In dem Versuch, ihrer Verzweiflung Herr zu wer-

den, blickte sie zu Louis' Elefant hinüber, der sich neben dem ihren schwerfällig dahinschleppte. Der Junge schlief – diese Nachricht hatte Beebe Anna sofort nach ihrem Eintreffen zugeflüstert –, trotzdem riß ein beharrliches, rhythmisches Scheppern sie immer wieder aus ihren Gedanken. Anna schaute stirnrunzelnd hoch, bis sie Louis' Jagdhorn entdeckte, das an einer Schnur baumelnd gegen die Seite des Elefantensitzes schlug. Zerstreut betrachtete Anna das Horn, während ihre Gedanken zu ihrem Sohn und König Mongkut wanderten und ihr Elefant sie langsam weiter durch die Nacht trug.

Als König Mongkut, Pitak und Noi die Brücke bei Nong Khai in der Morgendämmerung erreichten, lag sie friedlich und still vor ihnen. Sie hatten Nikorn vorausgeschickt, damit er seine Arbeit unter dem Brückenbogen verrichten konnte. Der letzte Befehl des Königs war wie ein Axthieb gewesen:
»Ganz gleich, was passiert. Sprenge diese Brücke in die Luft.«
Jetzt hüllte Nebel die wuchtigen Teakholzbalken ein, unter denen sich der Fluß träge und schokoladenbraun dahinwälzte. Dann stieg die Sonne über die Berge, und ein einzelner weißer Reiher flog über dem Fluß auf wie ein unheilvolles Omen. Der König ließ die Zügel seines Hengstes schießen, und das prachtvolle Tier raste in vollem Galopp den Berghang hinunter, dicht gefolgt von Pitaks und Nios.
Eine Viertelstunde später hatten sie den Talboden er-

reicht. Die Pferde scheuten beim Anblick der über ihnen hoch aufragenden Brücke und stellten sich auf die Hinterbeine. König Mongkut stieg ab und suchte, sein Pferd an der Leine zum Ende des Brückenbogens führend, mit den Augen das gegenüberliegende Ufer ab. Und dort konnte man sie deutlich erkennen – die dicht mit Fässern voller schwarzem Pulver umstellten Brückenpfeiler, die im hohen Gras verschwindenden Drähte. Der König drehte sich um, hielt sich die Hand zum Schutz über die Augen und blickte flußabwärts. Er konnte Nikorn nicht sehen, aber er wußte, daß sein Leibwächter dort im Schilf hockte, mit ungehinderter Sicht auf die Brücke und den Sprengzünder fest in der Hand.
Louis dagegen, der auf einem anderen Felsvorsprung hoch oben ins Tal hinunterschaute, konnte er unmöglich sehen. Der Junge hatte zwischen der Ausrüstung der Karawane das Fernrohr des Königs entdeckt und es am Rand der Klippe aufgestellt. »Mama, sieh doch!« Anna, die mit dem Umpacken ihrer Sachen beschäftigt war, drehte sich um. Sie hatte Louis' Jagdhorn in der Hand. »Was ist denn?«
»Der König reitet auf die Brücke zu! Siehst du?«
»*Was*?«
Vor Schreck ließ sie das Horn fallen und ertappte sich anschließend dabei, wie sie auf das Messing starrte, das hell zu glühen schien wie ein Funken oder ein Schwert. »Warte«, rief sie leise und nahm das Instrument behutsam wieder an sich, »so warte doch ...«
König Mongkut, im Tal unter ihnen, atmete tief durch.

Er war ruhig und gelassen, denn er wußte, er hatte sein möglichstes getan, um sein Volk zu schützen.

Dann drehte der Wind die Richtung. Gleich darauf wurde ein schwaches Rumpeln hörbar, und Augenblicke später begann der Erdboden unter den Füßen des Königs zu beben. Der König und seine Leibwächter schauten einen schräg abfallenden Hang am gegenüberliegenden Flußufer hinauf. Das Poltern schwoll an, wurde noch lauter, bis schließlich auf dem Kamm des Hügels eine sich vor dem morgendlichen Himmel abzeichnende Gestalt erschien.

General Alak. Er saß auf einem schwarzen Hengst, der noch kräftiger gebaut war als der des Königs, und war mit einem schwarzen und purpurroten Gewand bekleidet, das wie ein Wimpel in der Brise wehte. Er ritt bis an den Brückenrand. Sogar aus der Entfernung konnte der König die Sonne auf dem Lauf einer an Alaks Hüfte hängenden Pistole blinken sehen, und die glänzende Klinge des gebogenen *Kris* an seinem Gürtel. Neben dem General saß ein zweiter Mann zu Pferd, der schlanke, narbengesichtige Anführer der Söldner, und dahinter erschien eine Armee von fünfhundert schwerbewaffneten Kriegern.

König Mongkut beobachtete sie leidenschaftslos. Die Reaktion des Generals war weniger gefaßt. Er hob eine Hand, um das Vorrücken seiner Soldaten zu bremsen, und starrte verblüfft auf die drei Männer jenseits des Flusses. Er und der narbengesichtige Anführer tauschten Blicke aus. König Mongkut wartete einfach ab.

»So wie die Sonne aufgeht, so geht sie auch unter«, rief

der General schließlich. Es lag jedoch ein Anflug von Gereiztheit in seiner Stimme, und er mußte sein unruhiges Pferd zügeln, um zu verhindern, daß es über die Brücke stürmte. »Entweder sind Sie unglaublich mutig oder unfaßbar dumm.«

Noi und Pitak sahen sich an, offenbar waren sie derselben Ansicht.

»Sie haben mir einmal das Leben gerettet«, rief der König als Antwort zurück. »Jetzt biete ich Ihnen als Gegenleistung das Ihre.« Er deutete auf die wartende Armee. »Werft eure Waffen fort, oder Sie und Ihre Männer werden ohne Erbarmen niedergemetzelt.«

General Alak starrte ungläubig auf die drei unscheinbaren Gestalten jenseits des Flusses. »Ich glaube kaum, daß Frauen und Kinder mit Sonnenschirmen dieser Aufgabe gewachsen sind.«

Seine Männer lachten. Ihre Heiterkeit verflog jedoch, als König Mongkut seine Leibwächter vorsichtig auf die Brücke führte. In der Brückenmitte blieben sie stehen.

General Alak drehte sich zu seinem Gefolgsmann um. »Er ist verrückt«, spottete der Narbengesichtige.

Der General nickte. »Er blufft.«

Damit gab Alak seinem Pferd die Sporen und jagte es auf die Brücke zu. Nach kurzem Zögern schlossen sich die hinter ihm wartenden Söldner an und marschierten auf die Stelle zu, wo der König stand.

Die Hände von Pitak und Noi ruhten auf ihren Waffen. Der König und sein General musterten einander. In ihren Blicken lagen eher Trauer und Bedauern als

offene Feindschaft: Alaks Verrat lastete auf beiden schwer.
»Chowfa hat Sie wie einen Bruder geliebt«, sagte der König mit leiser Stimme.
»Es war Ihre Politik, die ihn getötet hat.«
»So wie Ihre Sie töten wird.«
Bedächtig nahm der König eine Zigarre aus seiner Tasche. Die Augen des narbengesichtigen Anführers zuckten auf der Suche nach einer unsichtbaren Streitmacht des Feindes von rechts nach links.
»Das dürfte ein ziemliches Bravourstück werden«, spottete der General, »da Ihre Truppen in diesem Augenblick gegen Burma marschieren.«
»Meine Armee verteidigt einen Frieden, den ein Mann wie Sie niemals begreifen wird.«
Doch General Alak ließ sich nicht beirren. »Ihre Armee steht im Norden.«
Der König nickte. »So ist es.«
Und mit dieser Bemerkung riß Seine Barmherzige Majestät Somdetch P'hra Paramendr Maha Mongkut, König Rama IV, ein Streichholz an. Der aufleuchtende Funke glühte bläulich-weiß im morgendlichen Dunst und erlosch schließlich, nachdem er seine Zigarre in Brand gesetzt hatte.
»Trotzig bis zum Schluß«, spottete der General. »So wie jeden Tag die Sonne untergeht, so wird auch die Chakri-Dynastie untergehen.«
Flußabwärts sah Nikorn das Aufleuchten des Streichholzes und erkannte darin das Signal, dem zu gehorchen ihm der König befohlen hatte. Doch obwohl er

mit zitternden Händen an den Stricken riß, rührten sie sich nicht von der Stelle. Wie von Sinnen folgte er den Schnüren der Auslösevorrichtung mit den Augen und sah, daß sie unter einem Fels festklemmten.
Nein! Er riß verzweifelt daran. Sie hatten nur diese eine Chance, in diesem einen Augenblick …
Mitten auf der Brücke bereiteten sich der König und seine beiden Leibwächter darauf vor, zu sterben. Noi nahm einen tiefen Atemzug und vernahm dessen Echo, da König Mongkut und Pitak seinem Beispiel folgten.
Gnädiger Buddha, Du Perfektion der Vortrefflichkeit, zu Dir nehme ich Zuflucht, betete der König stumm und vollkommen ruhig. *Du, der Du der Erleuchtete genannt wirst, zu Dir nehme ich Zuflucht* …
Doch General Alak, der Zeuge ihres Schweigens wurde, konnte weder Niederlage noch Kapitulation erkennen, sondern die Zurschaustellung der Macht eines siegessicheren Monarchen. Unsicher sah er sich um und fragte sich, ob König Mongkut vielleicht doch eine Armee hinter sich haben konnte.
Ausgeschlossen! Aber Mongkuts heitere Gelassenheit, seine innere Gewißheit …
Versteckt im Schilf hockend, packte Nikorn schließlich verzweifelt den Bolzen des Zünders. Ein letztes Mal holte er stockend Luft, bat mit einem Gebet um Vergebung, daß er den König töten würde, und begann, den Bolzen herunterzudrücken –
– als plötzlich auf dem Hügel im Rücken des Königs ein gleißend heller Lichtblitz explodierte. Nikorns Hand glitt ins Wasser, und staunend verfolgte er, wie

ein Dutzend Raketen aufleuchteten und auf des Königs Flußseite explodierten. König Mongkut, bemüht, sein Erstaunen zu verbergen, beruhigte sein Pferd. Seine Leibwächter taten es ihm nach, während General Alak offenen Mundes starrte.

Von der Flanke des Hügels erschallte die triumphierende Tonfolge des britischen Schlachtsignals, dem sich erst eines, dann noch ein weiteres Horn auf der anderen Seite des Hügels anschloß. Nikorn starrte auf den Zünder in seinen Händen und schließlich zur Brücke hinüber. Weitere Raketen explodierten, und der narbengesichtige Anführer und seine Soldaten hatten Mühe, ihre verschreckten Pferde im Zaum zu halten.

»Er hat die Engländer mitgebracht!« schrie der Narbengesichtige verblüfft.

Die geordneten Truppen hinter ihm waren in Auflösung begriffen. Pferde bäumten sich auf und wieherten, Soldaten verfluchten sich gegenseitig, Panik brach aus.

»Da ist niemand!« brüllte General Alak über den Tumult hinweg. »Das ist bloß ein Trick!«

Aufgebracht drehte er sich zu König Mongkut um. Noi und Pitak befürchteten das Schlimmste und rückten näher an ihren König heran. Immer mehr Raketen explodierten über ihren Köpfen, und weitere Hornsignale gaben das Kommando zu feuern, während der König bemüht war, sein Pferd im Zaum zu halten. Den Blick auf den Mann geheftet, der ihn verraten hatte, wich er keinen Schritt zurück, entschlossen, sein Blatt bis zum bittern Ende auszureizen.

»Zieht euch nicht zurück! *Das ist bloß ein Trick!*«

Mit einem Aufschrei riß General Alak seine Pistole aus dem Halfter und richtete sie auf den König. In diesem Augenblick erfolgte eine Salve von Pitak und Noi. Vor Entsetzen schreiend wandt sich das Tier des Generals um und strauchelte gegen König Mongkuts Hengst. Beide Pferde stürzten auf die Brücke und warfen ihre Reiter ab. Alaks Pferd befreite sich und ergriff die Flucht. Noi packte den Hengst des Königs und beruhigte ihn, bis Mongkut wieder aufsitzen konnte.
»*Nein!*« schrie General Alak seine Truppen an. Doch der Anblick ihres gestürzten Anführers war zuviel für die Söldner.
»Wir schlagen nur Schlachten, die wir auch gewinnen können!« brüllte ihr narbengesichtiger Anführer. Die Soldaten liefen bereits in sämtliche Himmelsrichtungen davon. General Alak kam unbeholfen wieder auf die Beine, stand da, allein, und brüllte immer noch seinen fliehenden Truppen nach.
»*Dort ist niemand!*«
Als hätten sie sich mit ihm abgesprochen, verstummten die Hörner eines nach dem anderen. Die Raketen stellten das Feuer ein, und die letzten Rauchschwaden schwebten mit der morgendlichen Brise davon. Nikorn setzte den Zünder behutsam auf dem Boden ab. König Mongkut versetzte seinem Hengst einen kurzen Ruck und lenkte ihn herum, so daß er einen Blick auf den Mann werfen konnte, der so gern König geworden wäre.
»Erlauben Sie, daß ich ihn töte«, bat Pitak, doch der König schüttelte den Kopf.

»Es gibt viele Arten zu sterben«, erwiderte Mongkut ruhig. Er gab seinem Pferd die Sporen und machte sich, gefolgt von seinen Leibwächtern, auf den Weg zurück über die Brücke. »Ich will, daß er mit dieser Demütigung lebt.«

Der General schaute ihm nach. Dann drehte er sich um und entdeckte am gegenüberliegenden Flußufer die Leiche des narbengesichtigen Söldnerführers, eine lange Büchse um den Körper gehängt.

»Das entsprach nicht unbedingt exakt dem Plan, Euer Majestät«, grinste Noi, während sie den König von der Brücke hinunter begleiteten. Der Leibwächter ließ den General nicht aus den Augen.

»Nein«, erwiderte Mongkut. Er bedachte erst Noi, dann Pitak mit einem Seitenblick. »Hättet ihr meinen vielleicht vorgezogen?«

Die drei Männer mußten lächeln, und die Freude, noch am Leben zu sein, überkam sie wie eine Woge. In ihrem Rücken aber entriß General Alak dem Toten die Büchse und legte an. Er richtete sie auf den König und zielte. Flußabwärts schlug Nikorn gerade nach einem Dankgebet die Augen auf und starrte entsetzt auf die Brücke.

»Nein!« schrie er. Wie von Sinnen kroch er zum Zündmechanismus, riß ihn an sich und preßte den Bolzen im selben Augenblick herunter, als der Finger des Generals sich um den Abzug krümmte.

Unter ohrenbetäubendem Krachen wurde die Brücke in einem gewaltigen Feuerball zerstört. Der König und seine Leibwächter wurden von ihren Tieren geworfen, die Explosion hallte durch das Tal, und ein Trümmerregen ging nieder. Die gesamte Brücke zuckte wie eine verrückt gewordene Schlange. Schließlich stürzte sie mit einem Donnerschlag in den Fluß, General Alak und seinen Traum vom Ruhm unter sich begrabend.

Kapitel 45

Der König fand seine Verteidigungsarmee sicher hinter einem Bambusdickicht oben auf dem Kamm des Hügels versteckt. Eine emsige Schar aus Gemahlinnen, Konkubinen und Kindern war damit beschäftigt, leere Feuerwerkskisten zurück auf die Elefantensitze und Wagen zu verteilen. Als er heraufgeritten kam, drehte sich jeder einzelne von ihnen um und verbeugte sich stolz, die Hände und das Gesicht schwarz von Ruß. Der König nickte und ritt weiter, bis er Louis entdeckte, der, das Jagdhorn um den Hals gehängt, den weiblichen Hofmusikanten beim Verpacken ihrer Instrumente half – und Anna Leonowens, die sich, ihm den Rücken zukehrend, über einen Karton beugte.
»*Sie!*« rief der König.
Anna drehte sich erschrocken um. König Mongkut starrte sie mit undeutbarer Miene an. Schließlich stieg er ab und ging mit großen Schritten auf sie zu.
»Warum sind Sie nicht zum Kloster geritten, wie der König es befohlen hat!«

Das Gesicht verschmiert, das Haar völlig zerzaust, richtete sich Anna zu ihrer vollen Größe auf und schrie zurück: »Weil ich bereits einen Mann an den Dschungel verloren habe, Euer Majestät!« Sie blies sich eine verirrte Strähne aus dem Gesicht und deutete auf die Menschenansammlung um sie herum. »Ich wollte es nicht noch einmal soweit kommen lassen.«
Angeführt von Prinz Chulalongkorn strömte die gesamte königliche Familie herbei und scharte sich um ihren König, ihren Vater, Ehemann und Liebhaber – ein wenig zögerlich, in Erwartung seiner Reaktion auf ihren Ungehorsam. Der Kronprinz räusperte sich, trat vor und verbeugte sich.
»Mem trifft nicht allein die Schuld, Vater«, sagte er. »Schließlich hast du mir die Verantwortung übertragen.«
Einen Augenblick lang war der König sprachlos. Dann drehte er sich kopfschüttelnd zu Louis um und verlangte sein Jagdhorn zu sehen. Stolz reichte der Junge es ihm. Plötzlich mußte der König lächeln, weil ihm eine Bemerkung einfiel, die während seiner Abendgesellschaft gefallen war.
»›Die englischen Hörner zum eigenen Schutz erklingen lassen.‹«
Anna lächelte. »Ja.«
König Mongkut starrte noch immer nachdenklich auf Louis' Instrument. Schließlich sagte er: »Als der König behauptete, eine Handvoll Männer könnte ganz Siam retten, hatte er auf äußerst ungewöhnliche Weise recht.«

Er verneigte sich leicht in Annas Richtung. Diesmal wußte sie nicht, was sie erwidern sollte, sondern sah ihn nur verwirrt an. Plötzlich ging ganz ohne Vorwarnung ein Raunen durch die Menschenmenge um sie herum. Mit einem Aufschrei ließen sich einige der Frauen auf die Knie fallen, während andere sich erstaunt umsahen.

»*Seht doch*!« rief Louis. Alle drehten sich um und folgten seinem Blick.

Oben auf dem nächstgelegenen Grat bewegte sich etwas, etwas sehr Großes. Der Morgennebel lichtete sich gerade, und eine Herde von Elefanten kam aus dem Dunst zum Vorschein, die sich hinunter zu einer Stelle begab, wo ein kleiner Bach das Tal durchfloß. Die Siamesen brachen in begeisterte Rufe aus. Jeder einzelne von ihnen hatte das winzige Geschöpf erspäht, das mit vorsichtigen Schritten neben seinen Eltern herzottelte – ein ganz junger weißer Elefant, dessen blasse Haut im morgendlichen Licht von innen heraus zu leuchten schien.

»Siam ist gesegnet ... wir dürfen uns wahrhaft glücklich schätzen ...«

Gedämpfte Stimmen begannen zu tuscheln, Dankeslaute erschollen. Anna schloß sich den anderen an und starrte wie gelähmt auf die Herde. Die Elefanten kreuzten gemächlich den Bachlauf, und das Tal ringsum klarte auf. Schließlich verschwanden sie wieder zwischen den Bäumen. Anna kniff die Augen zusammen, da sie die Tränen kommen fühlte, und als der König sich abermals zu ihr umdrehte, ertappte er sie dabei, wie sie ihn aus leuchtendblauen Augen anschaute. Ihr Lächeln jedoch barg einen großen und unaussprechlichen Kummer.

Kapitel 46

»... während sich alle darüber Gedanken machten, wie nah das Königreich seinem Untergang gekommen war ...«
Prinz Chulalongkorns Stimme zerteilte die klare Abendluft, als er die englischen Worte mit übertriebener Genauigkeit vortrug. Vor ihm auf der Großen Terrasse saß an der Stirnseite der Tafel sein Vater, umgeben von dem Kralahome, der gesamten königlichen Familie sowie einer riesigen Schar von Freunden. Man hatte dort eine behelfsmäßige Bühne errichtet, mitsamt einem Dschungel aus Pappe, hinter dem Anna hockte und die Akteure anspornte – die Kinder des Königs in den Kostümen klassischer Tänzer. Eines trug eine Maske, die König Mongkut darstellen sollte, ein anderes eine, auf die man sorgfältig Annas Gesicht gemalt hatte. Die anderen Kinder bildeten das Gefolge, während Prinz Chulalongkorn, begleitet von den weiblichen Hofmusikanten, die Rolle des Erzählers übernommen hatte.
»... ein strahlender Morgen brach über dem höchsten Berg an, und in diesem Augenblick geschah es, daß aller Ohren vernahmen, was aller Augen plötzlich sahen ...«

Er legte eine dramatische Pause ein, dann verkündete er: »Einen Großen Weißen Elefanten in seiner unvergleichlichen Herrlichkeit!«
Nichts geschah. Prinz Chulalongkorn drehte sich zur Seite und warf Anna verzweifelte Blicke zu. Hektisch winkend drängte sie ihn, seinen Text zu wiederholen. Folgsam wandte er sich erneut dem Publikum zu.
»Einen Großen Weißen Elefanten –«
Da plötzlich brach ein Elefant aus Pappmaché mit Getöse durch den gemalten Bühnenhintergrund. Anna zuckte innerlich zusammen. König Mongkut und die Tischgäste schmunzelten.
Der Prinz fuhr eilig fort: »– und als die Menschen sich in ihrem überwältigenden Glück freuten –«
Zu einem Durcheinander aus spitzen Schreien und Gekichere schwankte der heilige weiße Elefant vor und zurück, um schließlich zu einem Haufen zusammenzusinken. Der Prinz fuhr tapfer fort: »Und so drang die Kunde vom vortrefflichen Erfolg der Reise in jeden Winkel Siams!«
»Ende!« ließ sich Louis' gedämpfte Stimme aus dem Innern des gestrauchelten Dickhäuters vernehmen. Der behelfsmäßige Vorhang fiel. König Mongkut und die anderen Gäste taten ihr möglichstes, nicht laut loszulachen. Schließlich erhob sich der König und klatschte Beifall, woraufhin sich die anderen ihm anschlossen. Die Kinder bestürmten Anna, während Louis mit dem Elefantenkopf aus Pappmaché kämpfte, der sich nicht von seinem Kopf ziehen lassen wollte.
»Mem«, sagte Prinz Chulalongkorn, von dem Debakel

sichtlich mitgenommen. »Dies ist ein Stück zum Andenken an ein monumentales Ereignis. Und wir machen uns zum Narren, weil wir nicht genügend geprobt haben!«
Die übrigen Kinder waren derselben Meinung und begannen alle durcheinanderzureden. Anna versuchte sie zu besänftigen.
»Ich verstehe euch ja, bestimmt, aber die Feier sollte heute abend stattfinden, und es war unsere Pflicht, daran teilzunehmen, findet ihr nicht auch?«
Widerstrebend gab ihr die Darstellertruppe recht.
»Gut«, sagte Anna lächelnd. »Und jetzt möchte ich, daß ihr euch alle vorstellt, wie es nächstes Jahr werden wird, wenn ihr Zeit hattet, alles ganz genau zu proben.«
Sie hob den Kopf und sah, daß König Mongkut noch immer Beifall klatschte. Sein Blick galt nicht den Kindern, sondern ihr, und er sah sie an wie vormals oben auf dem Gipfel des Berges. Einen Augenblick lang war es ihr unmöglich, fortzusehen. Schließlich drehte sie sich wieder zu ihren Schützlingen um und sagte: »Euer – euer Vater wird noch stolzer auf euch sein, als er es bereits ist.«
»Und Sie, Mem?« fragte Prinz Chulalongkorn. »Sie auch?«
Sie sah in die leuchtenden Augen ihres Musterschülers und in die aller anderen um ihn herum, die ihr voller Liebe und Ergebenheit entgegenblickten: die kommende Generation Siams.
»Ich werde immer stolz auf euch sein, Kinder. Immer ...«

Dann senkte sie den Kopf, damit sie nicht sahen, daß sie weinte, und verließ fluchtartig die Terrasse.

Der König fand sie wenig später in einer dunklen Ecke sitzend. Sie hatte ihr Taschentuch in der Hand, und ihr Gesicht war gerötet und tränenüberströmt. Von der Terrasse wehte leise Musik herüber, und wenn er hinunterschaute, konnte er sehen, wie seine Gäste – darunter auch seine Kinder – fröhlich Walzer tanzten.
Hier jedoch spielte eine andere Musik: aus einem kleinen hölzernen Kästchen auf einem winzigen Tisch neben Anna drangen die leisen Klänge Mozarts. Als er näher kam, hob sie den Kopf und versuchte vergeblich, sich die Augen zu trocknen. Sie hüstelte, dann deutete sie auf die Spieldose.
»Das habe ich vor einiger Zeit für die Kinder bestellt. Ein schönes Beispiel wissenschaftlichen Denkens, da – da Musik ihrem Wesen nach mathematisch ist, und …«
Der König beugte sich über sie, nahm das Taschentuch und tupfte ihr eine Träne von der Wange. »Aus einzelnen Noten gebildete Akkorde in Intervallen von Terzen, und so weiter und so fort …«
»Ja, genau«, schniefte Anna.
Sie sahen einander an. Schließlich sagte Anna mit belegter Stimme: »Wenn die Wissenschaft in der Lage ist, etwas so Wundervolles wie Musik zu erklären, dann wüßte ich wirklich gern, warum – warum sie nicht imstande ist, eine Lösung für einen König und eine Lehrerin zu finden.«
Der König lächelte betrübt. »Auch das Verständnis der

Menschen für diese neuen Möglichkeiten unterliegt, fürchte ich, einem langen Entwicklungsprozeß.«
Anna nickte. »Alles in Siam braucht seine Zeit ...«
»Selbst wenn es dem König anders lieber wäre.«
Sie wandte den Blick ab. »Ich – ich muß trotzdem fort, Euer Majestät. Wie ein sehr lieber Freund einst sagte: ›Mein Weg ist so, wie er sein soll.‹«
»Zu der Erkenntnis bin auch ich gelangt.«
Sie holte tief Luft, nickte und versuchte zu lächeln. König Mongkut erwiderte ihr Lächeln und fragte schließlich: »Wohin werden Sie gehen?«
Sie zögerte. »Nach England.«
»Nach Hause.« Er nickte. »Das ist gut, Mem. Sehr gut, auch für Louis.«
Sie holte erneut tief Luft. »Ja. Und eines Tages, wenn Sie kommen, um Ihre neuen Handelspartner zu besuchen, müssen Sie vorbeischauen, damit wir endlich miteinander Tee trinken können.«
Der König sah sie noch immer an und versuchte ihre Gefühle zu ergründen.
»Ja?« fragte Anna.
»Ich frage mich, ob es sich unter den gegebenen Umständen für einen König ziemt ...« – er hielt inne – »... Anna um einen Tanz zu bitten.«
Um Selbstbeherrschung bemüht, erwiderte sie: »Ich habe bereits mit einem König getanzt, Euer Majestät.«
»Und ich auch schon mit einer Engländerin.«
Langsam reichte er ihr die Hand. Anna legte ihre hinein, und dann führte er sie, seine andere Hand um ihre Hüfte gelegt, hinunter auf die Große Terrasse.

Im schillernden Licht des nächtlichen Mondes und zu den zarten, melodischen Klängen Mozarts, die immer noch die Luft um sie herum erfüllten, blickten Anna und der König einander in die Augen und wußten, daß dieser letzte Augenblick für immer ihnen gehören würde und ihnen für den Rest ihres Lebens erhalten bliebe.
»Bis zu diesen Augenblick, Madam Leonowens«, sagte der König leise, »habe ich die Meinung nicht verstanden, derzufolge ein Mann mit nur einer Frau glücklich werden kann.«
Anna biß sich auf die Lippe. Schließlich nickte sie und lächelte unter Tränen.
Und alle, die sie in diesem Augenblick sahen – der Kralahome, die Gemahlinnen des Königs, die Geliebten und die Kinder sowie Annas Sohn Louis, vor allem aber Prinz Chulalongkorn – jeder, der sie in dieser Nacht sah, wußte, daß er Zeuge von wahrhafter und dauerhafter Größe wurde, sowohl des Herzens als auch des Geistes.

Kapitel 47

Es ist immer überraschend, wie wenig im Leben den wirklich bedeutsamen Augenblicken vorbehalten ist. Meist sind sie vorüber, bevor sie recht begonnen haben, obwohl sie ein Licht auf die Zukunft werfen und die Person, die sie hervorgebracht hat, unvergeßlich machen.

Anna hatte ein solches Licht auf Siam geworfen. Und ich habe sie niemals vergessen, selbst nicht, nachdem ich meinem Vater auf den Thron gefolgt war.

Es sollten vierzig Jahre vergehen, bevor der König zum Tee kam. Und als er schließlich eintraf, war es nicht Seine Erhabene Majestät König Mongkut, Rama IV., der an die Tür von Anna Leonowens bescheidenem Cottage auf dem Land in England klopfte, sondern sein Sohn Chulalongkorn, König Rama V. Als die Autokolonne in die Einfahrt einbog, ordnete Anna nervös ihr weißes Haar und warf einen letzten prüfenden Blick auf den Tisch. Auf dem Herd kochte das Wasser, auf der Spitzentischdecke war ihr bestes blau-weißes Porzellan und Tafelsilber gedeckt. Die kleinen Teekuchen hatte sie bereits aus dem Backofen genommen, Erdbeermarmelade in eine Schale gefüllt und die Sahne aus dem Eisschrank geholt. Und sogar ihren alten Teewärmer hatte sie wiedergefunden, der mit einem weißen Elefanten bedruckt war.
Sie zog das Grammophon auf und legte ein Stück von Mozart auf, an dem sie von ganzem Herzen hing und das sie mit Sehnsucht erfüllte. Die liebliche, vertraute Melodie erklang in dem kleinen Zimmer. Als es dann klopfte, senkte sie den Kopf und atmete tief durch. Schließlich lächelte sie und ging an die Tür, während ihr das Herz vor Freude und Erwartung fast zersprang, um den ältesten Sohn von König Mongkut zu begrüßen.
Sie unterhielten sich, und sie lachten, und sie weinten,

umgeben von Andenken an Annas Reisen und Fotografien von Louis und seinen Kindern. Chulalongkorns Begleitung wartete draußen in den Automobilen, während das Feuer fröhlich im Kamin prasselte und die Schatten immer länger wurden, und sie noch immer redeten, der einstige Schüler, aus dem ein erwachsener Mann und Monarch geworden war, und seine Lehrerin, mittlerweile eine weißhaarige, aber immer noch wunderschöne Großmutter.
»Ich hätte mir vor dreißig Jahren niemals träumen lassen, daß Sie hier mit mir sitzen und Tee trinken würden, Euer Hoheit.«
König Chulalongkorn betrachtete sie liebevoll. »Wie ich bereits meiner Frau und meinen Kindern sagte, Sie haben mich schon damals, als Sie meine Lehrerin waren, davon überzeugt, daß alle Wege nach London führen.«
Lächelnd reichte Anna ihm die frischgefüllte Tasse. »Die Welt hat sich seit damals sehr verändert, Euer Majestät, in so vieler Hinsicht! Telefone, Automobile – und was hätte Ihr Vater wohl dazu gesagt, daß die Menschen jetzt versuchen, Flugmaschinen zu bauen?«
»Daß es seine Idee gewesen sei.«
Sie lachten. »Es ist sehr schade, daß er so früh gestorben ist und niemals selbst Gelegenheit hatte, diese Reise zu unternehmen. Er hat sich das immer sehr gewünscht.«
Anna nickte und sah kurz fort.
»Mem«, fuhr der König fort. »Der Grund, weshalb ich *vor allem* gekommen bin, Sie zu sehen ...«

Sie sah ihn verwirrt an. Er zog einen roten Seidenbeutel aus der Tasche seines Jacketts und legte ihn vor ihr auf den Tisch.
»Am Tag bevor mein Vater starb, sagte er mir, es sei sein Wunsch, daß Sie dies hier bekommen. Wir haben es erst vor kurzem wiedergefunden, es steckte irgendwo ganz hinten in einem alten Schreibtisch.«
Anna betrachtete den Beutel unentschlossen, woraufhin König Chulalongkorn sie drängte: »Bitte, Mem, er wäre enttäuscht gewesen, wenn er gewußt hätte, daß Sie ihn nicht annehmen würden.«
Sie hob den Kopf und schaute ihm in die Augen, dann griff sie zögernd nach dem Beutel und öffnete ihn. Als sie sah, was er enthielt, entfuhr ihr ein leiser Schrei.
»*Ooooh*!«
Es war der Ring mit den Symbolen von Sonne und Mond. Mit Tränen in den Augen starrte Anna darauf, unfähig zu sprechen. Schließlich atmete sie tief durch und sagte: »Ich habe meinen Schülern stets einzuprägen versucht, wie wichtig es ist, niemals seine Haltung zu verlieren ...«
Sie strich mit dem Finger über das Symbol der Sonne.
»Ich – ich weiß ehrlich nicht, was ich sagen soll, Euer Majestät – außer, daß ich mich geehrt fühle.«
Dann, ganz langsam und voller Zartgefühl, streifte sie den Ring über den Mittelfinger ihrer linken Hand. Nach einer kurzen Weile sah sie auf. »Ich habe auch etwas für Sie.«
Sie griff unter den Tisch, zog ein kleines, eingeschlagenes Päckchen hervor und reichte es dem König. Er wik-

kelte es aus, und dann kamen auch ihm die Tränen. Säuberlich verpackt in einem kleinen Karton lag das zerbeulte Jagdhorn, das seinem Vater einst das Leben gerettet hatte.
»Ich werde es stets in Ehren halten.«
Anna nickte. »Und ich die Erinnerung daran.«
Der König ergriff herzlich ihre Hand. »Es wäre mir eine große Freude, Mem Anna, wenn Sie mir heute abend beim Diner zur Feier all dessen, was wundervoll im Leben ist, Gesellschaft leisten würden.«
Anna lächelte. »Das würde ich sehr gern tun, Euer Majestät, wirklich sehr gern.«

Epilog

Dank der visionären Kraft seines Vaters, König Mongkut, und dank der Lehren Anna Leonowens', gelang König Chulalongkorn nicht nur die Wahrung der Unabhängigkeit Siams, sondern auch die Abschaffung der Leibeigenschaft, die Einführung der Religionsfreiheit und die Reform des Rechtssystems, wodurch sich Siam von einer Feudalgesellschaft zu einem Land wandelte, das wahrhaft frei war und bereit für das zwanzigste Jahrhundert.